Sophie Tammen ist das Pseudonym der Bestseller-autorin Anne Barns, deren Erfolgsromane (u. a. «Apfelkuchen am Meer») oft an der deutschen Küste spielen. Auch in ihren Wohlfühlkrimis mit Frau Scholle spürt man die frische Meeresbrise und den Sand unter den Füßen. Wann immer die Autorin eine Auszeit braucht, reist sie nach Amrum. Dort hat sie längere Zeit gewohnt. Dabei hat sie Insel und Menschen ins Herz geschlossen.

Nach «Harpunentod» ist «Kojengrab» der zweite Inselkrimi mit der Polizeisekretärin Gabriele Scholle, Hündin Dolores und Kapitän Behrendsen.

Pressestimmen zu «Harpunentod»
«Gute Unterhaltung, die Lust auf einen Amrum-Urlaub macht.» *Westfälische Nachrichten*
«So gibt es beim Lesen des Wohlfühlkrimis neben Spannung noch jede Menge Nordsee-Feeling dazu.» *Land & Forst*
«Ein Insel-Krimi, leicht und doch spannend: Die Polizeisekretärin Frau Scholle und ihr Hund ermitteln in ihrer Auszeit auf Amrum.» *Laura*

SOPHIE TAMMEN

KOJENGRAB

Frau Scholles Gespür für Mord

Ein Amrum-Krimi

Rowohlt Taschenbuch Verlag

Originalausgabe
Veröffentlicht im Rowohlt Taschenbuch Verlag,
Kirchenallee 19, 20099 Hamburg, Mai 2025
Copyright © 2025 by Rowohlt Verlag GmbH, Hamburg
Die Nutzung unserer Werke für Text- und Data-Mining
im Sinne von § 44b UrhG behalten wir uns explizit vor.
Covergestaltung bürosüd, München
Coverabbildung Getty Images
Satz aus der Crimson Pro
Gesamtherstellung CPI books GmbH, Leck
ISBN 978-3-499-01276-1

Kontaktadresse nach EU-Produktsicherheitsverordnung:
produktsicherheit@rowohlt.de

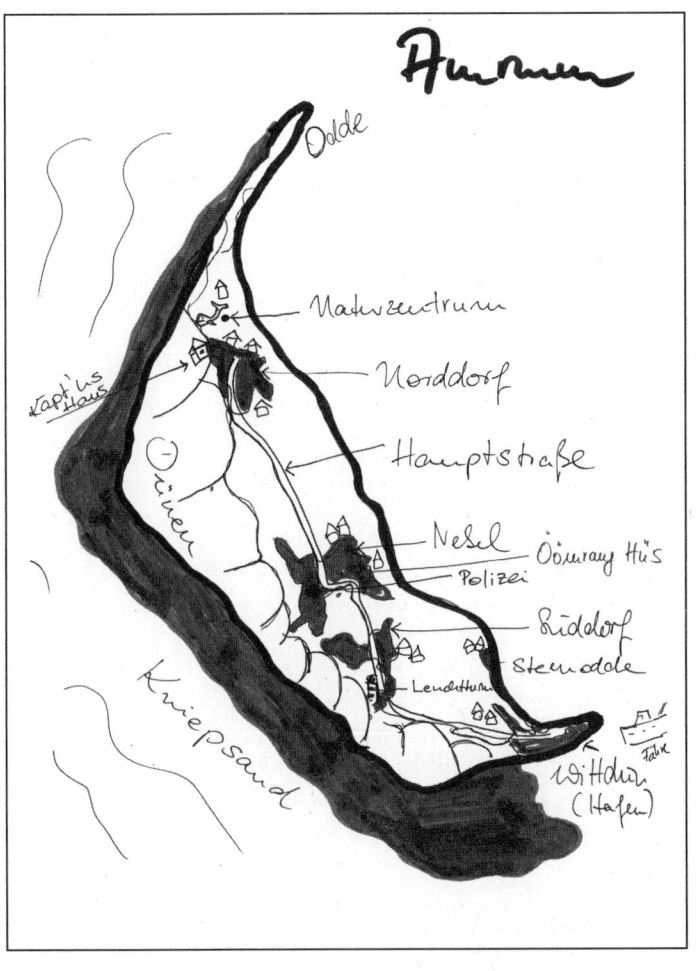

Karte von Amrum aus dem Notizbuch von Gaby Scholle

KAPITEL 1

Der Sommer machte auch vor Amrum nicht halt. Es war Mitte August, und die Sonne knallte vom wolkenlosen Himmel. Das Thermometer zeigte an die dreißig Grad. Die Luft stand still, die Hitze schien in den alten Backsteinmauern gefangen zu sein. Der Schatten, den das Haus und die Bäume davor spendeten, brachte nur wenig Linderung.

Ich holte die Flasche aus dem Rucksack, goss etwas Wasser in den mitgebrachten Napf und gab meiner Labradoodle-Hündin Dolores zu trinken. Sie schlabberte so gierig, als wären wir tagelang durch die Wüste gezogen. Ihr lockiges Fell klebte an ihrem Rücken, und ich konnte sehen, wie erleichtert sie war, endlich etwas Erfrischung zu bekommen.

Vielleicht war es doch keine so gute Idee, ausgerechnet heute ins Museum zu gehen. Aber Frerk, der pensionierte Käpt'n, der mir während meines letzten Aufenthalts auf der Insel ein guter Freund geworden war, hatte mir dringend dazu geraten. Die ehrenamtliche Führung durch das Öömrang Hüs würde Greta Jansen übernehmen. Er schätzte die Hamburger Journalistin sehr für ihre Kenntnisse der friesischen Kultur, insbesondere der nordfriesischen Inseln.

So standen wir also in dem kleinen Ort Nebel vor dem Museum und warteten – Dolores, ich und fünf weitere Teilnehmer.

Ich vermute, dass unsere Gruppe wegen des heißen Wetters so klein war. Die meisten Urlauber waren wohl lieber am Strand.

Das hatte auch ich vor. Nach dem Museumsbesuch wollte ich einen Spaziergang durch den kühlen Wald und dann am Spülsaum entlang unternehmen. Dolores liebte das Wasser, deshalb hatte ich sie mitgenommen. Aber nun zweifelte ich: Sollte ich auf die Führung verzichten und jetzt schon gehen, um ihr etwas Erfrischung zu verschaffen?

Ein Mann aus der Gruppe tigerte mit verschränkten Armen auf und ab. «Wie lange wollen die uns hier noch schmoren lassen?», fragte er. Keuchend ging er von der Tür mit der Aufschrift *Anno 1683* zu einem der mit Gardinen verhangenen Fenster und versuchte hineinzusehen. Er klopfte so heftig gegen die Scheibe, dass ich befürchtete, sie würde jeden Moment herausfallen.

«Dieter, wir haben gerade mal fünf nach», sagte eine Frau, vermutlich seine, und zog ihn an der Schulter zurück. «Außerdem sind wir im Urlaub. Wir haben alle Zeit der Welt.»

Recht hatte sie. Auf Amrum gingen die Uhren anders. Ein paar Minuten Verspätung waren hier nichts Besonderes. Die Menschen auf der Insel hatten es nicht eilig. Alles ging gemächlicher, langsamer. Das war auch einer der Gründe, warum man hier Urlaub machte – um dem Stress und der Hektik des Alltags zu entfliehen. Es lag ein Zauber über der Insel, dem auch ich sofort erlegen war, als ich im

April zum ersten Mal hier Urlaub machte. Und jetzt, keine vier Monate später, ging es mir wieder so. Kaum war ich von der Fähre gestiegen, hatte ich das Gefühl, alles hinter mir zu lassen – die drängenden Termine, die ständige Erreichbarkeit, den Rhythmus der Stadt, der einen nie wirklich zur Ruhe kommen lässt. Auf Amrum schienen die Tage zu fließen und ihrem eigenen, sanften Takt zu folgen, wie die Wellen, ein stetiges Hin und Her, ohne Eile.

«Frau Jansen kommt sicher gleich», sagte ich.

Dieter ging nicht darauf ein. Stattdessen deutete er auf Dolores und sah mich vorwurfsvoll an. «Der Hund darf bestimmt nicht mit rein. Und hier draußen ist es heute viel zu heiß für den armen Kerl.»

Hunde waren nicht verboten, das wusste ich vom Käpt'n, aber ich hatte keine Lust auf eine Diskussion, und außerdem hielt ich es ohnehin für vernünftiger, Dolores nicht mit ins Museum zu nehmen. Wegen des Wetters hatte er allerdings recht.

«Es ist eine Sie», erwiderte ich. «Und sie bleibt draußen.» Dolores würde unter dem Birnbaum neben den Bänken, wo sie nun schon lag, im Schatten bleiben. Wir hatten das Warten geübt, und es funktionierte wunderbar. Gab ich das entsprechende Kommando, rührte Dolores sich nicht von der Stelle und freute sich, wenn ich zurückkam. Und das nicht nur wegen der kleinen Leckerei, mit der ich sie dann für ihren Gehorsam belohnte. Wir waren zusammengewachsen, Dolores und ich, seit mein Sohn sie vor einem halben Jahr in meine Obhut gegeben hatte. Nun wollte ich sie nicht mehr missen. Sie war mir eine treue Begleiterin geworden.

Ich sah mir Dieter etwas genauer an. Mit seinem schütteren, hellbraunen Haar, das von grauen Strähnen durchzogen war, schätzte ich ihn auf Mitte fünfzig. Seine untersetzte Gestalt steckte in einem zu engen blauen Polohemd, zu dem er beigefarbene, dreiviertellange Cargohosen und Sandalen trug. Alles an ihm schrie förmlich nach «Lehrer». Die Art, wie er mich zurechtgewiesen hatte, wie er nun aufgeregt vor der Tür auf und ab ging und der ungeduldige Blick hinter seiner Brille erinnerten mich an die Sorte Pauker aus meiner Schulzeit, die geradezu zwanghaft den Überblick und vor allem die Oberhand behalten mussten. Ich tippte auf die Unterrichtsfächer Mathematik und Physik, vielleicht auch Latein. Als ich genauer darüber nachdachte, passte meine Annahme seines Berufs auch zeitlich. In ungefähr der Hälfte der Bundesländer waren noch Sommerferien und somit Reisezeit für Lehrkräfte.

Ich hätte meinen Urlaub gerne etwas später genommen, wenn der ganze Touristenrummel vorbei war, aber ab September sollte ich eine junge Verwaltungsfachangestellte, die unser Team unterstützen würde, einarbeiten. Also musste ich meinen zweiwöchigen Urlaub im August nehmen.

Die Insel war zwar gut besucht, aber frühmorgens und spätabends war der ausgedehnte Strand meist wie ausgestorben, sodass ich mit meiner Dolores in Ruhe eine große Runde drehen konnte. Die Zeit dazwischen verbrachten wir träge im Garten, wo Frerk für die Hündin einen aufblasbaren Pool aufgestellt hatte, den er mehrmals am Tag mit frischem kaltem Wasser auffüllte. Und das, obwohl er seine Ferienwohnung eigentlich nicht an Urlauber mit

Vierbeinern vermietete. Er mochte keine Hunde, aber Dolores war eine Ausnahme, er hatte sie bei unserem letzten Aufenthalt ins Herz geschlossen. Und mich wohl auch, denn ich bekam einen Liegestuhl, einen kleinen Tisch und einen dunkelblauen Sonnenschirm bereitgestellt. Seitdem wir vor drei Tagen angekommen waren, tat ich das, wofür ich in den letzten Wochen neben der Arbeit keine Zeit gehabt hatte: Ich las und ließ die Seele baumeln.

«Gleich zehn nach», sagte Dieter und schaute auf seine Armbanduhr. «Die akademische Viertelstunde gebe ich ihr, dann verschwinden wir, Christine.»

So wie ich das sah, musste sie ein paar Jahre jünger sein, oder sie wirkte zumindest so. Vermutlich Ende vierzig, Anfang fünfzig. Ihr dunkelblondes Haar war glatt und schulterlang. Statt grauer Strähnen schimmerten honigblonde darin, da half sie wohl mit etwas Farbe nach. Ihre Gesichtszüge waren weich, die Stirn entspannt, ohne Spuren von Sorgenfalten, und ihre grünen Augen hatten einen warmen, ausgeglichenen Ausdruck. Ich konnte mir gut vorstellen, dass sie einen Beruf hatte, der viel Geduld und Menschenkenntnis erforderte. Vielleicht war sie Psychologin oder Sozialarbeiterin, irgendetwas, wo man die Nerven behalten und andere beruhigen musste, so wie sie es gerade mit Dieter tat.

«Ach, Schatz», sagte sie, «die Hitze macht uns allen zu schaffen.» Ihre Stimme hatte diese professionelle Gelassenheit, die ich nur von Menschen kannte, die sich durch nichts so leicht aus der Fassung bringen ließen.

Er hingegen seufzte gequält, und ich konnte nicht anders, als ihn zu fragen.

«Sind Sie Lehrer?»

Sie lachte, während Dieter nun das Gesicht verzog.

«Mein Mann nicht, aber ich», sagte sie und streichelte ihm über den Arm. «Eine in der Familie reicht.»

Die beiden waren also verheiratet, und sie war die ausgleichende Kraft zwischen ihnen, das war nicht zu übersehen. Bestimmt war sie eine gute Lehrerin. Was er wohl beruflich machte? Ich zügelte meine Neugier, und da Dieter nichts von sich aus verriet, fragte ich nicht weiter. Meine zweite Wahl fiel auf Finanzbeamter.

Als Polizeisekretärin hatte ich es immer wieder damit zu tun, wie Menschen in Erscheinung treten, zu welchen Taten sie fähig sind und dass das nicht immer deckungsgleich ist. Auch privat hatte ich Spaß daran, Menschen zu analysieren, aus kleinen Hinweisen auf ihren Beruf zu schließen und mir ihr Aussehen einzuprägen. Ich bildete mir ein, deshalb auch eine gute Zeugin zu sein, wenn es einmal so weit käme. Seit ich im April meinen ersten Kriminalfall hier auf Amrum gelöst hatte, hatte sich dieser Spleen, wie ich ihn manchmal auch bezeichnete, sogar noch verstärkt. Jede Geste, jedes Detail – die Art, wie jemand stand oder sprach, die Hände hielt oder auf Fragen reagierte, waren für mich kleine Puzzleteile zur Lösung eines Rätsels oder einfach nur zur Vervollständigung eines Bildes.

Ich blickte in die Runde und war mir sicher, dass statistisch gesehen mindestens eine Person hier schon einmal eine Straftat begangen hatte. Schließlich steckte in jedem von uns etwas Böses, mal mehr, mal weniger ausgeprägt. Mich selbst nahm ich da natürlich aus. Zwar wünschte ich ab und zu gewissen Leuten eine lange Reise zum Mond ohne Wiederkehr, aber das nur in Gedanken.

«Lehrer?» Dieter schnaubte und schüttelte den Kopf. «Ich hätte nicht die geringste Geduld für diesen Job. Außerdem bin ich doch nicht wahnsinnig.»

Seine Frau zog die Augenbrauen nach oben und sah ihn streng an. Ein Blick, den sie sicher perfektioniert hatte, um ihre Schüler zur Ruhe zu bringen. Ihr Dieter schien sich davon jedoch nicht beeindrucken zu lassen. Er zuckte nur leicht mit den Schultern.

Ein interessantes Paar. Die beiden so gegensätzlichen Eheleute würde ich so schnell nicht vergessen.

«Das Haus gefällt mir», sagte die Lehrerin und blickte nach oben. «Es hat etwas Romantisches.»

Ich trat einen Schritt zurück und folgte ihrem Blick. Sie hatte recht. Das Öömrang Hüs war eine echte Schönheit, ein typisch friesisches Kapitänshaus mit viel historischem Charme. Dafür sorgten der imposante Giebel, das gepflegte Reetdach und die Backsteinfassade, an der rote Rosen rankten. Dazu die Fenster mit den weiß-grünen Holzläden. Das denkmalgeschützte Haus hatte etwas Märchenhaftes.

Plötzlich kam Dolores zu mir rüber. Sie knurrte, bellte kurz und starrte zur Tür.

«Hey, was ist los?», fragte ich und streichelte ihren lockigen Kopf.

Hatte meine Labradoodle-Hündin etwas gewittert? Unwillkürlich musste ich an meinen letzten Urlaub auf Amrum denken, als wir abends am Strand spazieren gegangen waren. Dolores war zwar einige Monate zuvor mit Pauken und Trompeten durch die Trüffelhundeprüfung gerasselt, war aber zielsicher der Fährte eines Mannes gefolgt, den wir dann mit Harpune im Brustkorb in einem Ruderboot sitzend vorgefunden hatten.

Sie spitzte die Ohren und trat einen Schritt vor, die Nase leicht zuckend, als würde sie eine Spur aufnehmen. Das tat sie zwar öfter, aber nur selten so konzentriert. Ganz starr stand sie da.

Mit einem Mal machte sich in mir das Gefühl breit, dass hier etwas nicht in Ordnung war.

«Was ist los, Dolores?», fragte ich, stand auf, ging auf die Tür zu, gefolgt von Dolores, und drückte, einer Ahnung folgend, die Klinke nach unten.

Die Tür zum Museum war nicht abgeschlossen. Ich wusste es! Mit einem Quietschen öffnete ich sie.

Die Lehrerin stieß Dieter an. «Es ist offen, wir hätten einfach reingehen können.»

«Moin», rief ich laut. «Frau Jansen?»

Sekunden verstrichen, aber niemand reagierte. Auch weitere Rufe blieben unbeantwortet. Die anderen in der Gruppe sahen sich fragend an. Die Journalistin sollte uns um drei Uhr nachmittags vor dem Haus treffen. Aber es war zehn nach. Wo war sie? Und wieso war die Tür offen?

«Du wartest hier», sagte ich streng zu Dolores. Aber sie riss sich los und stürmte ins Haus. «Dolly!»

Ich folgte ihr in den Flur. Ein unbekannter Geruch stieg mir in die Nase, eine Mischung aus altem Mauerwerk und einem Hauch eines süßen und zugleich würzigen Duftes, irgendwie vertraut. Aber ich kam nicht auf die genaue Note.

Genauso hatte auch der letzte Fall des True-Crime-Podcasts angefangen, den ich so gern hörte. «Das Haus an der

Küste» hieß die Folge. Eine junge Frau hatte an einem stürmischen Herbstabend das Reetdachhaus ihrer Großmutter betreten, wo ihr eine muffige Luft entgegenschlug – vermischt mit dem Aftershave des Mörders.

Nur am Rande nahm ich das Zimmer zu meiner Rechten wahr, dessen Tür offen stand. Im Vorübergehen warf ich einen Blick auf ein beigefarbenes Bett und einen Waschtisch mit Schüssel und Krug. Aber Dolores war geradewegs zum Ende des Korridors gelaufen: in die Küche, wie mir der mächtige große Steinofen und die vielen Kochutensilien verrieten.

«Dolores?»

Sie verschwand in den angrenzenden Raum. Dort stand sie nun knurrend und mit gesträubtem Fell vor einer lebensgroßen Frauenpuppe in schwarzer Tracht, die auf einem Stuhl neben einer Spindel saß. In einer Vitrine hinter Glas befand sich eine weitere Puppe. Ihre Tracht war ebenfalls schwarz, allerdings festlicher, mit hübscher weißer Schürze. Dazu trug sie wunderschönen Silberschmuck, der sehr filigran gearbeitet war, wie mir bei einem schnellen Blick auffiel.

Dolores knurrte wieder, ich beugte mich hinunter und legte meine Hand auf ihren Rücken. «Schau, sie ist nicht echt, Dummerchen.»

Als hätte sie mich verstanden, wurde Dolores still, wandte sich plötzlich ab und lief durch die Tür in den nächsten Raum, mit der Nase auf dem Boden schnüffelnd.

«Dolly!», schimpfte ich. «Komm zurück.»

«Die hört ja gut», meldete sich der Lehrer, der keiner war, hinter mir zu Wort.

Nicht nur er, die ganze Gruppe war uns gefolgt.

Wuff, machte Dolores im Nebenraum und gleich danach noch mal. Wuff, wuff, nicht sehr laut und kurz nacheinander – eine Aufforderung an mich. Sie hatte etwas gefunden, was sie mir zeigen wollte.

«Gibt es da ein Würstchen?», fragte Dieter in ironischem Tonfall.

Lachen konnte ich darüber nicht. Etwas war hier nicht in Ordnung. So ähnlich hatte Dolores sich auch am Strand verhalten, als sie zum Ruderboot mit dem Toten gerannt war.

Nervös ging ich ihr nach, und die anderen folgten mir in den Raum, der sich als Schlafzimmer herausstellte. Dort wartete Dolores vor einem von zwei kurzen Betten, die nebeneinander in die Wand eingelassen waren. Irgendwo hatte ich mal gehört, dass man früher halb im Sitzen schlief. So wie die Puppe darin, die an zwei Kissen gelehnt saß.

«Ganz ruhig, Schatz», sagte ich zu Dolores und streichelte sie. «Die ist auch nicht echt.»

Dann sah ich genauer hin, und mir wurde klar, dass das keine Puppe war. Dafür waren ihre Gesichtszüge zu menschlich. Es war eine echte Frau. Und sie lebte nicht mehr. Das zeigten ihre weit aufgerissenen Augen, die ins Leere starrten. Sie fielen mir zuerst auf. Dann die unnatürliche Blässe in ihrem Gesicht. Ihr Körper war völlig regungslos, die Haut wächsern. Der Tod hatte vermutlich schon vor einiger Zeit seinen unbarmherzigen Griff um sie gelegt. Ihr Mund war leicht geöffnet, als hatte in ihren letzten Momenten noch etwas sagen wollen.

Ich musste schlucken und mich zwingen, nicht wegzuschauen. Sie trug kein Nachthemd, wie ich es im Bett erwartet hätte, sondern ebenfalls eine Tracht, allerdings eine blau-rote. Ihr blondes Haar war geflochten und mit einem kleinen hellblauen Häubchen geschmückt. In der einen Hand hielt sie ein kleines Sträußchen mit weißen Rosen, die andere lag mit den Handflächen nach oben im Schoß und schien einen Zettel zu umschließen, denn zwischen ihren Fingern lugte die Ecke eines Papierschnipsels hervor.

Die nette Lehrerin neben mir räusperte sich, bevor sie fragte: «Ist das etwa Frau Jansen?»

KAPITEL 2

as ist sie, meine Frau hat recht», krächzte Dieter. Er war bleich, sein Blick fest auf die Tote gerichtet. «Wir waren gestern schon mal hier, aber da war eine größere Besuchergruppe mit Tagesausflüglern da, und wir sind wieder gegangen, weil es uns zu voll war. Und jetzt …» Er schluckte und zuckte hilflos mit den Schultern.

War sie tot. Mein Magen zog sich zusammen, und ein Schauer lief mir über den Rücken. Einen Moment lang konnte ich mich kaum rühren, starrte nur in die leblosen Augen der Frau. Es war nach dem Fund am Strand die zweite Leiche, die ich in kürzester Zeit sah. Normalerweise begegneten mir Tote nur in den Akten, die ich als Polizeisekretärin für meine ermittelnden Kollegen vom K 11 bearbeitete. Ein Fall auf Papier mit Fotos und Berichten war das eine, aber jetzt war es etwas ganz anderes. Ich spürte das bedrückende Gewicht des Todes auf eine Weise, wie ich es zuvor nie erlebt hatte. Der Anblick des Toten im Ruderboot hatte mich nicht so erschüttert wie dieser hier. Ihn hatte ich in der Dunkelheit des Abends und aufgrund der Entfernung nicht so genau gesehen. Hier war ich nur wenige Schritte von der toten Frau entfernt, in einem kleinen Raum voller beunruhigender Details: die aufgerissenen

Augen, der Blumenstrauß in der Hand, die unnatürliche Stille, die sich über uns alle legte. Im Halbdunkel des Zimmers wirkte Greta Jansen wie ein stummer Vorwurf. Ich schätzte sie auf Ende dreißig, sie hatte doch noch so viel Leben vor sich.

«Ob sie im Bett eingeschlafen und nicht mehr aufgewacht ist?», fragte nun eine junge Frau, die etwas abseits stand und einen lindgrünen Strohhut trug.

«Schwer zu sagen», flunkerte ich, um sie nicht zu beunruhigen. Aber mein Gefühl sagte mir, dass die Journalistin nicht einfach selbst ins Bett gestiegen und nicht mehr rausgekommen war. Greta Jansen war keines natürlichen Todes gestorben, da war ich mir sicher. Mir fielen auf die Schnelle zwar keine konkreten Mordhinweise auf, wie Schuss- oder Schnittwunden, große Mengen Blut oder gar jahrhundertealte Jagdwaffen in der Brust, wie beim letzten Fall die Harpune. Aber ich erkannte einen Tatort, wenn ich ihn sah, dafür hatten genügend Fotos auf meinem Schreibtisch gelegen. Außerdem verließ ich mich auf mein Gespür. Da hatte jemand nachgeholfen. Mein Gefühl täuschte mich selten. Meine Gedanken begannen zu rasen. Es konnte kein Zufall sein, dass Greta Jansen in ihrer Tracht, mit einem Blumenstrauß und diesem mysteriösen Zettel in den Händen hier saß. Es wirkte wie eine Szene, die jemand inszeniert hatte. Doch wofür? Um eine Botschaft zu senden? Und wenn ja, an wen?

Die Fragen ploppten wie von selbst in meinen Gedanken auf. Wer konnte es auf die junge Journalistin abgesehen haben? War es eine Beziehungstat, wie in den meisten Mordfällen? Oder steckte etwas anderes dahinter? Ich schüttelte unwillkürlich den Kopf. War es zu fassen? Kaum war ich zurück auf der Insel, kreuzte wieder eine Tote meinen Weg!

Das Stück Papier, das sie in der Hand hielt, könnte ein Hinweis sein. Ich trat näher heran, um einen Blick darauf zu werfen.

«Was machen Sie denn da?», fragte Dieter. Seine Stimme klang hohl, als ob er nicht ganz fassen konnte, was gerade geschah.

«Ich arbeite bei der Mordkommission in Wiesbaden», sagte ich mit fester Stimme und legte fachmännisch drei Finger an den Hals der Toten, um vorsichtshalber doch erst mal zu prüfen, ob sie noch einen Puls hatte. Wieso war ich nicht vorher darauf gekommen? Das ist doch das Erste, was man in einer solchen Auffindesituation machen musste, schalt ich mich insgeheim. Aber das musste ich Dieter nicht auf die Nase binden. Auch dass ich als Sekretärin nur Schreibtischtäterin war, behielt ich für mich.

Wieder stieg mir der süßlich-würzige Duft in die Nase. Es musste das Parfüm der Journalistin sein, ein ziemlich schweres, denn ich nahm es immer noch wahr, und es mussten schon einige Stunden vergangen sein, seit Greta Jansen es aufgetragen hatte. «Kein Puls», stellte ich fest und besann mich auf das, was nun wichtig war. «Könnte bitte jemand die Polizei verständigen?», fragte ich.

«Ich mache das», antwortete Dieters Frau erstaunlich ruhig. Nur ein leichtes Zittern in ihrer Stimme verriet, dass auch sie innerlich aufgewühlt war. Sie zog ihr Handy aus der Tasche, während der Rest der Gruppe wie erstarrt dastand, und hielt es an ihr Ohr.

Die Nummer der Amrumer Wache hatte ich noch im Kopf. Ich gab sie ihr durch. «Wenn niemand rangeht, wählen Sie die 110.»

Sie nickte, während sie das Handy an ihr Ohr hielt.

Das kleine Stück Papier in der Hand der Toten fiel mir wieder auf. Die Neugierde ging mit mir durch. Ich konnte nicht anders, ich musste mich hinunterbeugen und inspizierte es.

«Werden», las ich. So lautete das letzte und einzige Wort, das ich sehen konnte. Dahinter befand sich ein Punkt, es handelte sich also um das Ende eines Satzes.

Zu gerne hätte ich gewusst, was noch auf dem Zettel stand, doch ich unterdrückte den Impuls, ihn herauszuziehen. Jemand hatte der Toten eine Nachricht in die Hand gedrückt. Vielleicht hatte sie sie aber auch selbst genommen. Schade, dass ich nicht noch mehr sehen konnte, aber ich durfte die Spurensicherung nicht behindern. Da mussten Profis ran. Ich sah zu der Lehrerin.

«Es geht niemand ran. Ich wähle die 110», sagte sie.

Ich nickte. «Teilen Sie dann gleich am Anfang mit, dass wir auf Amrum sind, denn mit der 110 landet man auf dem Festland.»

Wer wusste, wo die Amrumer Polizisten Hark Jensen und Finn Petersen sich herumtrieben. Es war Nachmittag, vielleicht waren sie irgendwo auf ein Glas Tee und ein Stück Friesentorte eingekehrt. Dass sie noch auf der Wache arbeiteten, hatte ich von Frerk gehört, den ich gestern nach den beiden gefragt hatte. Die Aufklärung des Mordes im April hatte die Beamten und mich zusammengeschweißt. Ich war immer noch ein bisschen stolz, dass wir den Täter gefasst hatten. Besonders Finn Petersen hatte ich dabei wegen seiner aufrichtigen Art ins Herz geschlossen und hoffte, ihn bald wiederzusehen. Allerdings hatte ich eine harmlose Gelegenheit erwartet – vielleicht ein Plausch über die neuesten Inselgeschichten oder eine humorvolle Anekdote aus seinem Polizeialltag. Stattdessen stand ich hier am Tatort eines möglichen Verbrechens, das einer Frau das Leben gekostet hatte. Ein eisiger Schauer lief mir über den Rücken, als ich mir Greta Jansens letzte Momente ausmalte. Hatte sie gewusst, was ihr bevorstand? Hatte sie versucht, sich zu wehren? Wie war sie gestorben? Und warum?

«Guten Tag, ich heiße Christine Möllner», sagte Dieters Frau da. «Ich bin mit einer Besuchergruppe im Öömrang Hüs auf Amrum. Wir haben in einer der Schlafkojen eine Tote gefunden. Es handelt sich um eine gewisse Greta Jansen, die eigentlich die Gruppe führen sollte.» Sie schwieg einen Moment und hörte zu. «Nein, ganz sicher, sie ist tot. Wir haben zufällig eine Kommissarin hier in der Gruppe, die das überprüft hat.» Wieder lauschte sie. «Ja, einen Moment, bitte.»

Sie reichte mir das Telefon. «Er möchte Sie sprechen.»

«Gabriele Scholle hier», sagte ich. Dass ich keine Kommissarin war, tat gerade nichts zur Sache, jetzt musste gehandelt werden. «Wie Frau Möllner Ihnen eben schon mitgeteilt hat, haben wir es mit einer toten Frau im Öömrang Hüs zu tun. Die Begebenheiten deuten auf ein Verbrechen hin, Petersen und Jensen von der örtlichen Polizeiwache hier auf Amrum sollten sich beeilen. Und vielleicht geben Sie auch schon den Kollegen vom Festland Bescheid, es wäre wichtig, dass die Spurensicherung schnell eintrifft.» Ich merkte, dass meine Stimme ruhiger klang, als ich mich innerlich fühlte. Aber ich wusste, dass ich jetzt einen kühlen Kopf bewahren musste. Als Polizeisekretärin war ich es gewohnt, in Krisenmomenten ruhig zu bleiben. Wenn meine Kollegen um mich herum in Aufruhr waren, blieb ich gefasst. Außerdem war ich es nicht zuletzt als Mutter und Großmutter gewohnt, selbst in den hektischsten Momenten den Überblick zu behalten. Ein Teil von mir schaltete dann auf den vertrauten «Organisationsmodus» um, der mir schon in so mancher Krisensituation geholfen hatte.

«In Ordnung», sagte der Beamte.

Ich gab der Lehrerin das Handy zurück und wandte mich mit fester Stimme an die Gruppe: «Die Polizei wird jeden Moment eintreffen.»

«Das ist gut, aber ich glaub, mir wird schlecht», sagte eine Frau mit kurzem grauen Haarschopf. «Dürfen wir rausgehen?»

Sie hatte mich um Erlaubnis gefragt. Vielleicht hätte ich doch Kriminalkommissarin werden sollen, das Zeug dazu hätte ich auf jeden Fall gehabt. Allerdings hätte ich dann wohl schon eher dafür gesorgt, dass alle schnellstmöglich den Raum verlassen, schon allein, um mögliche Spuren des Täters – oder der Täterin – nicht zu verwischen.

«Ja», antwortete ich, «bitte gehen Sie alle raus, passen Sie dabei auf, dass Sie nichts berühren, und bleiben Sie in der Nähe. Wir müssen gleich unsere Aussagen machen.»

Die Gruppe machte sich sofort auf den Weg. Ich blieb noch einen Moment stehen und sah mich um. Erst jetzt bemerkte ich, dass der Raum nicht nur ein Schlafzimmer war, sondern wohl auch ein Wohn- oder Esszimmer. Unter dem Fenster stand eine schlichte Holzbank, davor ein Tisch. Darum herum platziert waren ein paar Stühle. Auf dem Tisch lagen eine alte Bibel, ein Psalmenbuch und eine Brille, ein Teller mit einer Brezel und eine seltsam aussehende Tasse mit einem waagerechten Steg in der Öffnung, der mich an die Silhouette einer Fledermaus erinnerte. Ich blickte noch einmal zu Greta Jansen, die sich, würde sie am Tisch sitzen, optisch gut in das Bild einfügen würde, und fragte mich, ob sie die Tracht als Arbeitskleidung für die Führungen durch das Öömrang Hüs trug oder ob es einen anderen Grund dafür gab.

Da bellte Dolores, die sich die ganze Zeit erstaunlich ruhig verhalten hatte, und rannte aus dem Zimmer.

«Dolly!», rief ich und fast im gleichen Moment wurde mir klar, dass ich etwas Wichtiges außer Acht gelassen hatte. Was, wenn die für den Mord verantwortliche Person noch im Öömrang Hüs war? Dass ich nicht früher daran gedacht hatte! Mit einem mulmigen Gefühl sah ich mich um. Natürlich war niemand zu sehen. Aber es konnte sein, dass er oder sie noch hier war. Ich machte also, dass ich Land gewann.

Vor der Tür, wo die anderen auf mich warteten, atmete ich erleichtert auf, ließ mir aber nicht anmerken, dass mir der Schreck noch in den Gliedern steckte. Ich wollte niemanden verängstigen. Dafür gab es auch keinen Grund, wie ich feststellte, denn unter dem Birnbaum zu unserer Linken saß der Auslöser für Dolores' plötzliche Flucht aus dem Öömrang Hüs. Es war ein farbenprächtiger Fasan.

Gö-gock, gö-gock, machte er. Dolores stand etwa zwei Meter von ihm entfernt, regungslos, die Ohren angelegt, das rechte Vorderbein um neunzig Grad angewinkelt, und starrte den Vogel an. Aber der ließ sich von ihr nicht beirren. Gö-gock, tönte er wieder und stolzierte in aller Seelenruhe davon.

«Dolly», befahl ich, bevor sie auf dumme Gedanken kam. «Sitz!»

Sie brummte unwillig, gehorchte aber.

«Braves Mädchen», sagte ich. Und wusste nicht, was wir nun tun sollten, bis die Polizei eintraf. Den anderen schien es ähnlich zu gehen. Unschlüssig standen wir vor dem Haus.

«Was ist das für eine Rasse?», fragte Dieter schließlich und deutete auf Dolores, die den Fasan immer noch im Blick hielt, als ob sie ihn mit bloßem Anstarren festhalten könnte.

«Eine Labradoodle-Dame», erklärte ich. «Labrador mit Pudel.»

«Eine Gute bist du», sagte Dieter nun mit weicher Stimme zu Dolores und sah zu mir. «Und sehr hübsch. Sie sieht so plüschig aus.»

Meine Hündin war eine Herzensbrecherin, sie knackte auch die schwierigsten Fälle. «Sie ist ein Schatz.» Ich schaute wieder zum Öömrang Hüs und wurde ruhiger, denn Dolores hätte es sicherlich bemerkt, wenn der Täter oder die Täterin noch da gewesen wäre.

Wir setzten uns alle auf die beiden Bänke am Zaun und warteten. Dolores legte sich in den Schatten unter dem Birnbaum, wohl in der Hoffnung, der Fasan könne zurückkommen. Frerk kam mir in den Sinn und dass er nichts gegen Hunde, sondern gegen ihre Besitzer hatte, die ihre Vierbeiner unangeleint durch die unter Naturschutz stehenden Dünen strolchen ließen. Er setzte sich ein für seine Insel, die Natur, die Kultur und Traditionen Amrums. Und das war gut so. Ich bewunderte ihn für seinen Einsatz und war aufgrund seiner Empfehlung hier. Er hatte gewollt, dass ich etwas über seine geliebte Insel erfahre. Was würde er wohl sagen, wenn er erfuhr, dass Greta Jansen nicht mehr dazu gekommen war, ihr Wissen an uns weiterzugeben? Mir fiel auf, dass auch der Harpunen-Mord auf der Insel im Zusammenhang mit einer Führung gestanden hatte, aber das konnte nur ein Zufall sein.

«Ich heiße übrigens Gaby», sagte ich zur Gruppe und schaute alle reihum an. Auf Amrum duzte man sich, zudem fand ich es auch den Umständen entsprechend angemessen. «Und um Missverständnisse vorzubeugen: Ich bin keine Kommissarin, sondern Polizeisekretärin, und zwar beim K 11 in Wiesbaden.» Beim letzten Fall hier auf Amrum hatte ich versäumt, das gleich zu Beginn klarzustellen. Das sollte mir nicht noch mal passieren. Als junge Frau hatte ich vorgehabt, Kommissarin zu werden, war dann aber im Büro gelandet. Mit zweiundsechzig Lebens- und fast vierzig Dienstjahren konnte ich jedoch guten Gewissens behaupten, dass ich über allerhand Ermittlungserfahrung verfügte, wenn auch nur passiv. Immerhin hatte ich im Laufe der Jahre einige Fälle begleitet und so manches Detail am Rande mitbekommen, das sich als nützlich erwies. Auch wenn mein Platz am Schreibtisch war, so kannte ich doch die Abläufe und Funktionen einer Ermittlung. Und dann war da ja auch noch der Fall, den ich gemeinsam mit dem Käpt'n aufgeklärt hatte.

«Ach was, aus Wiesbaden!» Die Strohhutfrau lächelte, und nun sah ich die Ähnlichkeit mit der grauhaarigen Frau. Sie hatten die gleiche Mundpartie mit einer deutlich fülligeren Unterlippe im Vergleich zur Oberlippe. Sie waren wohl Mutter und Tochter. Es wunderte mich, dass sie nicht auf meine Erläuterung einging, für sie schien es keine Rolle zu spielen, dass ich keine echte Ermittlerin war. «Da kommen wir auch her, aus Biebrich. Ein weiter Weg, aber was tut man nicht alles für ein paar Tage Nordsee?»

«Ja, die Welt ist klein. Dann sind wir sozusagen fast Nachbarn, ich wohne in Stadtmitte», erklärte ich. Etwa sechs Minuten mit dem Rad zum BKA entfernt, wenn ich flott in die Pedale trat.

«Wir sind aus Merzig», sagte Christine, und Dieter fügte «Das liegt im Saarland» hinzu.

Wir sahen zu dem großen Grauhaarigen.

«Ich komme aus Hamburg», sagte er.

Bisher hatte er kein Wort von sich gegeben. Nun blickte ich ihn überrascht an. Seine Stimme klang warm und dunkel. Sie erinnerte mich an die eines Schauspielers, aber mir fiel spontan nicht ein, an welchen.

«Sind Sie Synchronsprecher?», fragte die Frau mit Strohhut.

Auch ihr war das schöne Timbre also aufgefallen.

Der Hamburger schüttelte den Kopf, und ich betrachtete ihn etwas genauer. Er hatte volles graues Haar und erstaunlich blaue Augen, wie ich nun feststellte. Seine Kleidung wirkte auf den ersten Moment schlicht. Aber sein helles Leinenhemd war fein gewebt. Die Nähte an den Ärmeln und am Kragen zeigten, dass es sich um ein handgefertigtes Stück handeln musste. Die beige Hose saß perfekt und war so geschnitten, dass sie seine schlanke Gestalt betonte. Die Kleidung war nicht nur gut, sondern auch diskret gewählt – eher die eines Mannes, der Luxus gewohnt, aber nicht darauf bedacht war, diesen zur Schau zu stellen. So auch die Schuhe aus dunkelbraunem Leder, die sorgfältig gepflegt waren. In Gedanken schrieb ich meine Beobachtungen bereits in das Fallheft, das ich dafür anlegen würde, eine kleine Marotte von mir. Ich beobachtete nicht nur gern, ich hielt, was ich sah, auch schriftlich fest. Es machte mir einfach Spaß, potenzielle Täterprofile anzulegen, auch wenn es sich, wie hier, erst einmal nicht um einen Verdächtigen handelte. Aber man wusste ja nie!

«Sie klingen wie die deutsche Synchronstimme von Jason Momoa», erklärte die Strohhutfrau.

Der Grauhaarige verzog die Lippen zu einem kleinen belustigten Lächeln. «Noch nie gehört.»

«Er spielt den Aquaman», sagte sie.

Den kannte ich, den Film hatte ich mit meiner Enkelin angeschaut. Ein großer muskelbepackter Kerl mit dunklem Haar und einem goldenen Dreizack.

Ich fragte mich, wie wir in dieser Situation zu einem solch oberflächlichen Gespräch in der Lage waren. Im Öömrang Hüs saß die tote Greta Jansen, während wir uns über Filme unterhielten. Aber vielleicht war genau das der Grund. Wir alle brauchten etwas Leichtigkeit nach dem grausigen Fund im Kojenbett.

Der grauhaarigen Mutter, die nun zum Haus blickte, schien wohl ein ähnlicher Gedanke durch den Kopf zu gehen. «Den Anblick der armen Frau werde ich wohl so schnell nicht vergessen.» Ihre Augen verharrten kurz auf der Tür zum Öömrang Hüs, als würde sie die Szene noch einmal durchleben. Dann schüttelte sie leicht den Kopf und wandte sich wieder der kleinen Gruppe zu. «Und übrigens heiße ich Jana, und der Name meiner Tochter ist Charlotte.»

Auch die anderen stellten sich nun namentlich noch einmal vor. Wir erfuhren, dass der Hamburger Henry hieß, und ich fand, dass das zu ihm passte, als ich in der Ferne das Martinshorn hörte. So gut wir die Zeit auch überbrückt hatten, war ich erleichtert: Hark Jensen und Finn Petersen waren im Anmarsch.

KAPITEL 3

Der Dienstwagen kam keine zwei Minuten später die kleine Seitenstraße entlanggebraust und hielt vor dem Eingangstor. Ich erkannte die beiden Polizisten durch die Scheibe.

Jensen machte den Anfang und schälte sich auf der Beifahrerseite aus dem Wagen. Er zupfte seine Uniform zurecht, die ihm für mein Empfinden noch eine Spur enger als gewöhnlich saß. Hatte wohl etwas zugenommen, der Gute. Kurz darauf verließ auch Finn Petersen den Wagen, wie immer mit einem Lächeln auf den Lippen. Trotz des traurigen Anlasses freute ich mich darüber, die beiden wiederzusehen. Petersen war durch und durch aufrichtig, er hatte etwas erfrischend Unverbrauchtes und die Portion Elan, die seinem Kollegen Jensen beizeiten fehlte, den ich jedoch auch mochte. Jensens Erfahrung und seine Ruhe waren wichtig, und die beiden waren in ihrer Unterschiedlichkeit ein gutes Team, wie ich fand.

Jensen trat strammen Schrittes durch das Tor, beschirmte mit der Hand seine Augen und wandte sich der Gruppe zu. «Moin, wer von Ihnen hat uns angerufen?»

«Das war ich», sagte Christine.

Da lief Dolores schwanzwedelnd auf Petersen zu, der

nun auch zu uns kam, und sie begrüßte ihn mit einem freudigen Ganzkörperwackeln.

«Dolly, na so was», sagte Petersen überrascht.

Ich stand auf, und da fiel Jensens Blick auf mich. Er blinzelte im Stakkato, während seine Kinnlade herunterklappte.

Petersen hingegen lächelte mich an. «Sieh an, wen haben wir denn da: Unsere beiden», er malte Gänsefüßchen in die Luft, «*Kolleginnen* aus dem fernen Wiesbaden, Gabriele Scholle samt Spürnase. Na, das ist ja ein Ding!»

«Moin, ihr zwei», erwiderte ich. «Die Zentrale hat euch also nicht gesagt, dass ich mit angerufen habe.»

«Unter normalen Umständen würde ich mich ja freuen, euch wiederzusehen», sagte Petersen und sah von mir zum Öömrang Hüs. «Du hast tatsächlich eine Tote gefunden, Gaby?» Das «schon wieder» stand ihm ins Gesicht geschrieben, und automatisch meldete sich mein schlechtes Gewissen, obwohl ich rein gar nichts mit der Sache zu tun hatte.

Ich zeigte auf Dolly. «Nicht ich, sie.»

Mit einem Mal kehrte das Leben in Jensen zurück. «Gehen wir rein und schauen uns das mal an, Finn.»

Das hätte ich nun auch vorgeschlagen. «Sie sitzt in einem der beiden Betten.»

«In der Dörnsk also», sagte Jensen.

Petersen erklärte: «Die gute Stube des Hauses.» Mit Blick auf die Gruppe fügte er hinzu: «So wird sie auf Öömrang genannt, dem Amrumer Friesisch, das man hier noch spricht.»

«Ich zeig sie euch», schlug ich vor.

Doch Jensen schüttelte den Kopf. «Du bleibst lieber hier.» Er sah nun auch zu den anderen, die noch immer auf den Bänken saßen, drückte die Schultern durch und sagte streng: «Und Sie alle bitte auch, keiner verlässt den Tatort. Komm, Finn.»

Jensen ging erhobenen Hauptes auf das Öömrang Hüs zu, gefolgt von Finn Petersen. Ich sah ihm verwundert hinterher. War das derselbe etwas zögerliche Jensen, den ich während meines letzten Aufenthalts kennengelernt hatte? Irgendetwas schien ihn verändert zu haben, denn als durchsetzungsstark hatte ich ihn nicht abgespeichert. Äußerlich war er derselbe korpulente Mann geblieben, und zu den drei Polizeihauptkommissar-Sternen auf seinen Schulterklappen waren auch keine weiteren hinzugekommen. Was war geschehen?

Nur ein paar Minuten später, in denen ich nervös auf und ab gegangen war, kamen die beiden wieder nach draußen. Sie machten betroffene Gesichter.

«Dolores hat die Tote gefunden, sagtest du?», fragte Petersen mich.

«Ja», antwortete ich. «Frau Jansen sollte uns um drei Uhr vor dem Öömrang Hüs zur Führung abholen. Irgendwann hat Dolores plötzlich geknurrt ...»

Jensen und Petersen hörten aufmerksam zu, während ich die Ereignisse schilderte. Dolores, die inzwischen auf Abstand saß, wedelte gelegentlich, als wäre sie stolz auf ihre Entdeckung. Als ich die Geschichte beendete, nickte Petersen nachdenklich und sah zu Jensen, der sich mit ernstem Gesichtsausdruck ans Kinn fasste.

«Gesehen habt ihr nicht zufällig irgendjemanden, außer der Toten natürlich?», fragte Jensen.

Wir dachten alle nach und schüttelten einträchtig die Köpfe. «Meine Frau und ich sind um Viertel vor drei gekommen, da war niemand außer uns da», antwortete Dieter. «Die anderen aus der Gruppe sind dann nach und nach dazugekommen.»

«Im Haus war auch keiner, zumindest nicht in den Zimmern, durch die wir gegangen sind. Und ich denke auch, dass Dolores es gewittert hätte, wenn da noch jemand außer uns gewesen wäre», erklärte ich.

Jensen malte in der Luft einen Kreis um das Grundstück. «Wir müssen alles absperren», sagte er. «Spuren sichern. Krüger und Thomsen sollten herkommen und den Fall übernehmen.»

Kommissarin und Kommissar vom Festland, die Ermittelnden der Flensburger Mordkommission. Dass ich die beiden noch mal treffen würde, hatte ich nicht erwartet, als ich mich auf den Weg nach Amrum gemacht hatte. Diesmal hatte ich ausschließlich entspannen und den Zauber der Insel genießen wollen. Aber das war wohl nun erst mal vorbei.

«Und den Doc sollten wir ebenfalls verständigen. Der soll sich Greta Jansen angucken, deren Identität wir noch zweifelsfrei feststellen müssen. Übernimm du das bitte, Finn», sagte Jensen. «Ich rufe in Flensburg an.»

Die beiden traten ein paar Schritte zur Seite, um zu telefonieren.

«Wofür einen Doktor?», fragte Tochter Charlotte. «Falls sie doch noch lebt?»

Greta Jansen sollte noch leben? Ich schrieb die Bemerkung dem Umstand zu, dass alle in der Gruppe etwas unter Schock standen, und erklärte: «Nein, nein, der Doktor kommt, um den Tod offiziell festzustellen und später eine erste Einschätzung zu geben, woran sie gestorben ist. Nur ein Arzt kann das rechtlich absichern, auch wenn uns allen bereits klar ist, dass Frau Jansen tot ist. Es kann auch sein, dass die Todesursache erst mal ungeklärt bleibt», fügte ich hinzu und spürte die besorgten Blicke der Gruppe. «In so einem Fall prüft der Arzt nur die Anzeichen – etwa die Körpertemperatur und andere erste Hinweise – und klärt, ob eine natürliche Todesursache überhaupt infrage kommt. Wenn nicht, wird der Fall automatisch als ‹ungeklärter Tod› behandelt, und dann übernimmt die Mordkommission die Ermittlungen.»

Charlotte runzelte die Stirn. «Und was passiert, wenn wirklich jemand ... nachgeholfen hat?»

Ich nickte bedächtig. «Falls der Arzt Anzeichen für Fremdeinwirkung entdeckt, kommen Spezialisten, die alle Spuren sichern, Beweise sammeln und eine Obduktion veranlassen. Bei einem ungeklärten Tod lässt sich nie sofort sicher sagen, was passiert ist. Die beiden Polizisten hier scheinen allerdings davon auszugehen, sonst würden sie nicht schon vor Eintreffen des Arztes die Mordkommission verständigen.»

Petersen, der zurückkam und unsere Unterhaltung mitbekommen hatte, erklärte weiter: «Deshalb sperren wir jetzt das Haus und das Gelände ab, bis die Ermittler aus Flensburg eintreffen. Jeder Fußabdruck, jeder winzige Faden könnte wichtig sein.»

Charlotte nickte langsam, immer noch bleich im Gesicht, und murmelte: «Ich verstehe. So richtig begreifen kann ich das allerdings noch nicht.» Sie rieb sich über die Arme. «Das ist die erste Tote, die ich in meinem Leben gesehen habe. Und dann gleich so was. Das wird mich noch lange verfolgen.»

«Gibt es auf der Insel eine Notfallseelsorgerin, Finn?», fragte ich.

«Nein, das gibt es nicht. Es sei denn, hier macht gerade zufällig jemand Urlaub.» Sein Gesicht leuchtete auf. «Oder wir fragen mal in der Klinik für Mutter-Vater-Kind-Kuren, ob da jemand verfügbar ist, eine Psychotherapeutin vielleicht.»

Charlotte winkte ab. «Nicht nötig.» Sie sah zu ihrer Mutter. «Meine Mutter ist Psychologin.»

«Ach was!» Ich schaute Charlottes Mutter überrascht an. Damit hatte ich nicht gerechnet. Eigentlich hatte ich mir überhaupt keine Gedanken über die zurückhaltende, eher unscheinbare Frau gemacht. Und die Psychologin hatte ich eher in Christine vermutet. Da war ich wohl meinen eigenen Vorurteilen auf den Leim gegangen. Das Beobachten hatte ich gut drauf nach jahrelanger Übung, aber das Schlussfolgern war manchmal eine ganz andere Geschichte. Es war, als würde ich ein Puzzle zusammensetzen, bei dem ein paar Ecken einfach nicht passen wollten. Die Details konnte ich präzise wahrnehmen, fast schon automatisch – den schüchternen Blick von Charlottes Mutter, ihre unauffällige Haltung, ihre bedachte Wortwahl. Doch statt die richtige Figur zu erkennen, sah ich nur eine vage Gestalt und war sicher, sie müsse irgendetwas ganz anderes sein.

So hatte ich also die Psychologin glatt woanders vermutet und Charlottes Mutter als eine eher stille Beobachterin abgetan, vielleicht als die Art Frau, die heimlich Listen im Kopf führt, aber nie laut wird. Weit gefehlt! Die Wirklichkeit war oft ein bisschen wie ein Buch, das man schon tausendmal gelesen hat, nur um dann plötzlich ein neues Kapitel zu entdecken.

«Für Kinder und Jugendliche», ergänzte die Psychologin nun leise, ein schwaches Lächeln auf den Lippen. «Aber ich muss zugeben, dass ich so etwas ... so etwas Unmittelbares noch nie erlebt habe.» Sie rieb sich die Stirn, als wolle sie die bedrückenden Bilder vertreiben. «Vielleicht brauche ich selbst ein paar Gespräche, wenn wir wieder in Wiesbaden sind.»

«Das kann ich gut verstehen», sagte ich. Auch mir würde das Bild der toten Greta Jansen in blau-roter Tracht, in einer Schlafkoje sitzend, so schnell nicht aus dem Kopf gehen.

In dem Moment stieß Jensen wieder zu uns. «Flensburg ist auf dem Weg. Holst du das Absperrband aus dem Kofferraum, Finn?»

Während die beiden weitläufig das Gelände um den Zaun herum absperrten, sagte niemand aus unserer Gruppe etwas. Wir hingen unseren Gedanken nach und warteten. Mir fiel ein, dass ich auf Amrum mitten in der Nacht allein durch den Wald oder die Dünenlandschaft spazieren gehen konnte, ohne Angst zu haben. War das nun vorbei? Amrum war doch eigentlich ein Ort der Ruhe, ein kleines Paradies aus Sand, Wind und Weite. Aber nun hatte sich die friedliche Insel, die sonst ein Ort der Erholung und des Rückzugs war, erneut in einen Tatort verwandelt.

Amrum war bekannt für das Watt, den Kniepsand, die Odde, die Friesentorte im Café Schult, die Blaue Maus, aber weiß Gott nicht für eine hohe Mordrate. Bis zu meinem ersten Besuch kurz nach Ostern hatte der letzte Fall Jahre zurückgelegen. Nun waren Dolores und ich zum zweiten Mal innerhalb von einigen Monaten hier, und prompt gab es wieder einen Mordfall. Warum gerieten wir auf dieser schönen Insel ständig in Schlamassel, Dolores und ich? Ein Teil von mir fühlte eine leise Unruhe. Sollte das etwa ein Muster sein? Oder war es einfach nur Zufall? In Gedanken sah ich schon die Schlagzeilen der *AmrumNews*, der hiesigen Zeitung:

Gaby Scholle und ihre Hündin Dolores sind wieder da. Und mit ihnen die nächste Leiche!

Dann hatten Petersen und Jensen das Grundstück fertig abgesperrt und auch das kleine Häuschen nicht ausgelassen, das neben dem Grundstück stand. Es war, wie das Öömrang Hüs, aus Backsteinen gebaut, die allerdings neueren Datums waren. Es hatte ebenfalls ein Reetdach, war aber insgesamt viel kleiner. Ich schätzte es auf etwa vierzig Quadratmeter. Zwei kleine, mit weißen Gardinen verhängte Fenster gingen auf das Grundstück hinaus. Darunter stand ein langer Fahrradständer mit vier abgestellten Rädern. Daneben hatte ich das Lastenfahrrad platziert, mit dem ich von Norddorf bis hierher geradelt war, vorne im Korb Dolores. Es war ihr Lieblingsplatz, wo sie sich den Fahrtwind um die Nase wehen lassen konnte.

Ob in dem Häuschen jemand wohnte?

Es brannte mir auf der Zunge, Jensen danach zu fragen, der nun zurückkam und fragte, ob alles in Ordnung bei uns sei.

«So weit ganz gut», antwortete ich und hielt meine Frage zurück, denn es ging niemanden aus der Gruppe etwas an. Und mich eigentlich auch nicht, wie ich versuchte mir einzureden. Aber ich wusste nur zu gut, dass ich mir nichts vorzumachen brauchte. Ich war neugierig und würde auf jeden Fall herausfinden, was es damit auf sich hatte.

Jensen nickte und sagte: «Eine unschöne Sache, es tut mir leid, dass Sie sich das ansehen mussten.» Dann ging er mit den Händen in den Hosentaschen zurück zum Dienstwagen, in dem Petersen saß und telefonierte, wie ich von hier aus sehen konnte.

«Was meinen Sie, Gabriele, wie lange wird das Spektakel hier noch dauern?», fragte der Hamburger Henry mit seiner Märchenonkelstimme. Ich hatte mich als Gaby vorgestellt, aber er hatte wohl genau aufgepasst, als Petersen mich mit meinem vollen Namen angesprochen hatte. Dass er mich siezte, während wir anderen uns duzten, passte zu ihm und seiner noblen, etwas distanzierten Art. Er hielt eine gewisse Förmlichkeit aufrecht. Um sich abzugrenzen? Ich konnte mit Männern wie ihm nicht viel anfangen, aber mir fiel durchaus seine markante Ausstrahlung auf mit den scharfen, wachen Augen, die ein wenig geheimnisvoll wirkten. Er erinnerte mich ein wenig an Curd Jürgens. Da war etwas Unergründliches, ein Hauch von Understatement und Eleganz, der Henry eine gewisse Anziehungskraft verlieh, die bei manchen Frauen sicher sehr gut ankam. Der Hamburger fiel auf. Aber ich besann mich auf seine Frage.

«Das ist schwer zu sagen, Henry», antwortete ich. Ich sah nach Südwesten, Richtung Hubschrauberlandeplatz. Er lag nur einen Katzensprung vom Öömrang Hüs entfernt. Dolores und ich waren bei einem unserer Erkundungsspaziergänge durch Nebel an ihm vorbeigekommen. «Die Kommissare aus Flensburg sitzen wahrscheinlich schon im Helikopter und werden in Kürze eintreffen. Ich vermute, dass die Kollegen von der Insel gleich noch eure Daten aufnehmen und dass wir dann alle noch einmal befragt werden.»

Henry verzog die Stirn zu einem leichten Runzeln.

«Haben Sie noch etwas vor?», fragte ich.

Er warf einen kurzen Blick auf die Uhr, dann schüttelte er den Kopf. «Etwas Zeit habe ich noch. Die Führung war ja für eineinhalb Stunden angesetzt.»

«Wie spät ist es?», fragte ich.

«Gleich vier.»

«Eine halbe Stunde also noch.» Ich betrachtete ihn nachdenklich. Er war meiner Frage ausgewichen. Was hatte Henry vor? War er als Urlauber auf der Insel oder beruflich? «Das könnte knapp werden.»

«Das befürchte ich auch.» Er stand auf. «Danke für den Hinweis, ich werde dann mal eben telefonieren.»

«Er könnte wirklich als Synchronsprecher arbeiten», sagte Charlotte, als Henry ein paar Schritte zur Seite gegangen war.

«Auf jeden Fall hat er was zu sagen, da wo er arbeitet oder gearbeitet hat.» Mutter Jana sah zu ihm rüber. «Ich schätze ihn auf Ende sechzig, auch wenn er viel jünger aussieht. Inhaber einer Firma oder Freiberufler, aber eher im kreativen Bereich, Werbung oder Architektur.»

«Könnte passen», sagte ich, nutzte die Chance und fragte: «Was machst du beruflich, Dieter?»

Er lehnte sich auf der Bank zurück, kreuzte die Arme vor der Brust und antwortete: «Das werdet ihr mir bestimmt gleich erzählen.»

«Also Lehrer schon mal nicht», sagte ich. «Und auch nichts anderes Soziales.» Den vermuteten Finanzbeamten hielt ich vorsichtshalber zurück. Ich hatte mit meinem Lehrer schon danebengelegen, heute war anscheinend nicht mein Tag.

«Versicherungen.» Jana musterte ihn, schüttelte den Kopf und verbesserte sich: «Du könntest Handwerker sein, dafür sprechen deine kräftigen Hände. Vermutlich bist du aber selbstständig, und wahrscheinlich hast du ein paar Angestellte.»

Dieter schüttelte anerkennend den Kopf. «Was machst du beruflich, Psychiaterin? Auf jeden Fall hast du eine verdammt gute Menschenkenntnis. Ich habe eine Ausbildung zum Schreiner absolviert und das Bauingenieurstudium obendrauf gesetzt.»

«Gut erkannt, Jana!», sagte ich und fand, jetzt, wo ich es wusste, dass es zu Dieter passte.

Da kam Henry zurück. Wir sahen ihn alle erwartungsvoll an.

«Habe ich etwas verpasst?», fragte er.

«Wir rätseln, was Sie beruflich machen», antwortete Jana.

«Nichts», antwortete Henry mit einem charmanten Lächeln. «Ich bin seit ein paar Jahren im Ruhestand.»

«Ach, kommen Sie, raus mit der Sprache! Was haben Sie davor gemacht?» Jana sah ihn auffordernd an und versuchte es mit einem kleinen Kompliment. «Die Synchronstimme von diesem Aquaman sind Sie ja wohl nicht. Wobei ich finde, dass Sie durchaus das Zeug dazu hätten», fuhr sie fort. «Ihre Stimme ist ja wirklich ein Erlebnis.»

Henry wollte offensichtlich nicht darüber sprechen, und ich hätte nicht weiter nachgehakt. Aber da Jana nicht lockerließ, wartete ich gespannt auf Henrys Antwort, mit der er sich etwas Zeit ließ.

«Ich war Koch», sagte er schließlich. «Mit einem eigenen kleinen Restaurant. Aber das ist eine gefühlte Ewigkeit her.»

Damit hatte ich nicht gerechnet.

Und Jana auch nicht. «Verdammt», sagte sie. «Da lag ich ja sehr daneben, ich habe einen Architekten vermutet.»

«Wie sagte Oscar Wilde?» Ein kleines schelmisches Lächeln umspielte Henrys Mund. «Man sollte immer ein wenig unwahrscheinlich sein.»

Hatte uns der Schrecken als Gruppe zusammengeschweißt? Ich plauschte hier mit fünf mir bisher unbekannten Personen und hatte tatsächlich für den Moment vergessen, dass sich im Öömrang Hüs etwas Schreckliches ereignet hatte.

Bis wir alle das Geräusch des näher kommenden Hubschraubers hörten, das uns aufblicken ließ. Es schwoll an und füllte die Luft mit einem tiefen, pochenden Wummern.

Gleichzeitig startete Petersen den Dienstwagen und fuhr zum Hubschrauberlandeplatz, um die Ankommenden in Empfang zu nehmen und hierherzubringen. Sekunden später kam ein dunkelgrüner Kombi von der Wattseite und hielt direkt vor dem Zaun. Ein hagerer Mann stieg aus, eine schwarze Ledertasche fest in der Hand. Er sprach kurz mit Jensen und ging dann zielstrebig mit ihm zum Öömrang Hüs. Der Arzt war da.

«Jetzt wird es ernst», sagte Dieter.

Henry, dessen wachsame Augen das Geschehen aufmerksam verfolgten, erwiderte trocken: «War es das nicht schon die ganze Zeit?» Ein Hauch von Ironie lag in seiner Stimme, aber auch etwas Ernsthaftes.

Für einen Moment verfielen wir alle in betretenes Schweigen. Die vertraute Leichtigkeit der vorangegangenen Gespräche war mit dem Dröhnen des Hubschraubers verflogen, und ein seltsames Gefühl der Endgültigkeit breitete sich in der Runde aus.

KAPITEL 4

Dolores hatte die ganze Zeit unter dem Birnbaum ge-
schlummert. Jetzt merkte sie, dass sich etwas tat, und
kam zu uns getrottet. Sie litt unter der Hitze, und ich musste zugeben, ich hatte sie in der ganzen Aufregung vergessen. Schnell gab ich ihr Wasser und als Belohnung für ihr
tapferes Warten ein paar Leckerlis. Aber das reichte ihr
nicht. Sie schnüffelte zielsicher an meinem Rucksack, der
auf dem Boden lag. Der Blick, mit dem sie mich nun aus
ihren treuen braunen Augen ansah, machte mich schwach.

«Du hattest doch gerade schon etwas», sagte ich, hockte mich neben sie und öffnete den Rucksack. «Aber gut,
Oma will nicht so sein.»

Amüsiert schüttelte ich den Kopf über mich selbst. Da
war sie wieder, die Oma. Mein Sohn Max, der sich Dolores
zum Trüffelsuchen und Frauenaufgabeln zugelegt hatte,
hatte begonnen, mit Dolores wie mit einem Menschen zu
sprechen. Er nannte sich Papa und mich folgerichtig Oma.
Zuerst hatte ich mich darüber lustig gemacht, aber schon
ein paar Wochen nachdem Max wegen seiner Arbeit weggezogen war und mir Dolores anvertraut hatte, hatte ich
den gleichen Unsinn angefangen. Inzwischen sprach ich
mit meiner Hündin, als wäre sie wirklich meine Enkelin.

Und die hatte eine eingewickelte Schinken-Käse-Stulle erschnüffelt. «Einen Trüffel bemerkst du nicht, wenn er direkt vor deiner Nase unter der Erde liegt, aber Schnitten riechst du meilenweit gegen den Wind.» Und Tote, aber das sagte ich jetzt lieber nicht. Stattdessen wickelte ich das belegte Brot aus dem Pergamentpapier und gab es ihr. Sie schnappte zu, und ich schimpfte mit ihr, weil sie dabei vor lauter Gier fast meine Finger erwischt hätte. Meine Hündin war wirklich gut erzogen, nur wenn es ums Fressen ging, vergaß sie ihre Manieren. «Das üben wir noch, Fräulein!»

Aber das interessierte Dolores nicht, sie kaute bereits mit einem zufriedenen Schmatzen.

In diesem Augenblick fuhr der Dienstwagen herbei. Petersen saß am Steuer, Krüger daneben und Thomsen dahinter. Sie parkten direkt vor dem Tor und stiegen aus.

«Moin, Frau Scholle», sagte Finnja Krüger ohne einen Hauch von Verwunderung in der Stimme, als sie zu uns kamen. «Der Kollege hat uns schon informiert, dass Sie wieder da sind.»

«Moin, Frau Krüger», grüßte ich zurück. Wir schüttelten uns die Hände. «So schnell sieht man sich manchmal wieder.»

Die Kommissarin war ihrem extravaganten Kleidungsstil treu geblieben. Ihre Bluse war so grell pink, dass mir fast die Augen schmerzten, und die unförmigen geometrischen Muster darauf hätten besser in eine Ausstellung zeitgenössischer Kunst gepasst. Als ich ihr das erste Mal begegnet war, hatte sie einen auffällig geblümten Rock getragen. Immerhin trug sie heute schwarze enge Hosen und Sneaker dazu. Aber trotzdem fiel sie auf, und das sicher auch bei einer eventuellen Observierung. Ob sie wohl unauffälligere Wechselkleidung dabeihatte?

Nun stieß Konrad Thomsen zu uns, im schicken anthrazitfarbenen Anzug. Er begrüßte mich spartanisch mit einem «Moin», baute sich in aufrechter Haltung vor mir auf und sah mit verschränkten Armen und grimmigem Blick zu mir herunter. Seine Vorliebe, sich wie ein Bankdirektor zu kleiden, war unverändert. Ich hatte jedoch vergessen, wie groß er war. Seine einschüchternde Ausstrahlung war für einen ermittelnden Kommissar sicher nicht hinderlich. Allerdings war ich keine Verdächtige, sondern eine Zeugin.

«Dort, wo ich herkomme, würde man Sie einen Seuchenvogel nennen, Frau Scholle», sagte er bissig. Dass er nicht unbedingt der charmanteste Kommissar war, hatte ich schon im April erfahren. Aber Thomsen schien sich nicht mehr daran zu erinnern, dass wir uns gegen Ende der Ermittlungen ein wenig nähergekommen waren, was ein gewisses Maß an Freundlichkeit und Respekt anging.

«Ich freue mich auch, Sie wiederzusehen», erwiderte ich und strahlte ihn an.

Dolores hatte mittlerweile ihre Stulle verschlungen. Sie bellte freudig und sprang an ihm hoch.

«Dolly, Schluss!», schimpfte ich und zog sie zurück. «Unten bleiben!» Auch das musste ich meiner Hündin noch beibringen. «Tut mir leid. Das macht sie sonst nie», flunkerte ich. «Nur wenn sie sich besonders darüber freut, jemanden zu treffen, den sie mag.»

Thomsen schaute mir einen Moment in die Augen. Ich lächelte, er seufzte theatralisch.

«Wenn Sie das nächste Mal auf die Insel kommen, informieren Sie uns bitte vorher», sagte er. «Dann wissen wir, dass wir den Hubschrauber startklar machen können.»

«Wenn ich gewusst hätte, dass ich Ihren Arbeitstag gleich *wieder* mit einer Leiche einläute, hätte ich mich natürlich angemeldet – dann hätten Sie den Motor schon warmlaufen lassen können», konterte ich. «Vielleicht schaffe ich mir dann ja bald einen eigenen Tatort-Absperrband-Vorrat an, wenn das so weitergeht.»

Thomsen schüttelte leicht den Kopf, konnte sich aber ein Schmunzeln nicht verkneifen.

«Nun, laut Petersen haben wir ja schon Ihre Aussage, nicht wahr, Frau Scholle?», fragte nun Kommissarin Krüger.

Ich nickte.

«Wohnen Sie wieder bei Kapitän Behrendsen in Norddorf?», fragte Thomsen.

«Ja.»

«Und Ihre Handynummer ist noch dieselbe?»

Wieder nickte ich.

«Und wie lange bleiben Sie?»

«Noch elf Tage», antwortete ich.

«Gut. Wir melden uns, wenn wir noch Fragen haben.» Er drehte sich zu den übrigen Mitgliedern der Gruppe um. «Die anderen würde ich bitten, noch ein bisschen zu bleiben. Wir nehmen jetzt Ihre Daten und Aussagen auf.» Thomsen sah mich wieder an. «Dann können Sie jetzt gehen. Und Frau Scholle ...» Er ließ den Satz in der Luft hängen und sah mich streng an. «Sie wissen, was ich mir jetzt zu sagen verbiete.»

Er wollte nicht, dass ich mich in die Ermittlungen einmischte. Sicher kratzte es an seiner Ehre, dass eine Polizeisekretärin zusammen mit einem pensionierten Käpt'n den letzten Fall vor ihm gelöst hatte.

«Meine Handynummer haben Sie ja», sagte ich und schenkte ihm ein gespielt zuckersüßes Lächeln. «Falls Sie Fragen haben, wie Sie eben so schön gesagt haben. Oder wenn Sie Hilfe bei den Ermittlungen brauchen.»

«Frau Scholle!» Er sah mich streng an.

«Komm, mein Schatz, lass uns gehen», sagte ich zu Dolores und merkte überrascht, dass ich es schade fand. Es war, als wären mir das Ehepaar, das Mutter-Tochter-Gespann und der Hamburger vertraut, obwohl wir immer noch Fremde waren.

Aus einem Impuls heraus wollte ich nach den Handynummern der anderen fragen. Aber ich wollte Thomsen nicht verärgern und war mir sicher, dass er mir nicht glauben würde, dass ich das ohne investigativen Hintergedanken tat.

«Na dann ...», sagte ich, verabschiedete mich und ging mit Dolores zum Fahrradständer neben dem Häuschen. Dabei warf ich einen flüchtigen Blick durch das kleine Fenster und sah einen weißen Tisch, auf dem allerlei Papiere und Zeitschriften lagen. In der Mitte stand eine Vase mit einem Strauß weißer Rosen. Ich schaute noch einmal zu Thomsen hinüber, der gerade mit Krüger zum Öömrang Hüs ging, und sagte zu Dolores: «Die beiden werden ja den Blumenstrauß in der Hand der Toten dokumentieren, aber sehen sie auch, dass hier im Häuschen ein verwelkter steht? Mit den gleichen Blumen?» Darauf konnte ich

Petersen auch noch diskret hinweisen. Ich war mir sicher, dass er sich im Gegensatz zu Thomsen freuen würde, wenn ich ihm bei seinen Ermittlungen ein wenig unter die Arme greifen würde.

Meine Hündin legte den Kopf schief und schaute mich aufmerksam an. «Schade, dass du nicht sprechen kannst», sagte ich, während sie unaufgefordert in die Fahrradbox sprang. Von dort schaute sie mich erwartungsvoll an, als wollte sie sagen, dass es sofort losgehen konnte. «Auf den Spaziergang durch den Wald müssen wir heute verzichten», sagte ich. «Wir fahren nach Hause zum Käpt'n.»

«Du wirst gerne von der Oma herumgefahren, was?», fragte ich, als ich losfuhr und sie nach vorn blickte. Ihre Antwort: ein aufgeregtes Hecheln als eindeutige Zustimmung. Wahrscheinlich freute sie sich auf den Fahrtwind, von dem auch ich mir bei der Hitze eine Abkühlung versprach.

Ich trat in die Pedale. Wir rollten los, mit der Sonne des späten Nachmittags im Rücken, die weiterhin warm am blauen Himmel stand. Begleitet von kreischenden Möwen, die ihre Runden drehten, und einer von der Nordsee herüberdrängenden leichten Brise. Ich sog die salzige Luft tief ein, hielt kurz den Atem an und atmete aus. Ein Gefühl wie eine sanfte Umarmung von Wind, Sonne und Meer.

Wir fuhren am Watt entlang, wobei meine Gedanken etwas zur Ruhe kamen. Felder und Wiesen erstreckten sich links von uns. Ein paar Schafe grasten träge auf ihnen. Zu meiner Überraschung schaute Dolores nur beiläufig zu den Tieren hinüber, wie eine gelangweilte Monarchin, die an ihrem staunenden Volk vorbeikutschiert wurde. Es fehlte nur noch, dass sie eine Pfote hob und königlich erhaben winkte. Königin Dolly, die Erste.

Was der Käpt'n dazu sagen würde, dass wir erneut auf eine Leiche gestoßen waren? Wie ich ihn kannte, würde er mich mit einem stoischen Blick ansehen, der kälter war als eine nordfriesische Winternacht. Hin und wieder würde er an seiner Pfeife ziehen, und irgendwann, wenn Dolores zu seinen Füßen eingeschlafen wäre, einen trockenen Spruch von sich geben.

Freundlich ausgedrückt, hatte mein Vermieter eine spezielle Art, mit Menschen umzugehen. Er hatte mich bei unserer ersten Begegnung vor seinem Haus rüde abgewiesen, obwohl die Ferienwohnung bereits von mir bezahlt worden war. Mit den struppigen grauen Haaren unter der Schiffermütze, dem Rauschebart, dem schneeweißen Hemd mit grober Weste und den schwarzen Cordhosen war er mir trotz des fehlenden Holzbeins wie ein Käpt'n-Ahab-Double aus *Moby-Dick* vorgekommen. Als ich ihm gestanden hatte, dass das mein Spitzname für ihn war, hatte er flüchtig gelächelt, selbst wenn er das bis heute bestritt.

Wir brauchten eine gute Viertelstunde bis nach Norddorf. In dem Ort angekommen, radelten wir an reetgedeckten Häusern vorbei. Dank der Unterstützung des Elektromotors düsten wir schließlich mühelos die ansteigende Straße bis zum Haus hinauf, das idyllisch am Rand der Dünenlandschaft lag.

Ich stellte das Rad in den Schuppen, ging mit Dolores in das Haus und klopfte an Frerks Tür. Sie war nie abgeschlossen, denn auf Amrum gab es keine Diebe, so war die feste Überzeugung meines Vermieters und Freundes – und damit war er nicht allein. Abschließen, das war etwas für Urlauber, sagte er immer. Normalerweise wartete ich, bis er im knurrigen Tonfall «Komm rein, Butt!» rief. Ich mochte den Spitznamen, den er mir gegeben hatte: mein Nachname Scholle auf Öömrang. Aber diesmal war ich ungeduldig. «Ahab!», rief ich, drehte den Knauf und betrat ohne Aufforderung den Flur. «Wo bist du? Ich muss dir was erzählen!»

Er war nicht da, wie ich kurz darauf feststellte. Und sein Handy hatte er natürlich nicht mitgenommen. Es klingelte, als ich ihn anrief, und zwar auf dem Küchentisch.

«Wo steckt der Käpt'n, Dolores?», fragte ich.

Sie lief schwanzwedelnd zurück in den Flur und sah mich erwartungsvoll an.

«Ist er in den Dünen unterwegs?», fragte ich.

Sie standen unter Naturschutz, und nur Fachleute und Naturschützer von der Insel durften sie betreten, Urlauber nicht, ich nicht, schon gar nicht mit Dolores. Frerk hatte mir nicht nur einmal einen Vortrag über die Funktion und Wichtigkeit der sanften, mit Strandhafer, Dünengras und Heide bewachsenen Hügel gehalten, die das Bild der Insel prägten. Er kannte jeden Winkel und manchmal hatte ich das Gefühl, er hätte jeden Halm eigenhändig gepflanzt, wenn er auf «Patrouille» unterwegs war und Touristen zurechtwies, die sich nicht an das Betretungsverbot hielten.

Unschlüssig zögerte ich einen Moment, ging zurück in die Küche, holte Zettel und Stift aus der Schublade und hinterließ Frerk eine Nachricht auf dem Tisch. Wusste er schon vom Tod der Journalistin? Auf Amrum sprach sich so was doch rum wie ein Lauffeuer.

*Frerk, ich weiß nicht, ob du es schon mitbekommen
hast, aber Greta Jansen lebt leider nicht mehr. Sie
saß tot im Kojenbett. Sind am Wasser, Hundestrand.
Ruf mich an! Butt*

Ich nahm Dolores an die Leine und hielt sie bei Fuß. Während wir auf das Meer zugingen, wehte eine salzige Brise herauf und erfrischte mich. Die Schwüle des Tages verflüchtigte sich. Der Abend näherte sich mit großen Schritten, mittlerweile war es kurz vor sechs, aber der Strand glich noch immer einem Wimmelbild. Blau-weiße Strandkörbe erstreckten sich vor meinen Augen wie Farbtupfer auf sandfarbenem Grund, Menschen wuselten hin und her, und wie eine unsichtbare Wolke schwebte über allem ein Wirrwarr von Geräuschen. Bellende Hunde, tobende Kinder, kreischende Möwen, das Rauschen des Meeres ...

Dolores stupste mich an und rieb ihren Kopf an meinem Bein. «Ist schon gut, Schatz.» Ich nahm sie an die lange Leine. «Aber sei brav. Oma will keine Beschwerden hören. Am Hundestrand mache ich dich los.»

Sie lief schnurstracks auf eine Möwe zu, die sich gerade auf einer Decke niedergelassen hatte und nach verwaisten Schokokeksen pickte. Dolores liebte es, Möwen zu jagen, aber ich war mir sicher, dass sie ihr nichts tun würde, wenn sie eine zwischen die Pfoten bekäme. Wahrscheinlich würde sie kläffend um sie herumspringen, aber niemals zubeißen. Dafür ruhte eine zu friedliche Seele in ihr. Ich rief sie zurück, sie hörte sofort und kam schwanzwedelnd auf mich zu.

Wieder einmal fiel mir auf, dass Dolores und ich viel gemeinsam hatten. Nicht nur äußerlich, die durchgefallenen Prüfungen – sie als Trüffelsuchhund und ich in der Polizeischule – oder die Vorliebe für gutes Essen. Amrum machte etwas mit uns beiden. Wir fühlten uns wohl hier. Die Insel strahlte etwas aus, für das wir beide empfänglich waren. Ich hatte ihn vermisst, diesen besonderen Zauber, obwohl ich nur dreieinhalb Monate weg gewesen war, und Dolores schien es genauso zu gehen.

Am Hundestrand löste ich die Leine. Ich wusste, dass auch hier Leinenzwang galt, aber ich tat es trotzdem, denn auch Frerk ließ Dolores hier frei laufen. Ausgelassen tobte meine Hündin durch den Sand, wälzte sich darin, sprintete zum Wasser und wieder zurück. Während ich sie beobachtete, wartete ich auf Frerks Anruf, der nicht kam. Dafür sah ich ihn ein paar Minuten später höchstpersönlich den Spülsaum entlang in unsere Richtung stapfen. Bei diesen hohen Temperaturen wirkte er allerdings so fehl am Platz wie ein Eisbär auf einer Strandparty mit seinem weißen Langarmhemd, über dem er die obligatorische schwarze Cordweste zu ebenso schwarzen Cordhosen trug.

Dolores hatte ihn auch entdeckt und sprintete zu ihm. Aber anders als sonst beugte sich Frerk nicht zu ihr hinunter, sie gebührend zu begrüßen, sondern kam schnurstracks mit mürrischem Gesicht auf mich zu. Er hatte die Nachricht auf dem Tisch also entdeckt.

«Es sind keine Kojen, die Betten im Öömrang Hüs, so was gibt es nur auf Schiffen», sagte er, anstatt mich zu begrüßen. «Es sind Alkoven, Wandbetten. Und jetzt erzähl, Butt!»

KAPITEL 5

Frerk war niemand, der seine Gefühle offen zur Schau stellte, vor allem nicht in einem traurigen Moment wie diesem. Er hörte aufmerksam zu, ohne eine Miene zu verziehen, und schien die Ruhe selbst zu sein, keine Bewegung, kein Blinzeln. Er nahm das Gesagte einfach in sich auf, ohne auch nur ansatzweise seine Gedanken zu verraten. Er schien jedes Wort, jede Information erst einmal stillschweigend in sich zu verstauen, wie ein Puzzle, das er innerlich zusammensetzte. Nur der leicht angespannte Kiefer, die starre Haltung und das minimale Zucken seines Augenmuskels verrieten, dass Greta Jansens Tod ihm naheging. Erst als ich meinen Bericht mit den Worten beendete, Thomsen hätte mir unmissverständlich zu verstehen gegeben, dass ich mich aus den Ermittlungen heraushalten sollte, blitzte es in seinen Augen auf.

«Der Kerl versteht wohl nicht, dass wir hier vor Ort einen besseren Überblick haben als er von seinem Schreibtisch in Deutschland aus», sagte er.

Ich schmunzelte in mich hinein. Wann immer Frerk die Möglichkeit sah, zu betonen, dass er sich eigentlich für einen Dänen hielt, da Amrum ursprünglich zum dänischen Königreich gehörte, tat er das. Dass die Insel nach dem

Deutsch-Dänischen Krieg vor über hundertfünfzig Jahren Deutschland zugeteilt wurde, interessierte ihn nicht. Er hatte eine tief verwurzelte Bindung zu Nordfriesland, seiner Insel und ihren alten Bräuchen. Diese Eigenständigkeit, dieser besondere «Amrumer Geist», war etwas, auf das er besonders stolz war.

Ich spürte diesen Stolz in Frerks Worten, aber auch seine fast grimmige Entschlossenheit, sich gegen das vermeintlich Fremde von außerhalb zu behaupten. Er sprach, als ob Thomsen ein Eindringling wäre, der von weit herkam, ohne auch nur im Geringsten die Eigenheiten Amrums zu begreifen. Konnte man das dem Polizeibeamten zum Vorwurf machen? War ich das nicht auch, eine Fremde, die wieder gehen würde?

«Weißt du», sagte ich halb scherzend, «Thomsen ist ja nicht der Einzige hier, der von einem Schreibtisch in Deutschland kommt. Ich auch, schon vergessen?»

Er zog seine Pfeife aus der Tasche und zündete sie mit einem Streichholz an. Bevor er sie sich in den Mundwinkel steckte, zog er ein paarmal kräftig daran und brachte die Glut zum Glimmen. Eine süße, leicht blumige Wolke schwebte mir entgegen. Pfirsich, dachte ich. Seine Vorliebe für nach Früchten duftenden Tabak war mir schon bei meinem ersten Aufenthalt aufgefallen. Es passte so gar nicht zu seinem meist nicht sehr einladenden Gesichtsausdruck und der Unnahbarkeit, die Frerk ausstrahlte. Dieser süße Duft, der an Sommerabende erinnerte, stand in einem seltsamen Kontrast zu seiner ruppigen Art.

«Du bist eine Ausnahme, Butt. Die Insel entscheidet, wer zu ihr gehört – und nicht umgekehrt», sagte er.

Ich ließ es so stehen, auch wenn ich meine Zweifel an der Richtigkeit dieser Aussage hatte. Zugleich freute ich mich jedoch über das schöne Kompliment, kam aber nicht dazu, etwas darauf zu erwidern.

«Diesen Flensburger Schnösel mochte ich allerdings von Anfang an nicht», blaffte Frerk.

Ich musste lachen. Hier sprach eindeutig nicht die Insel, sondern Frerk. Aber darum ging es ja gerade nicht.

«Mein Fall ist er auch nicht», sagte ich, «aber ich glaube, im Grunde genommen ist er kein schlechter Ermittler, eben nur etwas ...»

«... zu überheblich für meinen Geschmack», fiel Frerk mir ins Wort. «Der denkt, er weiß alles besser. Aber unter der Oberfläche ist da nicht viel.»

Da war ich mir nicht so sicher, Thomsen hatte schon den einen oder anderen kniffligen Fall gelöst, wie ich nach meiner Rückkehr in Wiesbaden recherchiert hatte. Aber in einer Sache hatte Frerk recht, es war beim Ermitteln natürlich von Vorteil, wenn man Amrum wie seine Westentasche kannte. Und das war bei Frerk der Fall.

«Am Ende zählt, dass sie den Mörder finden», sagte ich. «Du kanntest Greta Jansen. Hast du vielleicht eine Ahnung?»

Frerk ließ den Blick für einen Moment über den Strand schweifen, wo Dolores sich inzwischen erschöpft ins nasse Sandbett gelegt hatte und in die Sonne blinzelte. Er schien sich einen Moment zu sammeln, dann drehte er sich zum Wasser und zog ein paarmal an seiner Pfeife. Ich beobachtete ihn unauffällig. Seine Augen blickten in die Ferne, fixierten irgendetwas am Horizont, das nur er zu sehen schien. Seine Stirn legte sich in tiefe Falten, und für einen kurzen Moment glaubte ich, so etwas wie Schmerz und Bedauern in seinem Gesicht zu erkennen. Es war ein Ausdruck, den ich an ihm bisher nicht gekannt hatte.

Er seufzte leise, etwas, das fast unterging im Rauschen der Wellen. «Eine starke Frau», murmelte er, mehr zu sich selbst als zu mir. «Sucht nach Antworten – und dann endet's so.»

Ich horchte auf. Das war nicht einfach so dahergesagt, da steckte mehr dahinter. «Welche Antworten hat sie gesucht?», fragte ich.

«Wenn ich das wüsste, Butt. Sie hat mich um ein Treffen gebeten. Morgen Abend wollten wir uns sehen, aber dazu kommt es ja nun nicht mehr.» Er schüttelte den Kopf. «Davor hat sie mich auch ein paarmal gefragt, ob ich nicht eine ihrer Führungen besuchen möchte und danach Zeit für einen Kaffee hätte. Aber ich hatte immer andere Dinge zu tun und, wenn ich ehrlich bin, auch keine große Lust, bei ihren Ausführungen über das Leben der Amrumer zuzuhören. Ich war mir sicher, dass sie mir nichts erzählen könnte, was ich noch nicht wüsste. Immerhin habe ich das Skript für die Museumsführungen geschrieben und hab sie eingewiesen.»

Ich sah ihn überrascht an. «Du hast sie angelernt?»

Er nickte. «Sie wusste viel über die Geschichte Nordfrieslands, aber nichts Konkretes über das Öömrang Hüs, seine Bewohner durch die Generationen, die Gegenstände darin. Das ist normal, das geht jedem so, der zum ersten Mal eine Führung macht. Sie ist eine Ehrenamtliche vom Festland, keine Amrumerin. Wir haben einen Pool von etwa zwanzig Leuten, die übers Jahr verteilt für zwei, drei Wochen die Führungen machen. Arbeit gegen Unterkunft sozusagen.»

Das waren gleich mehrere Informationen auf einmal, die ich verarbeiten musste.

«Sie hat hier also ehrenamtlich gearbeitet und nebenbei für ihren Artikel recherchiert», wiederholte ich seine Worte. «Und dafür durfte sie im Öömrang Hüs wohnen?»

«Butt!» Frerk sah mich fassungslos an. «Das Öömrang Hüs wurde 1994 von den letzten beiden Bewohnern, einem Architektenehepaar, an den Öömrang Ferian verkauft, unseren Verein für Heimat, Kultur und Naturschutz auf Amrum. Wir haben es als originalgetreu eingerichtetes Museum erhalten. Die meisten Gegenstände darin sind Spenden von Amrumern oder werden aus Spenden bezahlt. Da lass ich doch niemanden wohnen! Die Freiwilligen kommen im Hüsken unter.»

«Das kleine Haus am Rand des Grundstücks, bei den Fahrradständern!», rief ich. «Ich habe vorhin schon überlegt, wer darin wohnt, aber wieder vergessen zu fragen. Als ich vorhin das Rad von dort geholt habe, habe ich mal kurz durchs Fenster gelinst. Dabei ist mir ein Strauß verwelkter weißer Rosen aufgefallen. In den Händen hielt Greta Jansen einen frischen Rosenstrauß.»

Frerk überlegte einen Moment mit versteinerter Miene. «Die Sache gefällt mir ganz und gar nicht», sagte er schließlich, hob einen Stein auf und warf ihn ins Wasser. «Gib mir ein wenig Zeit, ich muss das alles erst mal sacken lassen und nachdenken.»

«In Ordnung», sagte ich. Es fiel mir schwer, meine Ungeduld im Zaum zu halten, aber ich respektierte Frerks Bitte. Auch weil ich wusste, dass es sowieso keinen Sinn hatte, ihn jetzt zu fragen, was er dachte oder wovon er Kenntnis hatte. Und dass er etwas wusste, da war ich mir sicher. Ganz einfach, weil Frerk seine Ohren überall auf der Insel hatte und außerdem viel geredet wurde unter den Insulanern. Hier schien jeder über jeden Bescheid zu wissen.

Er sah nun wieder zu mir und musterte mich. «Vorab eine Frage, Butt», sagte er schließlich, ohne den Blick von mir abzuwenden. «Wirst du auf Thomsen hören und dich diesmal raushalten?»

«Nein», antwortete ich spontan und musterte ihn ebenfalls. «Beim letzten Mal hatte ich allerdings tatkräftige Unterstützung. Was ist mit dir, Ahab?»

«Bin dabei.»

«Wir sind uns also einig», sagte ich.

«Dann lass uns erst mal noch ein Stück gehen.» Frerk nickte in Richtung Norden. «Ich muss nachdenken.»

Hatte ich eben wirklich beschlossen, mich erneut in die Ermittlungen zu stürzen? Ich hatte es ausgesprochen, ohne groß darüber nachzudenken, aber der Gedanke an die ungeklärten Fragen, die Greta Jansen hinterließ, drängte sich immer weiter in den Vordergrund. Ich spürte das Bedürfnis, die kleinen Details zu klären, die andere vielleicht übersahen. Diese Fähigkeit hatte meine Kollegen in Wiesbaden schon in einigen Fällen weitergebracht, und ich hoffte, dass sie mir auch hier helfen würde. Frerk, mit seiner unvergleichlichen Ortskenntnis und seinen scharfen Beobachtungen, und ich mit meinem Gespür für Nuancen und versteckte Zusammenhänge – wir waren einfach ein gutes

Team. Schließlich hatten wir schon einmal bewiesen, wie gut wir gemeinsam arbeiten konnten, auch wenn unsere Methoden manchmal sehr unterschiedlich waren. Frerk, mit seiner direkten Art, die Dinge anzupacken, und ich, eher analytisch und auf die kleinen, oft unscheinbaren Einzelheiten konzentriert – das hatte bei unserem letzten Fall eine ungewöhnliche, aber wirkungsvolle Dynamik entwickelt.

Die kleine Stimme, die sich meldete, da ich sowohl meiner Kollegin Susanne in Wiesbaden als auch meiner Tochter Julia versprochen hatte, mich in Zukunft aus irgendwelchen Kriminalfällen rauszuhalten, pustete der aufkommende Wind davon. Es war, als wollte er mir ins Ohr flüstern, dass es nun ohnehin kein Zurück mehr gab. Der Vorsatz, mich nicht mehr in solche Angelegenheiten zu verwickeln, wirkte plötzlich genauso fest wie eine Sandburg bei Flut.

Ein Anflug von schlechtem Gewissen blieb, doch die Neugierde und der Drang, die Wahrheit ans Licht zu bringen, waren stärker. Ich konnte es nicht ändern. Da war etwas an Gretas plötzlichem Tod, das mich einfach nicht losließ – die Geheimnisse, die sie mit ins Grab nehmen würde, und die Fragen, die sich um die letzten Stunden ihres Lebens rankten. Außerdem sollte es wohl Schicksal sein, dass wir bei den Ermittlungen ein wenig nachhalfen. Warum sonst hatten ausgerechnet Dolores und ich die Tote gefunden?

Bei dem Gedanken fiel mir wieder ein, dass Frerk mich zu dem Besuch im Öömrang Hüs überredet hatte. Als hätte er geahnt oder vielleicht sogar gewusst, dass dort die nächste Leiche sitzt, die ich finden sollte. Konnte es sein, dass er mehr damit zu tun hatte, als er zugab? Und warum hatte er gerade gesagt, *er* würde niemanden im Öömrang Hüs wohnen lassen, wo er doch vorher von *wir* und einem Verein gesprochen hatte? Müsste ich ihn vielleicht sogar unter der Rubrik der Verdächtigen einordnen? Ich sah ihn skeptisch von der Seite an, während wir nebeneinander am Wasser entlangstapften.

Da kam Dolores auf uns zugerannt, tollte um uns herum und holte sich endlich ihre Streicheleinheit von Frerk ab.

Bei dem Anblick verwarf ich den Gedanken wieder, tatverdächtig war Frerk nicht. Ich hatte schon ein sehr gutes Bauchgefühl, aber Dolores' war noch besser. Sie konnte spüren, wem man trauen konnte. Ihr Instinkt hatte mich noch nie im Stich gelassen. Sie mochte Frerk. Und Dolores mochte nur Menschen, die zu den «Guten» gehörten.

Trotzdem ließ mich der Gedanke nicht ganz los. Frerk hatte diesen Besuch im Öömrang Hüs angestoßen. War es wirklich nur ein Zufall, dass wir genau zu diesem Zeitpunkt dort waren? Oder hatte er geahnt, was wir dort vorfinden würden? Gab es Querverbindungen zwischen Greta Jansen und ihm, die er nicht preisgab? Danach fragen wollte ich ihn jetzt nicht, um das vertrauensvolle Band, das sich zwischen ihm und mir aufgebaut hatte, nicht durch Unbedachtheit aufs Spiel zu setzen. Aber ich nahm mir vor, auch ihn ein wenig im Auge zu behalten. Ich wusste ja aus dem letzten Fall, dass er gern mal Informationen für sich behielt, wenn es dabei um ihn selbst ging.

Er wuschelte Dolores ordentlich durchs Fell und gab ihr schließlich aus seiner Westentasche ein Leckerchen.

«Getrocknete Scholle», sagte er und grinste. «Die ist gesünder als das Fertigzeug, mit dem du sie die ganze Zeit fütterst. Nicht, dass sie uns noch aus dem Leim geht, das wäre nicht gut für ihre Hüfte.»

«Du fütterst sie mit Scholle?», fragte ich entrüstet. «Getrocknet?»

«So wie man das früher hier auf der Insel gemacht hat», antwortete er. «Für schlechte Zeiten. Die Schollen werden zerteilt, der Kopf und die Innereien entfernt. Anschließend werden sie gesalzen, paarweise an der Schwanzflosse zusammengebunden und auf Leinen im Freien getrocknet. So können sie lange gelagert werden.» Er griff in seine Weste. «Willst du mal probieren?»

«Nein, danke. Meine Namensvetter mag ich lieber frisch aus der Pfanne und am liebsten mit etwas ausgelassenem Speck oder ein paar Krabben auf einem Teller.» Ich seufzte. Noch hatte ich mich nicht entschieden, ob ich nach meiner Scheidung den Nachnamen beibehalten sollte. Zwar hatte ich bisher die Trennung von Rolf nicht bereut, die hatten wir beide beschlossen. Aber in bestimmten Momenten erwischte es mich dann doch, und ich wurde ein wenig sentimental. «Mein Mädchenname ist übrigens Bauer.»

Frerk fing laut an zu lachen. «Nicht dein Ernst», sagte er. «Dann habt ihr beide, du und dein Mann, quasi den gleichen Nachnamen.»

«Noch-Mann», stellte ich klar. Auch wenn wir noch nicht geschieden waren, so waren wir uns einig, dass wir es tun würden, sobald das Trennungsjahr vorbei sein würde. «Was hat denn eine Scholle mit einem Bauern zu tun?»

«Das weißt du nicht?» Frerks Fältchen um seine Augen vertieften sich. «Scholle kommt aus dem Mittelhochdeutschen und bedeutet so viel wie Erdscholle, Ackerscholle. Es handelt sich somit indirekt um eine Bezeichnung für einen Bauern.»

Ich schüttelte leicht den Kopf und musste nun auch lachen. «Das wusste ich wirklich nicht. Aber schön, dass du es mir erklärt hast.»

Frerk brummte zustimmend und griff wieder in seine Westentasche, als würde er überlegen, mir noch ein Stück getrocknete Scholle anzubieten. «Ist doch was Gutes, wenn man seine Wurzeln im Namen trägt», sagte er dann. «Macht einen erinnerungsstark, egal, wo man am Ende landet.»

Dolores sprang an ihm hoch und forderte noch eine Streicheleinheit. Er kraulte sie hingebungsvoll hinter den Ohren, und ich sah ihm einen Moment lang zu. Der raue Kerl hatte viel Lebensweisheit, und das gefiel mir sehr. Ich mochte ihn, den pensionierten Käpt'n mit seiner eigenwilligen und ruhigen, aber bestimmten Art, Dinge zu sagen. Ich wusste, dass er mehr hinter seinen rauen Manieren hatte, als er preisgab. Es war nicht nur der sanfte Umgang mit Dolores, der das zeigte. Es war diese Fähigkeit, in den kleinen Momenten tiefer zu denken, die mich immer wieder überraschte.

«Du hast recht», sagte ich schließlich, während ich ihm einen weiteren Blick zuwarf. «Es ist nicht schlecht, wenn der Name einem etwas bedeutet.»

Frerk nickte nur, als hätte er erwartet, dass ich so antworten würde. «Manchmal ist das mit den Namen eben wie mit den Fischen», sagte er dann. «Je frischer, desto besser. Aber es ist nie schlecht, auch mal etwas Altes zu behalten. Wie zum Beispiel ...» Er griff wieder in die Tasche. «Ich mag deinen Namen, er passt zu dir, Butt.»

«Und was bedeutet dein Name, Behrendsen?», fragte ich neugierig.

«Das ist ein typisch norddeutscher Name», antwortete er. «Er kommt aus der Gegend, wo man das ‹-sen› noch gut gebrauchen kann. In seiner ursprünglichen Form leitet er sich wahrscheinlich vom Vornamen eines Vaters oder Vorfahren ab, der wahrscheinlich Behrend oder Berend hieß, was so viel wie ‹starker Bär› bedeutet.» Er zuckte mit den Schultern, als wäre das nichts Besonderes, aber ich konnte mir ein Grinsen nicht verkneifen und stupste ihn sanft in die Seite.

«Ein starker Bär also – ein Seebär.» Einer, der das Leben auf und am Meer, die Gefahren und Herausforderungen kennt und sie mit einer gewissen Härte und Gelassenheit meistert.

Gemächlich gingen wir weiter, bis ich fand, dass Frerk nun genügend Zeit zum Nachdenken gehabt hatte. Ich musste ihn einfach fragen.

«Und, was glaubst du, wo wir zuerst ansetzen sollten?»

Er zog an seiner Pfeife und blies den Rauch in den Wind, als würde er darin nach Antworten suchen. «Es gibt da ein paar Leute, die wir vielleicht mal genauer unter die Lupe nehmen sollten.» Er blickte auf die Nordsee: «Das Meer hat seine eigenen Geheimnisse, weißt du. Wäre Greta Jansen dazu gekommen, ihre Führung zu machen, hätte sie vielleicht die beiden Porzellanhunde erwähnt, die oben im Dachfenster stehen. Hast du sie bemerkt?»

Ich rief das innere Bild des Öömrang Hüs vor meinem geistigen Auge auf. «Die schönen weiß-grünen Fensterrahmen sind mir aufgefallen, die Vorhänge, aber keine Hunde.»

«Die Amrumer Männer sind früher zur See gefahren», erklärte Frerk. «Ab Mitte des 17. Jahrhunderts auf Walfang, später auf Handelsschiffen. Sie fuhren im Februar los und kamen erst im Oktober oder November zurück. Das war eine lange, einsame Zeit. Ab und zu, wenn die Männer in fernen Häfen anlegten, hatte der eine oder andere mal das Bedürfnis nach körperlicher Nähe. Aber in England zum Beispiel war Prostitution verboten. Deshalb haben die Frauen dort diese Figuren mit großem Profit an die Seeleute verkauft.» Er machte eine kleine bedeutungsvolle Pause. «Und sie gaben sich sozusagen als Geschenk dazu.» Er runzelte die Stirn. «Die Männer wiederum hatten nichts Besseres zu tun, als groß und fürsorglich zu tun und die Hündchen ihren daheimgebliebenen Frauen als Mitbringsel zu überreichen, wenn sie nach Hause kamen.»

«Wie dreist!», sagte ich und fragte mich, ob das etwas mit Greta Jansen zu tun hatte. Wenn der wortkarge Seebär so viel redete, war das nicht unwahrscheinlich. «Worauf willst du hinaus?»

«Auf den Inseln und generell an der Küste, nicht nur auf Amrum, ranken sich einige Legenden um diese Hunde. Manche sagen, dass die Frauen sie ins Fenster gestellt haben, um anzeigen, ob der Mann des Hauses zur See ist. Sahen die Hunde nach draußen, war der Mann weg und die Frau hat auf seine Rückkehr erwartet. Sahen die Hunde sich an, war der Ehemann im Haus.» Er schnalzte mit der Zunge. «Du verstehst?»

«Nur Bahnhof», gab ich zu.

«Sahen die Hunde nach draußen, war das ein Zeichen

für den Liebhaber, dass die Luft rein war für ein Rendez-vous.»

«Ach was!» Ich sah Frerk mit großen Augen an. «Willst du damit etwa andeuten, dass Greta Jansen verheiratet war und einen Liebhaber auf der Insel hatte?»

Frerk nickte leicht. «So was kommt bei uns schnell ans Licht, auch wenn man es noch so gut verbergen will.» Ein Hauch von Bitterkeit klang in seiner Stimme mit. «Aber ob da wirklich etwas dran ist, weiß ich nicht. Hier wird viel geredet, wenn der Tag lang ist. Zu viel.»

Ich konnte mir gut vorstellen, wie Frerk die Gerüchte und das Getuschel in den Gesprächen der Inselbewohner aufnahm, ohne ein Wort darüber zu verlieren. Auf Amrum war jeder in gewisser Weise ein Teil des Netzwerks, das Informationen verbreitete – und Frerk war jemand, der sie sammelte, ohne sie gleich zu bewerten.

«Mit einem Insulaner, nehme ich an», sagte ich. «Weißt du, wer?»

«Mit einem Zugezogenen», erwiderte Frerk und zögerte kurz, bevor er sagte: «Sie soll eine Affäre mit unserem Pfarrer, Pastor Rungholt, gehabt haben.»

Ich konnte mir ein Augenzwinkern nicht verkneifen. «Na, das wird ja eine interessante Beichte beim nächsten Gottesdienst, falls der Pastor wirklich Dreck am Stecken hat.»

«Butt, ich bin weiß Gott kein Kirchgänger, aber ich meine mich zu erinnern, dass die Beichte zu den katholischen Sakramenten gehört. Unser Pastor Rungholt predigt allerdings evangelisch.»

Mein Kopf fing sofort an, diese Information zu verarbeiten. «Evangelisch, das heißt, er könnte ebenfalls verheiratet sein.»

«Ist er.»

«Und?» Ich blieb stehen und sah ihn auffordernd an. «Jetzt lass dir bitte nicht alles aus der Nase ziehen. Mit wem, wie alt, seit wann? Wie alt ist der Pastor, seit wann läuft das schon mit den beiden, woher weißt du es genau, wer weiß es noch?»

Frerk schien ansatzweise beeindruckt von meinem Fragenkatalog und antwortete prompt. «Mit Anke Heinken, schätzungsweise um die Mitte vierzig, Rungholt knapp über fünfzig. Wie lang da etwas lief, weiß ich nicht, und seit wann auch nicht. Gehört habe ich es hier und da. Aber wie gesagt, es sind nur Gerüchte.»

«Soso, und was hältst du davon?», fragte ich.

Er zuckte mit den Schultern. «Dass viel geredet wird. Angeblich soll sich der Pastor ein wenig zu gut um die Frauen auf der Insel kümmern.»

«Das heißt?», hakte ich nach. «Hat oder hatte er noch andere Geliebte?»

Frerk dachte einen Moment nach. «Davon habe ich nichts gehört, ich weiß nur, dass die weibliche Bevölkerung von ihm wohl sehr angetan ist.»

«Sieht er so gut aus?», fragte ich und merkte selbst, wie oberflächlich meine Frage klang. «Oder warum stehen so viele Frauen auf ihn? Ist er besonders nett, hilfsbereit, charmant?»

Frerk zuckte mit den Schultern. «Groß, dunkles Haar, schlank. Unscheinbar, wenn du mich fragst. Aber schau doch in deinem Handy nach, da findest du sicher ein Foto von ihm, du bist doch auch sonst so flink dabei, im Internet zu recherchieren.»

Ich ignorierte den Seitenhieb, denn es breitete sich eine prickelnde Aufregung in mir aus, eine Mischung aus Erwartung und Entschlossenheit. Das Gefühl war vertraut, das Kribbeln, das auch bei unserem ersten Fall immer dann kam, wenn ich spürte, dass sich eine Spur auftat – die erste echte Fährte. War das hier der Anfang eines Fadens, der vielleicht zum Kern des Ganzen führen konnte, auch wenn es sich bisher nur um vage Gerüchte und lose Hinweise handelte? Als hätte Frerk einen Schalter in mir umgelegt, als würden meine Sinne sich schärfen, war nun jede Kleinigkeit von Bedeutung: die Andeutungen über Rungholts Beziehungen, aber vielleicht sogar diese Geschichten um die Porzellanhunde. All das fügte sich zu einem Mosaik zusammen, das, wenn man es ins richtige Licht rückte, Entscheidendes enthüllen könnte. Wenn das mit dem Pastor denn stimmte.

«Wie bekommen wir heraus, ob an dem Gerücht etwas dran ist?»

«Frag ihn», antwortete Frerk. «Du bist doch immer für klare Worte.»

Ich zögerte, entschied mich aber für die einzig vernünftige Vorgehensweise. «Damit könnten wir die Ermittlungen gefährden. Das sollten wir an Krüger und Thomsen weiterleiten», sagte ich. «Egal, ob es stimmt oder nicht. Sie müssen es erfahren.»

«Dann mach du das mal.» Frerk straffte die Schultern. «Du scheinst ja einen ganz guten Draht zu dem Schnösel zu haben.»

Ich schubste ihn in die Seite. «He, das ist wichtig, das sollten wir wirklich nicht vorenthalten.»

«Mach du das mal», wiederholte Frerk.

Ich mochte ihn wirklich, aber seine stoische Art war manchmal auch zum Haareraufen. Schließlich ging es hier um die Aufklärung eines Mordfalls und nicht um die heißesten Gerüchte des Tages in der Teestube.

«Das werde ich.»

Eine Beziehungstat war durchaus möglich, dachte ich bei mir. Wenn die Gerüchte stimmten, hatte Pastor Rungholt also eine Affäre mit Greta gehabt – ein Geheimnis, das ein ziemliches Durcheinander anrichten konnte, gerade in einer kleinen Inselgemeinde wie dieser. Ein Pastor, dessen Beruf ihn doch zur Treue und zu moralischer Integrität verpflichtete, verstrickt in eine Liebesaffäre? Die Vorstellung allein war brisant.

Während wir weitergingen, überlegte ich, wie viel Wahrheitsgehalt wohl hinter diesen Gerüchten steckte. Frerk war nicht der Typ, der alles glaubte, was getuschelt wurde, und doch hatte er es für wichtig genug gehalten, mir davon zu erzählen.

«Du gehst also davon aus, dass es stimmt», sagte ich.

«Ja, aber das muss nicht bedeuten, dass ihr Tod etwas damit zu tun hat.» Er schwieg eine Weile, die Pfeife in seinem Mundwinkel glimmte sanft vor sich hin. Schließlich sagte er leise: «Ich glaube, sie war auf der Suche. Ob es nach Wahrheit oder nur nach Antworten war, kann ich nicht sagen. Sie war Journalistin, hat an einem Bericht über alte Fehden zwischen Sylt und Amrum gearbeitet.»

Ich horchte auf. «Oh, könnte es sein, dass sie da etwas

entdeckt hat, was für sie zum Verhängnis wurde?» Meine Gedanken rasten, als ich mir ausmalte, was geschehen sein könnte. Eine Journalistin, die alte Fehden erforscht, das klang schon fast wie der Stoff für einen düsteren Inselkrimi. Vielleicht war Greta tatsächlich auf etwas aus der Vergangenheit gestoßen, das jemand lieber im Verborgenen halten wollte.

Frerk nickte langsam. «Möglich. Es gibt alte Spannungen, auch in den Beziehungen zwischen den Inseln. Aber ich wüsste nicht, was das konkret sein könnte. Wenn du mich fragst, liegt Rungholt da für mich näher.»

In dem Moment, in dem Frerk den Nachnamen des Pastors nun wieder aussprach, kam mir ein abwegiger Gedanke. Vielleicht hatte Greta tatsächlich Antworten gewollt – und hatte am Ende mehr gefunden, als sie erwartet hatte. Oder hatte sie vielleicht etwas ganz anderes gesucht? Es klang verrückt, das wusste ich selbst, aber ich musste ihn einfach aussprechen.

«Rungholt, das ist doch die Siedlung, die im 14. Jahrhundert im Wattenmeer versunken ist», sagte ich. Erst letztens hatte ich darüber einen Bericht gelesen. «Das nordfriesische Atlantis, das bei seinem Untergang einen großen Schatz unter sich begraben haben soll. Was, wenn der Pastor ein Nachfahre ist und irgendetwas darüber rausgefunden hat?»

Frerk brach in ein lautes Lachen aus, ein herzhaftes, raues Lachen, das ich von ihm so gar nicht gewohnt war. «Oh, Butt, du hast wirklich eine blühende Fantasie! Ein Rungholt-Schatz, wirklich?» Er schüttelte grinsend den Kopf, während seine Pfeife leicht im Mundwinkel wackelte. «Und wie stellst du dir das vor? Dass unser Pastor, der zufällig so heißt wie die versunkene Stadt, etwas herausgefunden hat und in seiner Freizeit ins Watt zieht und nach alten Münzen gräbt? Und Greta musste sterben, weil sie davon erfahren hat?»

Ich musste über mich selbst schmunzeln, weil die Idee wirklich albern klang. «Aber wenn es so wäre, wäre das ein verdammt gutes Motiv», sagte ich. «Habgier ist eines der stärksten Mordmotive.»

«Der Rungholt-Schatz», sagte Frerk und lachte wieder. «Das wär doch mal was. Butt, du bist echt einmalig!»

Ich wartete, bis er sich wieder beruhigt hatte, bevor ich fragte: «Kümmerst du dich darum? Findest du heraus, woran genau sie gearbeitet hat?»

«Ich höre mich um», sagte Frerk.

«Und ich informiere Thomsen und Krüger», antwortete ich.

Da zog Dolores unsere Aufmerksamkeit auf sich. Sie hatte ihre sogenannten fünf Minuten, raste ein paarmal im Kreis, jagte über den Strand wie ein Welpe, wälzte sich im Sand, schnüffelte nach Fährten. Ihre Schlappohren flatterten wie die Schlagkugeln einer Rasseltrommel. Später würde sie wieder in Frerks Wohnzimmer liegen, alle viere von sich gestreckt, als hätte man ihr den Stecker gezogen, und mit ihrem Schnarchen das Reetdach zum Wackeln bringen.

Auf dem Rückweg wirkte Frerk abwesend, als habe ihn ein Gedanke am Haken, der ihn nicht mehr losließ. War er im Kopf noch bei dem Gerücht über den Pastor? Ich stieß ihn sanft mit der Schulter an.

«Was denkst du?», fragte ich.

«Dies und das», antwortete er.

Er klang bedrückt, traurig, aber ich war mir aufgrund seiner ausweichenden Antwort nicht sicher, ob das allein an Gretas Tod lag oder ob etwas anderes dahintersteckte.

Ich legte meine Hand kurz auf seinen Arm.

Schweigend spazierten wir nach Hause, an den zahlreichen Badegästen vorbei, für die der sonnenreiche Tag am Strand allmählich seinem Ausklang entgegenging. Sie ahnten nicht, dass ganz in der Nähe ein Mord stattgefunden hatte.

KAPITEL 6

Wir klopften vor der Haustür den Sand von unseren Schuhen, als aus meiner Hosentasche ein pulsierender, futuristisch anmutender Synthesizer-Beat ertönte. Jahrelang hatte ich als Klingelton die Melodie der Serie *Magnum* eingestellt, doch der war Geschichte, denn nach der Trennung von Rolf hatte ich Lust auf einen neuen bekommen. Tom Selleck, der waschechte Achtzigerjahre-Mann mit Brusthaar und Rotzbremse unter der Nase, war David Hasselhoff gewichen.

Dem Käpt'n fielen um ein Haar die Schuhe aus der Hand. «*Knight Rider?*», fragte er mit Entrüstung in der Stimme. Ich staunte, dass ihm die kultige Actionserie um den Helden Michael Knight und sein sprechendes Auto ein Begriff war. «Gehst du jetzt die Achtziger durch, Butt?»

Ich zuckte schmunzelnd mit den Schultern. «Wer weiß ...»

«Was kommt als Nächstes? *Miami Vice? Das A-Team?*»

Ich verzog beeindruckt den Mund. Anscheinend kannte Frerk sich aus.

«Falls ich mal an einer Quizshow teilnehme, wirst du mein Telefonjoker in Fernsehfragen», feixte ich, schlüpfte wieder in die Schuhe und fischte mein Telefon aus der

Tasche. Es war Susanne, meine Kollegin aus Wiesbaden – oder «Krisen-Susi», wie wir sie beim K 11 nannten, weil sie bei jeder noch so kleinen Herausforderung theatralisch verkündete, die Krise zu bekommen.

«Moin, Susanne», begrüßte ich sie. «Schön, dass du anrufst.»

Meine Freundin kicherte. «Moin? Welche Sprotte ist denn in dich gefahren? Ei Gude, so heißt das.»

«Sprotten gibt's in Kiel, nicht auf Amrum», erwiderte ich.

«Na und? Ist doch nicht weit voneinander entfernt.»

Etwa hundert Kilometer Luftlinie, schätzte ich.

«Kann ich mich später melden? Wir kommen gerade vom Strand, aber ich habe noch einen dringenden Anruf zu erledigen.»

«Na klar. Ich habe jetzt Feierabend.» Sie machte eine Pause. «Wer ist denn wir? Ist mir etwas entgangen?»

«Frerk, Dolores und ich.»

«Ah, mit dem Käpt'n also. Wie sieht er eigentlich aus?»

Ich sah Frerk hinterher, der mit Dolores durch den Flur in seine Küche verschwand. «Wie ein Käpt'n eben, aber lass uns gleich reden», wiegelte ich ab.

Seit ich mich von Rolf getrennt hatte, war Susanne auf der Suche nach einem neuen Partner für mich. Ich hatte ihr schon ein paarmal zu verstehen gegeben, dass ich noch nicht so weit war und generell nicht wusste, ob ich wieder eine neue Beziehung wollte. Aber darauf hörte meine Kollegin immer nur für ein paar Tage – bis ihr, rein zufällig natürlich, ein verwitweter Lehrer, geschiedener Arzt oder gar Kollege über den Weg lief, den sie mir ganz nebenbei ver-

73

suchte schmackhaft zu machen. Sie interessierte sich mehr für mein zukünftiges Liebeslieben als ich selbst.

Zum Glück hatte ich die Nummer von Finnja Krügers Diensthandy in meinen Kontakten gespeichert. Es klingelte eine Weile, bis sie ranging. Ich hörte Gemurmel, Tippgeräusche und ein blubberndes Geräusch im Hintergrund, womöglich eine Kaffeemaschine.

«Moin, Frau Scholle», begrüßte mich die Kommissarin. Sie hörte sich erschöpft an, zumindest für meine Ohren. «Was kann ich für Sie tun?»

«Moin, Frau Krüger. Es tut mir leid, dass ich Sie während Ihres Feierabends störe.»

«Ach, schön wär's. Wir sitzen alle noch in der Polizeistation zusammen.» Ich hörte, wie sie einen Schluck von einem Getränk nahm. «Mal sehen, wann Thomsen und ich hier rauskommen. Eigentlich wollten wir nur rasch den Fall aufnehmen und dann zurückfliegen, aber da wird wohl nichts draus. Wir werden uns in irgendeiner Pension einquartieren müssen.»

Die Worte der Kommissarin verstand ich als unterschwellige Bitte, mich kurzzufassen.

«Ich will Sie auch nicht lange stören. Es gibt da allerdings etwas zu dem neuen Fall, das Sie alle wissen sollten. Es ist nur ein Gerücht. Den Wahrheitsgehalt müssten Sie selbst herausfinden.»

«Ich liebe Gerüchte. Schießen Sie los, Frau Scholle.»

«Frau Jansen soll eine Affäre mit Pastor Rungholt gehabt haben», sagte ich. «Mehr weiß ich jedoch auch nicht darüber.»

Auf einen Schlag verstummten das Gemurmel und die

Tippgeräusche. Nur die mutmaßliche Kaffeemaschine blubberte weiter vor sich hin. Was war passiert? Hatte der Satz, dass sie *alle* die Info erhalten müssten, Krüger veranlasst, meinen Anruf auf Lautsprecher zu stellen, und den vier Polizisten die Sprache verschlagen? Ich überprüfte sicherheitshalber das Display, doch die Leitung stand.

«Können Sie das wiederholen?», fragte Krüger.

«Frerk Behrendsen hat mir von dem Gerücht berichtet, dass Greta Jansen eine Affäre mit Pastor Rungholt gehabt haben soll.»

Wieder Schweigen. Der Kaffee schien durchgelaufen zu sein, sodass nun auch die Maschine Ruhe gab. In der Leitung herrschte Stille.

«Wo ist Herr Behrendsen jetzt?», fragte Krüger.

Ich stockte. Ihre Stimme klang kühl, oder bildete ich mir das nur ein? Der Käpt'n war der erste Tatverdächtige in dem Mordfall vor drei Monaten gewesen, weil die Polizei seine Fingerabdrücke auf der Harpune in der Brust des Opfers gefunden hatte. Obwohl Frerk seinen seebärigen Charme damals nur in noch kleineren homöopathischen Dosen gezeigt hatte, war ich von seiner Unschuld überzeugt gewesen, hatte mich kurzerhand auf seine Seite geschlagen und ihm ein Alibi verschafft. Heute betrachtete ich das als Wendepunkt in unserer Beziehung. Oder wie er als pensionierter Seemann sagen würde: die Sturmkehre. Das war der Moment relativer Windstille, nach dem ein Sturm seine Richtung ändert, wie er mir bei einem Strandspaziergang erklärt hatte.

Ich räusperte mich. «Er und Dolores sind im Haus.» Wie

ich ihn kannte, würde er sich gleich seinen Modellbau-schiffen widmen. Seine Armada wuchs beständig.

«Sagen Sie ihm bitte Bescheid», antwortete Krüger. «Wir holen Sie drei gleich ab.»

«Abholen, wegen des Gerüchts? Bitte verzeihen Sie, ich bin etwas irritiert. Ist irgendetwas passiert?»

«Das erzählen wir Ihnen, wenn Sie hier sind.»

Da musste irgendwas im Argen liegen, denn in diesem kommandierenden Ton hatte ich die Kommissarin noch nie sprechen gehört. «Okay.»

«In zehn Minuten holt sie jemand ab.»

Während der Fahrt zur Polizeistation kam ich mir vor wie in einem Gruselkabinett. Wie drückte es mein Sohn Max gerne aus: ein Erlebnis, auf das keine Vergnügungssteuer anfiel.

Jensen saß hinterm Lenkrad und lotste uns schweigend aus Norddorf heraus Richtung Nebel. Petersen hockte auf dem Beifahrersitz und schaute – den Kopf auf die Faust gestützt – konzentriert aus dem Fenster. Dolores kauerte hechelnd im Fußraum zwischen meinen Beinen, und neben mir murmelte der Käpt'n vor sich hin, während er sich durch den Rauschebart fuhr. Er hatte sich zunächst geweigert, uns zu begleiten. Aber dann hatte Jensen ihm zu verstehen gegeben, dass es in seinem Interesse läge, mitzukommen, und dass er entweder freiwillig einsteigen könne oder mit polizeilicher Unterstützung, was er mit in die Luft gemalten Anführungszeichen verstärkte.

Jensens Worte schwirrten während der Fahrt in meinem Kopf herum. Was wollte er damit ausdrücken? Hatte die Polizei erneut den Käpt'n im Visier? Oder nahmen die vier an, dass er mehr über die Hintergründe wusste, als er zugab? Es war nicht auszuschließen, aber ich hielt es für unwahrscheinlich. Warum hätte Frerk mir von dem Gerücht erzählen sollen, wenn er in den Fall verstrickt war? Oder, von der anderen Seite betrachtet, hatte darin etwa eine Strategie bestanden, umgekehrte Psychologie? Ich musste es zugeben: Noch immer umgab diesen knurrigen, norddeutsch-ruppigen Mann etwas Geheimnisvolles. Er war wie ein Nebel, der zwar aufklarte, aber sich nie vollständig lichtete. Ich konnte gut verstehen, dass seine Art dazu beitrug, dass die Polizei ihn für verdächtig halten konnte. Ich fühlte mich plötzlich unbehaglich und wusste nicht, warum. Frerk schwieg neben mir. Seine Anwesenheit fühlte sich an wie immer, wie ein alter, knorriger Baum, tief verwurzelt, aber undurchschaubar. Dolores lehnte sich leicht gegen mein Bein, als wenn sie mir versichern wollte, dass sie zumindest da war. Ihr stoischer, freundlicher Hundeblick gab mir etwas Halt in meiner Verwirrung.

Ich fragte mich, was uns in der Polizeistation erwarten würde. Hatten die Ermittler neue Erkenntnisse über Greta Jansens Tod? War die Affäre mit Pastor Rungholt der Schlüssel oder nur ein weiteres Puzzle in diesem verschachtelten Fall? Dass Jensen und Petersen uns beide – den Käpt'n und mich – jetzt zur Wache brachten, ließ meine Gedanken rasen. Wusste die Polizei etwas, das uns beiden bisher entgangen war? Ich beugte mich vor zu Petersen. «Finn, kannst du uns bitte erklären, was die ganze Aktion hier soll?»

«Darüber werden die Ermittler aus Flensburg gleich mit euch sprechen», sagte er ausweichend, und ich konnte auch daran, wie schnell sein Blick vom Rückspiegel auf die Straße und wieder zurückwanderte, sehen, wie unangenehm ihm die Situation war.

«Na, dann bin ich ja mal gespannt.» Ich lehnte mich in den Sitz zurück und sah aus dem Fenster auf das kleine Wäldchen, das an uns vorüberzog. Auf dem Weg neben der Straße fuhren gut gelaunte Urlauber mit ihren Drahteseln, ein Mann zog einen Bollerwagen, in dem zwei Kleinkinder saßen. Neben ihm lief eine Frau, über der Schulter eine große Strandtasche. Ich hatte mich auf einen ruhigen Urlaub gefreut. Stattdessen saß ich im Streifenwagen und wusste nicht, warum. Mein Magen knurrte, mittlerweile war es Viertel vor acht. Und Durst hatte ich auch. In der Aufregung hatte ich seit dem Nachmittag vergessen zu trinken, und das bei diesem Wetter. Das trug nicht unbedingt dazu bei, meine Laune zu bessern.

Ein paar schweigsame Minuten später kamen wir um kurz vor zwanzig Uhr an der Polizeistation an. Petersen ließ Dolores und mich aus dem Wagen, Jensen hielt Frerk die Tür auf. Wir gingen ins Gebäude hinein, wo uns Krüger und Thomsen hinter einem Schreibtisch erwarteten, mit Gesichtern wie sieben Tage Regenwetter.

Thomsen stand auf und zeigte auf zwei Stühle. «Bitte nehmen Sie Platz.»

Frerk und ich lehnten den angebotenen Kaffee ab. Ich bat um Wasser, auch für Dolores, die sich ohne Aufforderung zu meinen Füßen hinlegte. Sie hatte sich am Strand ausgetobt, sodass sie vermutlich schnell einschlafen würde.

«Sie rätseln bestimmt, warum wir Sie so spät noch hierhergeholt haben», sagte Krüger. Ihre Hände ruhten flach auf einem roten Pappschnellhefter. Ich vermutete, dass sie keine Antwort auf ihre rhetorische Frage erwartete. Sie wandte sich dem Käpt'n zu. «Bevor wir Sie aufklären können, ist es erforderlich, dass Sie, Herr Behrendsen, uns alles über dieses Gerücht erzählen. Woher Sie es wissen, wann Sie es zum ersten Mal gehört haben, ob Sie mit Frau Jansen oder Herrn Rungholt darüber gesprochen haben, einfach alles.»

Frerk saß seelenruhig auf seinem Stuhl und schaute Krüger in die Augen. So stellte ich ihn mir als Käpt'n hinter dem Steuerrad eines Schiffes vor, unbeeindruckt von der rauen See und ihrem bedrohlichen Wellengang, den Kurs haltend, obwohl um ihn herum ein Sturm tobte.

Er holte tief Luft und fing an zu erzählen. Ich hörte gespannt zu. Von der Affäre des Pastors und der Journalistin habe er zum ersten Mal in der Blauen Maus gehört, wo er es bei einer «toten Tante» erfahren habe. Seine Mundwinkel zuckten, als wärmten sie sich für ein Lächeln auf.

Mein irritierter Blick rief Petersen auf den Plan.

«Ein Amrumer Kultgetränk», erkläre er. «Eine Mischung aus Kakao und Rum mit Sahne.»

Ich versuchte, mich zu erinnern, ob ich bei meinen Besuchen in der Blauen Maus über diesen einprägsamen Namen gestolpert war. Der höllisch scharfe und hochprozentige Strandhafer war mir in Erinnerung geblieben und natürlich der Tee mit Köm, den Frerk hin und wieder servierte. Von der toten Tante hatte ich jedoch noch nie gehört. Bis den Amrumern die lustigen Bezeichnungen für ihre ausgefallenen Mischungen ausgingen, würde die Nordsee wohl noch viele Gezeiten erleben.

«Kommt eigentlich von Föhr», erklärte Jensen. «Da ist mal eine Frau nach Nordamerika ausgewandert, die nach ihrem Ableben aber auf ihrer Heimatinsel begraben werden sollte. Aus Kostengründen haben die Verwandten sie in eine Kakaokiste verladen, als sie mit dem Schiff zurückgebracht wurde.»

Es war etwas makaber, aber ich musste lachen. «Ist die Geschichte wahr?»

«Es ist eine Legende», antwortete Frerk. «Aber da die Föhrer von Natur aus geizig sind ...»

Thomsen interessierte die tote Tante jedoch nicht. Er schnalzte mit der Zunge, beugte sich zu Frerk über den Tisch und unterbrach ihn. «Wann hatten Sie das letzte Mal Kontakt zu Greta Jansen?»

«Vor zwei Tagen», antwortete Frerk. «Per Mail. Sie bat mich um ein Gespräch beruflicher Art ...»

Ich hörte nur am Rande zu, da ich diese Details schon wusste. Stattdessen geisterte die tote Tante durch meinen Kopf. Dabei sah ich mich im Raum um, und mir fiel die Porzellankaffeekanne samt Porzellanfilter auf, die hübschen blau-weiß geringelten Kaffeetassen und daneben das große bauchige Glas mit Keksen, die wie selbst gebacken aussahen. Gab es seit Neuestem jemanden, der sich als gute Seele der Wache um das Wohl der anderen kümmerte?

«Was ist mit Pastor Rungholt, Herr Behrendsen?», fragte Thomsen, und ich konzentrierte mich wieder auf das Gespräch der beiden.

«Sehe ich aus wie ein Mann, der etwas mit der Kirche am Hut hat?», antwortete Frerk und ließ mich aufhorchen. Warum klang er plötzlich so feindselig?

«Das ist keine adäquate Antwort», sagte Thomsen.

Frerk schnaufte. Wie die beiden vor mir saßen, auf der einen Seite der hochgewachsene, adrette und steife Beamte und auf der anderen das stoffelige, wortkarge und vollbärtige Stereotyp eines Seefahrers, wurde mir klar, warum es mit der Kommunikation so schwer war. Als würde man versuchen, ein Grammofon mit einem Smartphone zu verbinden.

«Ich kenne ihn nicht gut», erklärte der Käpt'n nun. «Ich kann an einer Hand abzählen, wie oft ich ihn getroffen habe. Das erste Mal bei mir zu Hause. Er hat mir ein Modellschiff abgekauft, aber das ist schon gute zwei Jahre her. Die anderen Male bin ich ihm beim Spazierengehen begegnet, beim Einkaufen, wo man sich eben so trifft hier auf der Insel.»

«Worüber haben Sie mit ihm gesprochen?»

«Worüber man sich halt so unterhält. Das Wetter, Modellschiffe, den neuesten Schnack auf der Insel ...»

«Sie haben ihn nicht auf das Gerücht angesprochen? Oder vielleicht durchblicken lassen, dass es Ihnen zu Ohren gekommen ist?»

Frerk zog die Augenbrauen nach oben und verschränkte die Arme vor der Brust. «Sehe ich aus, als würde ich mich in anderer Leute Angelegenheiten mischen?»

Krüger und Thomsen tauschten einen flüchtigen Blick

aus. Sie schienen sich ohne Worte zu verstehen, oder er hatte ihr ein abgesprochenes Zeichen gegeben, das mir entgangen war. Sie schlug den Schnellhefter auf. Zum Vorschein kam eine einzelne Klarsichthülle, in der ein kleines, maschinenbedrucktes Stück Papier steckte.

Meine Augen weiteten sich. War das der Zettel, der aus Greta Jansens gefalteten Händen herausgeguckt hatte? Ich versuchte, die über Kopf stehenden Worte zu lesen, aber es gelang mir nicht.

«Diesen Zettel haben wir bei der Leiche gefunden», erklärte Krüger. Sie drehte ihn um und hielt ihn uns hin.

Ich kniff die Augen zusammen, beugte mich ein Stück nach vorn, um den klein gedruckten Satz besser zu erkennen, und las ihn im Stillen: «Denn wer Arges tut, der hasst das Licht und kommt nicht zum Licht, damit seine Werke nicht gestraft werden.»

Das letzte Wort hatte ich im Öömrang Hüs bereits gelesen und geahnt, dass es ein Hinweis auf das Motiv sein könnte. Ich lehnte mich überrascht wieder zurück. «Ein Bibelvers!», sagte ich.

«Johannesevangelium», antwortete Thomsen. «Kapitel drei, Vers 20.»

Das war ein Paukenschlag. Plötzlich leuchtete mir ein, warum sich die Kommissare so für das Gerücht interessierten. Der Zettel ließ nur einen Rückschluss zu: dass Greta Jansens Tod mit ihrer angeblichen Affäre mit Pastor Rungholt zusammenhing. Aber welcher Mörder hinterließ am Tatort absichtlich einen Hinweis auf sein Motiv?

Ich nahm mir vor, diesen Punkt in dem neuen Heft zu notieren, das ich für diesen Fall anlegen würde, sobald

Frerk und ich zurück in Norddorf waren. Den ersten Fall hatte ich «Harpunentod» genannt. Was könnte ich auf diesen Hefter schreiben? Öömrang-Tod? Nein, ich wusste es: «Kojengrab». Ich blickte wieder zu Krüger. So wie es jetzt aussah, konnte das Gerücht über die Affäre zwischen Greta Jansen und Pastor Rungholt tatsächlich die entscheidende Wende in dem Fall sein.

Krüger legte den Schnellhefter wieder vor sich ab und sah den Käpt'n mit eindringlichem Blick an. «Ich stelle Ihnen nun noch einmal die Frage, Herr Behrendsen: Was wissen Sie über das Verhältnis zwischen Frau Jansen und Pastor Rungholt?»

«Nichts», sagte Frerk.

Ich schüttelte den Kopf.

«Was ist, Frau Scholle?», fragte Thomsen.

«Ich verstehe nicht, warum Sie uns behandeln wie zwei Verbrecher», sagte ich und musterte ihn. «Irgendwas stimmt doch hier nicht.»

Er ging nicht darauf ein und zeigte stattdessen auf den Zettel. «Ich möchte Sie bitten, das hier vertraulich zu behandeln.»

KAPITEL 7

Wir blieben nicht mehr lange in der Polizeistation. Frerk hatte nichts hinzuzufügen. Zum Abschied schlug ich den Kommissaren vor, die Vergangenheit des Pastors nach einem möglichen Hinweis zu durchleuchten. Thomsen bedankte sich scharfzüngig, wohingegen Krüger mir mit einer Geste eines Telefons am Ohr versprach, sich zu melden.

Punkt einundzwanzig Uhr setzten Petersen und Jensen uns vor dem Haus ab. Sie bedankten sich für unsere Mithilfe und fuhren davon.

«Noch eine kurze Pipirunde?», fragte ich Dolores.

«Die übernehme ich», sagte der Käpt'n. Er bat mit ausgestreckter Hand um die Leine. «Ich schicke sie zu dir hoch, wenn wir zurück sind.»

Er wollte allein mit Dolores gehen. Es war eine regelrechte Liebesgeschichte, wenn ich mir das erste Aufeinandertreffen der beiden vor Augen führte. Ich schmunzelte und sah ihnen hinterher, wie sie in Richtung der Dünen davongingen.

Oben in der Ferienwohnung setzte ich mich in den Sessel ans offene Fenster, zog meine Knie an die Brust und sah über die traumhaft schöne Dünenlandschaft. Die Sonne ging unter und ließ den Himmel in warmen Farben leuchten, von sanftem Orange über zartes Rosa bis hin zu tiefem Violett, das sich langsam über das Meer legte. Die Schatten der Dünen wurden länger, und ein leichter Wind wehte durch das offene Fenster, brachte den salzigen Geruch des Meeres mit sich und ließ die dünnen Gardinen leicht tanzen.

Eigentlich war es ein friedlicher Moment. Doch immer wieder kehrten meine Gedanken zu dem Bild der toten Greta Jansen zurück. Die Fragen, die sich mir aufdrängten, rasten wie Affen durch meinen Kopf. Seufzend erhob ich mich und holte die hübsche dunkelblaue Kladde aus dem Koffer. Ein Weihnachtsgeschenk meiner Tochter, das zusammen mit dem gleichfarbigen Füllfederhalter an Heiligabend für mich unter dem Weihnachtsbaum gelegen hatte. Bis jetzt war ich noch nicht dazu gekommen, die Seiten mit meinen Erlebnissen zu füllen. Nur auf das weiße Feld vorne auf dem Umschlag hatte ich *Oomram* geschrieben, das friesische Wort für Amrum. Ich hatte vor, es mit Urlaubserinnerungen und kleinen Anekdoten zu füllen, vielleicht sogar mit ein paar Skizzen von der schönen Landschaft, die mich umgab. Dafür hatte ich mir extra ein paar Aquarellstifte besorgt, an die ich mich wagen wollte. Hier auf Amrum würde ich mich auf die schönen Dinge konzentrieren, statt Täterprofile zu erstellen und – neben denen des K 11 – eigene Ermittlungsakten anzulegen. Das war mein Gedanke gewesen. Doch nun war es Greta Jansen, die in meinem Kopf rumspukte. Ich setzte mich zurück ans Fester und begann im Licht der Nachttischlampe zu schreiben.

Fall: Kojengrab
Delikt: Mord
Opfer: Jansen, Greta (von Beruf Journalistin)
Tatort: Museum Öömrang Hüs, Nebel auf Amrum
Indizien und Hinweise: Opfer trug Tracht, saß mit
aufgerissenen Augen im Kojenbett, hielt Zettel mit
Bibelzitat in den Händen
Verdächtige: Pastor, seine Ehefrau (wusste sie von
der Affäre?), Ehemann der Journalistin (wusste er
davon?)

Darunter fügte ich den Punkt *Sonstiges* hinzu, wo ich offene Fragen festhielt, die mir einfielen, als ich die Geschehnisse des Tages Revue passieren ließ.

Warum hat der Mörder einen Hinweis auf sein Motiv
am Tatort hinterlassen?
Warum trug Greta Jansen eine Tracht?
Familie, Freunde von Greta?

Der Rungholt-Schatz fiel mir wieder ein, und ich fand, dass meine Idee zwar abwegig, aber auch kreativ war. Das Motiv der alten Fehden zwischen Sylt und Amrum jedoch wollte ich noch nicht aufgeben. Zwar schien im Moment alles auf eine Beziehungstat hinzuweisen, aber ich traute dem Braten noch nicht und vervollständigte die Liste.

Sylt?

Ich zeichnete, wie beim letzten Mal, die Umrisse Amrums auf die Innenseite des Einbandes. Das Naturkundemuseum in Norddorf ließ ich beim Eintragen der wichtigsten Orte diesmal außen vor. Dafür zeichnete ich das Öömrang Hüs in Nebel ein, den neuen Tatort.

Anschließend legte ich die Kladde auf die Kommode, und dabei fiel mir Susanne plötzlich ein. Ich hatte sie nicht wie versprochen zurückgerufen. Sie war ein Morgenmensch und legte sich früh schlafen. Ich griff nach meinem Handy und schrieb ihr eine Nachricht.

Noch wach?

Sie rief sofort an.

«Wie geht's euch?», fragte sie. «Was machst du?»

«Mir geht es gut, und Frerk dreht gerade mit Dolores eine letzte Runde für heute», antwortete ich. «Ich bin schon hochgegangen und habe die Aussicht auf die Dünen genossen.» Die Kladde verschwieg ich vorerst. Sollte ich ihr von dem Mord erzählen? Sie war Hauptkommissarin mit reichlich Erfahrung, vielleicht hatte sie eine zündende Idee? Allerdings hatte ich versprochen, mich in Zukunft aus Ermittlungen rauszuhalten, und hatte keine Lust auf eine Diskussion deswegen.

«Vermisst ihr mich schon im Büro?», fragte ich.

Susanne seufzte. «Und wie du uns fehlst, vor allem mir! Und sogar dem Gockel. Er hat mich heute gefragt, wann du wiederkommst.»

Ich rollte mit den Augen. Blennemann, unser neuer Chef. Er hatte nach dem Herzversagen unseres vorherigen

Abteilungsleiters das K 11 übernommen. Seitdem war ich mit ihm nicht einmal lauwarm geworden. Ein wenig erinnerte er mich an Thomsen. Blennemann kam jeden Tag mit gestylten Haaren, im perfekt sitzenden Maßanzug und einem Seidentuch um den Hals zum Dienst. Beim Gehen streckte er seine Brust heraus – eine Aufforderung, ihn zu bewundern –, und Räume betrat er so theatralisch wie die Hauptfigur eines Dramas, die nach langem Warten endlich auf die Bühne kam. Er sprach affektiert, gestikulierte groß und ausladend, mit einem selbstgefälligen Lächeln im Gesicht, und hob dabei häufig sein Kinn. Sein Spitzname, der Gockel, hatte sich also aufgedrängt.

«Macht er sich jetzt, wo ich weg bin, selbst Kaffee?», fragte ich.

«Er hat einen Vollautomaten bestellt», antwortete sie.

«Gut! Endlich. Und was macht der Fall, an dem ihr gerade dran seid?»

«Da sind wir noch nicht weiter. Wir haben ein paar vielversprechende Spuren. Es dauert nur alles seine Zeit.» Susannes Stimme klang müde, aber auch ein bisschen hoffnungsvoll. «Wir hatten allerdings vereinbart, dass du mal komplett abschaltest und wir nicht über die Arbeit sprechen. Schon wieder vergessen?»

«Stimmt», sagte ich, dachte mit einem schlechten Gewissen an Greta Jansen, und dass ich mir meinen Urlaub auch etwas anders vorgestellt hatte. Aber es war nun mal, wie es war, ich steckte schon mittendrin im nächsten Fall. «Und, was gibt es Neues bei dir?»

«Was ist los?», fragte Susanne skeptisch. «Irgendwas stimmt doch nicht, das höre ich an deiner Stimme.»

Sie kannte mich gut. Ich holte tief Luft. Und dann erzählte ich die ganze Geschichte doch: wie Dolores wieder eine Leiche erschnüffelt hatte, wie wir alle vernommen worden waren und dass man den Käpt'n und mich kurz darauf ein weiteres Mal zur Polizeistation gebracht hatte.

«Das gibt's doch nicht!», sagte Susanne, als ich meinen Bericht beendet hatte. «Aber sag mal, das mit dem Zettel, das ist ungewöhnlich. Eine deutliche Mitteilung, in welche Richtung auch immer. Und bist du sicher, es ist ein Bibelzitat?»

«Ja, Johannesevangelium.» Ich wiederholte den Vers.

«Warte kurz, lass mich überlegen.» Ich hörte, wie Susanne die Zeilen noch einmal vor sich hinmurmelte. Dann sagte sie: «Für manche Leute ist die Bibel eine Metaphernsammlung. Insbesondere im Johannesevangelium steckt viel Symbolik über Licht und Dunkelheit, über Schuld und Vergebung. Der Vers stellt eine Art moralische Warnung dar: Das Böse gedeiht im Verborgenen, wo es unbeobachtet und ungeahndet bleibt. Wenn dieser Vers auf einem Zettel bei der Leiche liegt, dann will der Mörder oder die Mörderin wohl, dass sich jemand schuldig fühlt. Vielleicht, um jemanden unter Druck zu setzen oder um eine Botschaft zu hinterlassen.»

«Wow, gut zusammengefasst.»

«Meine Oma war eine glühende Kirchgängerin. Wenn wir Enkel über Nacht da waren, hat sie uns Bibelgeschichten erzählt, als wären sie die spannendsten Krimis der Welt. Ich habe eine Zeit lang sogar darüber nachgedacht, Theologie zu studieren, habe mich aber dann doch für die Laufbahn als Kriminalkommissarin entschieden.»

«Na ja, so unterschiedlich sind die Berufe ja nicht. Beide suchen nach der Wahrheit, haben es nicht so mit Sündern und hoffen auf ein Geständnis.»

Susanne fing an zu glucksen. Ich mochte ihre ansteckende Art, wie sie lachte, und stimmte mit ein.

«Ich hätte zu gern das Gesicht meiner Oma gesehen, wenn ich damals genau so argumentiert hätte.»

«Ich bin auf jeden Fall froh, dass du dich für die kriminalistische Schiene entschieden hast.» Ich atmete tief durch. «Glaubst du, der Täter oder die Täterin wollte Greta eine letzte Botschaft hinterlassen? Oder jemandem, der die Leiche finden würde?» fragte ich.

«Das ist schwer zu sagen, aber solche Botschaften sind selten zufällig. Die Person könnte genau das gewollt haben – dass die Ermittlung sich mit der Bedeutung auseinandersetzt und sich Gedanken über Licht und Dunkelheit, also Wahrheit und Geheimnisse, macht. Vielleicht ist das an eine dritte Person gerichtet, die von dieser Wahrheit bedroht ist oder sich bedroht fühlen sollte. Wie zum Beispiel an den Geliebten.»

«Aber sag mal, Susanne, kommt dir das nicht auch zu offensichtlich vor?»

«Was meinst du?»

«Nun, das Opfer hatte angeblich eine Affäre mit dem Inselpastor. Die Tote sitzt in dem Kojenbett eines Museums und hält einen Zettel mit einem Bibelvers über böse Taten in den Händen. Viel mehr Präsentierteller und Nachricht geht nicht, oder? Vielleicht war es aber etwas ganz anderes, vielleicht wollte der Mörder einfach nur eine falsche Spur legen, die in diese Richtung weist.»

«Oder du denkst zu kompliziert», sagte Susanne. «Und es ist so offensichtlich, wie du sagst: Jemand wusste von der Affäre und war damit ganz und gar nicht einverstanden. Was ist mit einem betrogenen Ehemann, einer Ehefrau?»

Es tat gut, mit Susanne über den Fall zu sprechen. Es half mir, meine Gedanken zu sortieren. An Susannes Stimme erkannte ich, dass auch sie voller Eifer dabei war, die Sachlage zu erörtern. «Wichtig wäre meines Erachtens auch zu wissen, ob der gute Pastor tatsächlich noch andere Liebschaften hatte.»

«Da sagst du was!» Den Punkt hatte ich auf meiner Liste vergessen. Ich ging zur Kommode, öffnete die Kladde und schrieb hinein: *Hatte der Pastor noch andere Affären?*

«Was machst du?», fragte Susanne.

«Notizen über den Fall.»

«Eine Aufgabe, um die ich mich immer gern drücke, Akten zu führen und Berichte zu schreiben», gestand Susanne lachend. «Aber du bist da ja vorbildlich, sogar im Urlaub.»

«Na ja, es gehört einfach in meinen Aufgabenbereich», erwiderte ich. «Ich bin die, die jeden Tag die Büroarbeit für euch erledigt.»

«Das habe ich glatt vergessen», sagte Susanne und seufzte. «Du verhältst dich nämlich wie eine Kommissarin. Es bringt also nichts, wenn ich dich jetzt bitte, das Ermitteln auf eigene Faust zu lassen. Tu also, was du sowieso nicht lassen kannst. Aber pass auf dich auf, ja? Diese Sache klingt nach einer Menge Zündstoff. Wenn jemand einen Bibelvers als Nachricht hinterlässt, stellen sich mir die Nackenhaare auf. Ich weiß auch nicht, warum, aber aus dem

Bauch heraus würde ich sagen, dass da mehr dahintersteckt, als es im Moment scheint.»

«Das habe ich auch im Gefühl», sagte ich und spürte, wie meine Entschlossenheit wuchs, Antworten auf meine Fragen zu finden. «Aber keine Sorge, ich gehe da vorsichtig vor. Versprochen.»

«Ja, ja, deine Versprechen kenne ich ... Wer hätte aber auch gedacht, wie mörderisch es auf Amrum zugeht? Was für ein unglaublicher Zufall, dass du wieder zur Stelle warst.»

«Das ist es», sagte ich. Und doch auch nicht, denn Frerk hatte mich sozusagen zum Tatort geschickt. Und jetzt ermittelte ich gemeinsam mit ihm. Meine leisen Zweifel meldeten sich wieder. Irgendwas stimmte da nicht, dafür sprach auch das etwas unfreundliche Verhör auf der Wache.

Plötzlich hörte ich, wie unten die Haustür aufgeschlossen wurde, und kurz darauf prompt Frerks sonore Stimme. Er sprach mit Dolores.

«Die beiden sind wieder da», sagte ich. «Lass uns die Tage noch mal telefonieren, Susanne.»

Kaum hatte ich aufgelegt, kam Dolores hechelnd die Treppe hoch und stürmte auf mich zu. Frerk ließ sich nicht blicken, und das war auch gut so. Nach diesem langen, ereignisreichen Tag war es am besten, wenn wir uns morgen noch einmal frisch über das, was wir bisher wussten, den Kopf zerbrachen.

«Hallo, mein Schatz!»

Dolores sah mich mit diesem Blick an, der mir sagte, dass ich etwas vergessen hatte. Und ich wusste auch, was.

«Du hast recht», sagte ich und ging in die Küche. Den ganzen Tag hatte sie nur kleine Leckereien bekommen. «Wie konnte ich deine Abendschüssel vergessen?»

Schwanzwedelnd folgte sie mir.

In der Küche füllte ich den Napf und sah zu, wie sie hungrig fraß, als hätte sie seit Tagen nichts bekommen. Da fiel mir der Leckerbissen ein, den Frerk ihr unten am Wasser gegeben hatte. «Getrocknete Scholle», sagte ich und schüttelte den Kopf bei dem Gedanken an die Zubereitung, die er mir erklärt hatte. «Ein echter Spaßvogel, unser Ahab, oder, Dolores?»

Sie reagierte nicht. Wenn sie mit Fressen beschäftigt war, bekam sie um sich herum nichts mit.

Ich ging zurück ins Schlafzimmer und warf noch einmal einen Blick in die Kladde. Es war so viel, was im Dunkeln lag – Verbindungen, Motive, alte Fehden. Aber ich war mir sicher, dass wir, Frerk und ich und die Polizei, herausbekommen würden, wer Greta umgebracht hatte. Bei einer bundesweiten Aufklärungsrate von über neunzig Prozent war es mehr als wahrscheinlich, dass der Täter oder die Täterin gefunden wurde – dass *wir* den Täter oder die Täterin finden würden. Dann machte ich mich bettfertig.

Auf meinen Lieblings-True-Crime-Podcast verzichtete ich ausnahmsweise, denn für meinen Geschmack hatten Dolores und ich heute genug wahres Verbrechen erlebt. Meine zweite Leidenschaft war das Lesen von Kriminalromanen. Ich nahm das Buch zu Hand, das ich hier im Garten begonnen hatte, und las weiter. Das Motiv der Geschichte, Eifersucht, war nicht neu, aber so war nun einmal das Leben. Bei Krimis genoss ich manchmal die oft klare Trennung zwischen Gut und Böse, zwischen Täter und Opfer, das war wohltuend anders als im wirklichen Leben bei unseren Fällen. Gerade als ich merkte, dass ich müde wurde, kam die Wende, und ich war völlig gefesselt. Plötzlich tauchten immer mehr neue Hinweise auf. Gut und Böse verschwammen, und schon war ich wieder im richtigen Leben angekommen.

«Was meinst du, Dolores», fragte ich, «war es Eifersucht? Musste Greta deshalb sterben?»

Meine Hündin, die auf ihrer Decke neben dem Sessel lag, hob träge den Kopf und sah mich mit müden Augen an.

«Hatte es etwas mit ihrer Arbeit zu tun? Oder war es etwas ganz anderes?»

Dolores legte den Kopf schräg. Sie blinzelte langsam, als würde sie über meine Worte nachdenken.

«Ich weiß, dass du mir nicht antworten kannst», sagte ich und lächelte über mich selbst. Manchmal hätte ich zu gern gewusst, was in ihr vorging.

Dolores senkte den Kopf auf ihre Decke und schloss die Augen, aber ihr Ohr blieb leicht aufgestellt, als ob sie noch zuhören würde.

Ich lehnte mich zurück und ließ meine Gedanken zum Kojenbett im Öömrang Hüs schweifen. Was hatte ich bisher übersehen? War Greta wirklich das Opfer einer einfachen Eifersucht geworden, oder war da etwas Tieferes, etwas Komplexeres im Spiel?

Nach einer Weile spürte ich, dass die Müdigkeit in mir aufstieg. Dolores hatte längst angefangen, leise zu schnarchen. Morgen war ein ganzer Tag Zeit für weitere Fragen – aber für heute reichte es. Ich knipste das Licht aus und ließ mich vom leisen Pfeifen des Windes, der über die Dünen streifte, und dem entfernten, rhythmischen Wellenrauschen davontragen.

KAPITEL 8

Ich schreckte auf. Mein Herz pochte, als wollte es sich einen Weg freiklopfen. Instinktiv legte ich eine Hand auf meinen Brustkorb und sah mich um. Wo war ich? Es war dunkel, durch die dünnen Gardinen des gekippten Fensters schimmerte nur schwaches Mondlicht herein. Die Umrisse der Dinge im Raum gaben mir Orientierung, dennoch kam ich nur langsam zu mir.

Da hörte ich Dolores' leises Schnarchen und entspannte mich.

Amrum. Norddorf. Die Ferienwohnung des Käpt'ns. Die dritte Nacht seit unserer Ankunft. Die erste, nachdem wir die Leiche der Journalistin im Öömrang Hüs gefunden hatten, von der ich prompt geträumt hatte. Im Traum lag sie in derselben Haltung, in der sie in dem Kojenbett gesessen hatte, mit demselben Ausdruck und in dieselbe Tracht gekleidet.

Gretas Tracht! Sie sah anders aus als die der beiden Puppen im Öömrang Hüs. Auf einmal war ich hellwach. Hatte das etwas zu bedeuten?

Warum war mir das vorhin nicht eingefallen?

Ich richtete mich auf, knipste die Nachttischlampe an, schaltete den Flugzeugmodus meines Handys aus und gab

«Amrumer Tracht für Frauen» in die Suchmaschine ein. Sie zeigte mir Bilder von schlichten, schwarzen Trachten an, bestehend aus langen Röcken mit bestickten Schürzen, Miedern und schwarzen oder weißen Blusen, in Kombination mit verzierten Kopfbedeckungen. Doch keine entsprach jener, die Greta Jansen getragen hatte. Ich entdeckte eine Seite über eine heutige Trachtengruppe hier auf der Insel und vertiefte mich darin. Die Alltags- und Sonntagstracht, die Festtagstracht, die kunstvollen Stickereien und die runden Kopfhauben zeichneten ein Bild, das weit in die Geschichte der Insel zurückreichte. Die Beschreibung der Festtagstracht weckte meine Neugier. Sie war mit Silberknöpfen und kunstvollen Stickereien geschmückt, und das auffälligste Detail war ein filigranes Gliederband mit Symbolen, die für Glaube, Liebe und Hoffnung standen, wie ich las. Ein Kreuz, ein Herz, ein Anker. Ich war mir sicher, dass die Puppe in der Vitrine diesen Schmuck trug, auch, wenn ich nur einen schnellen Blick darauf geworfen hatte. Die filigrane Arbeit war mir im Gedächtnis geblieben.

Und Greta? Ihre Tracht war nicht so festlich gewesen, blau, mit roten Streifen, wie ich mich erinnerte, als ich das Bild noch einmal in mir wachrief.

Ich gab nordfriesische Trachten ein, scrollte weiter durch die Suchergebnisse und fand plötzlich etwas, das mich innehalten ließ. Es war ein Foto. Es zeigte eine Frau, die mit einem Korb in der Hand in den Dünen stand und in die Kamera lächelte. Sie trug einen knöchellangen, leuchtend blauen Rock, eine rote, kunstvoll bestickte Schürze und als Oberteil eine weiße Bluse mit Puffärmeln, die durch ein verziertes, eng anliegendes Mieder ergänzt wurde. Eine gefaltete Haube bedeckte ihren Kopf, und eine Kette aus kleinen Perlen schmückte ihren Hals. Verblüfft blickte ich auf die Bildunterschrift: «Zwischen Dünen und Meer: die lebendige Vielfalt der Sylter Tracht».

«Verdammt», sagte ich leise. War es zu fassen? Greta Jansen trug keine Amrumer Tracht, sondern eine Sylter!

Wir hatten vier Uhr, mitten in der Nacht, und ich wäre am liebsten sofort runter zu Frerk gegangen, um ihm davon zu erzählen. Eine Hamburger Journalistin, die an einem Artikel über alte Fehden zwischen den Inseln arbeitete, tot aufgefunden in einem Museum, dem Öömrang Hüs auf Amrum, dazu noch in einer Sylter Tracht – das war kein Zufall.

Ich brauchte frische Luft, stand auf, ging zum Fenster und öffnete es.

Die kühle Nachtluft strömte hinein, und ich lehnte mich vorsichtig nach vorne. Zwar hatte ich die sich vor mir auftuende Landschaft schon etliche Male bewundern dürfen, doch es ergriff mich immer wieder aufs Neue. Heute erschien mir der Anblick fast mystisch. Vor mir breitete sich die dunkle Dünenlandschaft aus, die im Mondlicht glitzerte. Die sanften Hügel und Täler schienen lebendig zu werden, als schwebte ein alter Geist über dem Land, in dem Jahrhunderte an Geschichten und Konflikten verborgen lagen. Das leise, rhythmische Rauschen des Meeres trug die salzige Luft mit sich. Mein Blick glitt über die gewundenen Pfade, die im silbernen Licht wie alte, vergessene Wege wirkten.

Im Halbdunkel konnte ich die Umrisse des Quermarkenfeuers erkennen, dessen Licht in den Farben Grün, Rot und Weiß den Schiffen den Weg in den benachbarten Hafen der Insel Sylt leuchtete.

Ein Gefühl der Verbundenheit und Beklemmung erfüllte mich gleichermaßen. Die Sylter Tracht, Greta Jansen und der alte Konflikt zwischen den Inseln – all das schien in dieser kühlen, sternenklaren Nacht zusammenzufließen, wie ein altes Geheimnis, das nur darauf wartete, gelüftet zu werden.

Für einen kurzen Moment fühlte ich mich beobachtet, es war, als ob die Insel selbst mich betrachtete und abwartete, was ich aus alldem machen würde.

Dolores kam zu mir, stupste mich mit ihrer feuchten Nase an, ich streichelte ihr über den Kopf, und der Blick über die Dünenlandschaft, die sich so ruhig und rätselhaft vor mir ausbreitete, wirkte nun wieder tröstlich und erdend.

Einen Moment stand ich noch am Fenster, ließ es offen und ging wieder zu Bett. Lange fand ich nicht in den Schlaf, drehten sich meine Gedanken doch weiter um Greta Jansen und die Frage, warum sie ermordet worden war. Es war schon zwanzig nach fünf, als ich das letzte Mal auf die Uhr sah.

Das Gö-gock einiger Fasane, die durch den Strandhafer stolzierten, weckte mich. Dazu gesellten sich das Schreien der Möwen über den Dünen, eine Fahrradklingel, kurz darauf das fröhliche Lachen eines Kindes. Ich drehte mich zur Seite, öffnete die Augen und sah Dolores. Sie hatte ihren Kopf auf die Matratze nahe meinem Kopfkissen gelegt und fixierte mich mit ihren treuen Hundeaugen. Ihr Schwanz wedelte freudig.

«Ja, die Oma ist wach!», sagte ich und warf einen Blick auf mein Handy, um nach der Uhrzeit zu schauen. «Viertel vor zehn!»

Mit einem Mal war ich hellwach und sprang aus dem Bett. Ich schüttete Dolores eine Portion Futter in den Napf, und dann war ich auch schon auf dem Weg nach unten. Frerks Hausschuhe standen vor der Tür, ein Zeichen dafür, dass er nicht zu Hause war. Ich betätigte trotzdem den Türklopfer, einmal, zweimal, dreimal, und drückte die Klinke nach unten.

Es war abgeschlossen, was ungewöhnlich war. «Auf Amrum klaut niemand», hörte ich ihn in Gedanken sagen. Gemordet wurde allerdings schon. Ob es an dem neuen Fall lag, dass er auf einmal vorsichtig wurde?

Ich ging wieder nach oben und rief ihn an.

Als er nicht ranging, überlegte ich nicht lang und schickte ihm eine Nachricht.

Greta Jansen trug eine Sylter Tracht!

Zur Veranschaulichung schickte ich einen Screenshot der Frau in den Dünen, die ich gestern Nacht beim Recherchieren entdeckt hatte.

Kurz darauf saß ich am Küchentisch, trank Kaffee und schrieb genau diesen Satz auch in meine Kladde.

Greta Jansen trug eine Sylter Tracht!!!

Nachdem ich die drei Ausrufezeichen dahintergesetzt hatte, fragte ich mich, ob sie die Tracht schon zum Zeitpunkt des Todes getragen hatte oder ob sie ihr erst danach angezogen worden war. Dabei fiel mir auf einmal auf, dass ich einige sehr essenzielle Fragen die ganze Zeit über noch nicht gestellt hatte: Wie war Greta Jansen überhaupt gestorben? Ich schrieb:

Todesursache?
Todeszeitpunkt?
Wo wurde Greta ermordet?

Darunter schrieb ich in Großbuchstaben:

WIE? WANN? WO? WARUM? WER?

Schließlich stand ich auf, ging mit der Tasse durch das Wohnzimmer und nippte am kalten Kaffee. Da war ich fast vierzig Jahre lang im Dienst der Polizei, wenn auch nur im Hintergrund, hatte im April meinen ersten eigenen Fall geklärt und war nicht auf die Idee gekommen, darüber nachzudenken, woran das Opfer gestorben war.

Mir war lediglich aufgefallen, dass keine Blutspuren vorhanden gewesen waren, als ich sie leblos im Bett hatte sitzen sehen. Schnell ging ich in Gedanken die Akten der letzten Jahre in Wiesbaden durch: Da war der Giftmord der Botanikerin, der Insulinmord an der reichen Erbin, der induzierte Herzinfarkt des Musikprofessors, der Gastod durch Kohlenmonoxid der alten Dame ... Aber wie war Greta gestorben?

Als ich unten ein Poltern hörte, stellte ich meine Tasse auf den Tisch und spurtete nach unten, gefolgt von Dolores.

Sie musste raus, ihre morgendliche Pipirunde hatte ich in der Aufregung vergessen.

Aber es war nicht Frerk, der zurückgekommen war, wie ich jetzt feststellte, sondern Ine, seine Tochter. Sie stand vor der verschlossenen Tür und sah mich fragend an, als ich die Treppe herunterkam.

«Moin, Gaby! Schön, dich zu sehen», sagte sie fröhlich, nachdem sie Dolores ausgiebig begrüßt hatte. Sie deutete mit dem Kopf zur Tür. «Was ist denn hier los, abgeschlossen? Habt ihr euch gestritten?»

«Wie kommst du denn darauf? Nein, haben wir nicht.» Ich umarmte sie. «Ich freue mich auch, dich zu sehen.»

Frerks Tochter hatte ich im April bei der Ankunft auf Amrum auf der Fähre kennengelernt und sofort ins Herz geschlossen. Ich mochte ihre offene, kommunikative Art, die so gegensätzlich zu der ihres Vaters war.

«Wo ist er?», fragte sie.

«Das weiß ich nicht, ich habe schon versucht, ihn anzurufen, aber er geht nicht ans Telefon.»

«Komisch.» Ine betrachtete mich von oben bis unten und grinste. «Gerade erst aufgestanden? Lange Nacht gehabt? Warst du wieder in der Blauen Maus, oder hat Papa dich mit Köm abgefüllt?»

Ich fuhr mir durchs Haar. Erst jetzt wurde mir klar, dass ich wohl recht zerzaust aussehen musste. Außerdem trug ich noch meinen Pyjama und war barfuß.

«Willst du mit hochkommen?», fragte ich. «Dann erzähl ich dir, was los ist.» So wie sie sich mir gegenüber verhielt, hatte sie sicher noch nichts von dem Mord an Greta Jansen mitbekommen. Das wollte ich ihr nicht zwischen Tür und Angel kundtun. «Ich müsste nur eben kurz mit Dolores raus, sie platzt sonst gleich.»

«Wir beide gehen eine kurze Runde, Dolores und ich», entschied Ine. «In der Zeit kannst du dich ein wenig sortieren und Tee kochen. Was hältst du davon?»

Zwanzig Minuten später hatte ich eine Katzenwäsche hinter mir, war umgezogen, und das Wasser kochte gerade. Ine kam mit Dolores zurück, und wir setzten uns mit einer Tasse Tee gemeinsam an den Tisch.

«Schieß los! Was ist passiert?»

Sie wurde blass, als sie von Greta Jansens Tod erfuhr.

«Die Arme! Davon habe ich bisher noch gar nichts mitbekommen. Heute ist Montag, da hat mein Laden zu.» Sie seufzte. «Und ihr beiden steckt wieder mittendrin, Papa und du, nehme ich an.»

«Ja», sagte ich. «Immerhin habe ich sie gefunden, und außerdem können die Kommissare aus Deutschland sicher etwas Unterstützung gebrauchen.» Ich merkte selbst, was ich gesagt hatte, und korrigierte mich. «Die beiden aus Flensburg.»

Aber Ine hatte meinen kleinen Fauxpas wohl nicht mitbekommen, sie schien mit den Gedanken weit weg.

«Was sagt denn Papa dazu?», fragte sie nun. «Unabhängig davon, dass er Gretas Tod sicher sehr bedauert, ist das nicht gerade förderlich für das Ansehen der Insel. Schon der zweite Mord in so kurzer Zeit, der hier passiert ist. Und dann auch noch im Öömrang Hüs, Papas Steckenpferd. Er hat so viel Zeit und Arbeit darin investiert, und jetzt das!»

«Er ist sehr betroffen deswegen», antwortete ich.

«Kein Wunder, immerhin ist er der Vorstand des Vereins, da wird einiges auf ihn zukommen.»

«Er ist der Vorstand?», fragte ich, obwohl ich es genau gehört hatte. Dann konnte Frerk also tatsächlich Entscheidungen bezüglich des Öömrang Hüs treffen.

«Ja.» Sie zuckte entschuldigend mit den Schultern. «Wobei das jetzt echt erst einmal nicht wichtig ist. Viel schlimmer ist, dass Greta umgebracht wurde.» Sie schwieg, und ich ließ ihr die Zeit, die sie brauchte. «Viel weiß ich nicht über sie», sagte sie schließlich. «Gelegentlich haben sich mal unsere Wege gekreuzt. Die Leute treten sich hier ohnehin quasi dauernd auf die Füße. Meine Kundin war sie nicht. Allerdings kommt eine ihrer Freundinnen regelmäßig zum Haareschneiden und zur Kosmetik zu mir in den Salon, sie heißt Judith. Dass die beiden befreundet sind, weiß ich, weil ich ihr beim letzten Mal Tipps für ein Geburtstagsgeschenk gemacht habe, das sie Greta schenken wollte. Ich kenne sie auch, weil unsere Söhne in dieselbe Klasse gehen.»

«Ach was. Das ist ja ein Ding!», entfuhr es mir.

«Sie wohnt in Nebel», sagte Ine. «Ganz in der Nähe der Post, das dritte Haus von dort in Richtung Norddorf, auf der rechten Seite. Ich schätze mal, dass du mich das gleich gefragt hättest.»

«Danke, Ine.» Ich sah aus dem Fenster. Es würde heute wieder ein heißer Tag werden. «Vielleicht mache ich gleich mal einen Spaziergang mit Dolores am Wasser entlang.»

Richtung Süden, und dann durch das kleine Wäldchen und weiter nach Nebel.

KAPITEL 9

E s war nicht mehr ganz so heiß wie gestern, und es wehte ein leichter angenehmer Wind bei fünfundzwanzig Grad, genau die richtige Temperatur für einen ausgiebigen Strandspaziergang.

«Pass gut auf dein Frauchen auf», sagte Ine eindringlich zu Dolores. Meine Hündin spitzte die Ohren und sah Ine aufmerksam an. «Da draußen ist ein Bösewicht, weißt du?»

Dolores legte den Kopf schief und wedelte mit dem Schwanz, als hätte sie Ine verstanden.

«Wir passen aufeinander auf, keine Sorge», sagte ich und klopfte Dolores sanft auf den Rücken.

Ine nickte, aber in ihren Augen lag ein Schatten von Sorge. «Wenn was ist, ruf mich an!»

«Mach ich, versprochen.»

Sie runzelte die Stirn, als wir vor Frerks Wohnung anhielten, und drehte den Türknauf: «Immer noch verschlossen, Papa ist noch nicht zurück.» Dann ging sie zu dem großen Anker, der an der Wand hing, und tastete vorsichtig hinter den Metallkanten entlang. «Der Schlüssel ist auch weg.» Misstrauisch sah sie mich an. «Weiß ich etwas nicht? Muss ich mir wegen der Sache mit Greta Sorgen machen?»

Ich war so überrascht, dass ich im ersten Moment nicht wusste, was ich antworten sollte, weil ich nicht genau verstand, worauf Ine anspielte. «Wenn, dann hat er mir nichts gesagt», antwortete ich schließlich. «Aber warum denkst du, dass es so sein könnte?»

«Papa kannte Greta, jetzt ist sie tot, seine Tür ist verschlossen, und der Schlüssel ist weg. Er will wohl verhindern, dass jemand einfach so in seine Wohnung kommt. Er schließt nie ab.» Sie holte ihr Handy aus der Tasche. «Vorhin ist er nicht rangegangen, ich ruf ihn noch mal an.»

Ine hatte recht, da stimmte etwas nicht. Das hatte ich schon die ganze Zeit im Gefühl gehabt, irgendwas verschwieg Frerk. Warum wollte Greta Jansen ihn unbedingt sehen? Wusste sie etwas, was sie Frerk nicht am Telefon oder vor anderen Leuten sagen konnte? Oder hatte sie etwas, das sie ihm unbedingt persönlich geben wollte? Die Fragen überschlugen sich in meinem Kopf, während Ine dem Freizeichen lauschte.

«Er geht wieder nicht ran», sagte sie mit einer Mischung aus Sorge und Ärger in der Stimme und steckte das Handy zurück in die Tasche.

Ich ließ meinen Blick über die Wohnungstür und den Anker schweifen. «Dein Vater hätte mich bestimmt gewarnt, wenn er gedacht hätte, dass sich hier jemand Unbefugtes herumtreibt. Schließlich wohne ich mit im Haus.»

«Das ist ein gutes Argument.» Ine schaute noch einmal zur Tür. «Komisch ist es trotzdem.»

Das fand ich auch, und ich war mir sicher, dass Frerk einen guten Grund dafür hatte, aber ich wollte nicht, dass Frerks Tochter sich zu sehr in ihre Sorgen hineinsteigerte. «Bestimmt wird sich das alles bald klären. Ich würde vorschlagen, wer zuerst von ihm hört, meldet sich bei der anderen.»

«Gute Idee.» Ine seufzte wieder. «Euch davon zu überzeugen, die Finger von der Sache zu lassen, macht wahrscheinlich keinen Sinn.» Sie sah noch einmal auf ihr Handy. «Papa dazu zu bringen, den Ortungsmodus an seinem Smartphone einzuschalten, damit wir immer wissen, wo er sich rumtreibt, ist wahrscheinlich auch ein Ding der Unmöglichkeit.»

Ich begann, laut zu lachen. «Frag ihn, wenn ich dabei bin, damit ich sein empörtes Gesicht sehen kann. Außerdem bringt das hier auf der Insel wahrscheinlich gar nichts. Je nachdem, wo man unterwegs ist, hat man sowieso keinen Empfang, weder für Anrufe noch für GPS.» Ich versuchte, die Anspannung mit einem Scherz zu lockern. «Vielleicht sollten wir einfach Dolores als Spürhund einsetzen.»

Dolores wedelte mit dem Schwanz, sie hatte genau verstanden, dass wir gerade von ihr sprachen.

Ine schmunzelte. «Das ist tatsächlich keine schlechte Idee. Ich wette, sie würde Papa schneller finden als jede Technik. Und apropos Technik. Das mit dem schlechten Empfang stimmt natürlich, das würde vielleicht auch erklären, warum er nicht rangeht.»

«Das kann sehr gut sein. Wir beide, Dolores und ich, wir machen jetzt auf jeden Fall einen schön ausgiebigen Spaziergang», sagte ich. «Wenn uns jemand sucht, wir sind auf dem Weg nach Nebel.»

«Soll ich Judith anrufen und fragen, ob ihr vorbeikommen dürft?», fragte Ine. «Ich habe einen ganz guten Draht zu ihr und vielleicht ist es besser, wenn sie vorbereitet ist und ihr nicht einfach so reinschneit.»

«Das wäre unter den Umständen wahrscheinlich angebracht», antwortete ich. «Vielleicht weiß sie ja auch noch gar nicht, was mit ihrer Freundin passiert ist, und wenn, könnte ich verstehen, dass sie nicht mit einer Wildfremden darüber sprechen will.»

«Es würde mich wundern, wenn ausgerechnet Judith noch nicht davon gehört hätte, zumal sie ja in unmittelbarer Nähe zum Öömrang Hüs wohnt», erklärte Ine. «Ich würde euch ja begleiten, aber ich muss leider nach Hause, Fiete kommt gleich aus der Schule, heute ist schon nach der vierten Stunde Schluss. Ihre Handynummer habe ich im Salon in der Kundenkartei, ich schau nach und ruf sie an, dann melde ich mich bei dir.»

Wir gingen gemeinsam nach draußen.

«Danke, Ine!»

«Ach was, doch nicht dafür. Sie heißt Strandvik mit Nachnamen, ist vor ein paar Jahren mit ihrem Sohn nach Amrum gezogen. Ihr Mann ist Zahnarzt, er hat eine Praxis in Hamburg. Er kommt meistens von Donnerstag bis Sonntag und auch mal zwischendurch für ein, zwei Wochen.»

«Scheint ja eine gut gehende Praxis zu sein», sagte ich. «Sind sie ursprünglich aus Hamburg?»

«Judith hat wohl Vorfahren hier, die allerdings die Insel schon vor Generationen verlassen haben. Sie lebt mit dem Sohn auf Amrum, weil sie will, dass er eine schöne Kindheit hat, was hier auf der Insel ja durchaus möglich ist. Weniger Stress, mehr Natur, eine kleine, überschaubare Gemeinschaft – das ist doch genau das, was viele sich für ihre Kinder wünschen», erklärte Ine, während sie die Haustür hinter uns zuzog. «Und sie scheint hier wirklich angekommen zu sein. Sie ist aktiv im Öömrang Ferian, kennt die meisten Leute und bringt sich auch sonst bei Veranstaltungen über die Geschichte und Kultur von Amrum ein.»

«Ach was, in dem Verein, in dem dein Vater Vorstand ist, also.»

«Ja, ich vermute mal, dass Greta über Judith an das Ehrenamt gekommen ist. Aber das musst du sie besser selbst fragen.»

«Was macht sie beruflich?», fragte ich.

«Sie kümmert sich um die Vermietung der Ferienwohnungen, die ihr und ihrem Mann gehören, um ihren Sohn und engagiert sich ehrenamtlich.»

«Klingt nach einem schönen Leben», sagte ich.

Ine überlegte einen Moment. «Auf mich wirkt sie nicht besonders glücklich. Aber da kann ich mich vielleicht auch täuschen, man kann einem ja immer nur bis vor den Kopf gucken.»

«Das stimmt allerdings.»

«Dann viel Spaß euch beiden, ich melde mich!» Ine stieg auf ihr Rad. «Und du ruf mich an, wenn Papa sich zuerst bei dir meldet!»

Dolores war voller Vorfreude und zog ungeduldig an der Leine. Sie kannte unser Ziel, denn wenn wir über den Holzbohlenweg durch die Dünen gingen, wartete das Meer auf uns.

Als wie aus dem Nichts plötzlich ein Jack Russell zwischen dem Dünengras angeschossen kam und uns lautstark anbellte, griff ich reflexartig in die Tasche, die ich bei mir trug, holte die Wasserpistole raus und spritze dem frechen Racker eine Ladung auf die Nase. Ich war recht zielsicher, denn in Wiesbaden machte ich von der «Waffe» häufiger Gebrauch, wenn ich im Park oder irgendwo auf Feldern und Wäldern mit Dolores unterwegs war. Sie war einfach zu nett und wehrte sich nicht, wenn irgendein unangeleinter Rüpel sie anging.

Das Überraschungsmoment war auf meiner Seite. Der Kläffer jaulte kurz auf und machte kehrt. Dolores wedelte freundlich mit dem Schwanz, als wäre nichts gewesen. «Du bist wirklich zu gutmütig, Dolores», sagte ich.

Da kam ein Mann den Holzbohlenweg auf uns zu, kräftig gebaut, mit breiten Schultern und einem Bauchansatz, der von viel Essen und regelmäßigen Bierabenden sprach. Sein Gesicht war hochrot, sei es von der Hitze oder von Ärger, und unter der Schirmmütze, die er tief ins Gesicht gezogen hatte, blitzten ein paar verschwitzte, graue Haare hervor.

«Haben Sie zufällig einen Jack Russell gesehen?» Er blickte auf meine Pistole, die ich noch immer in der Hand hielt. Seine Augen, von dichten Brauen überschattet, funkelten misstrauisch. «Ist die etwa echt?»

Sie war aus mattschwarzem Kunststoff gefertigt. Der Griff war ergonomisch geformt, und der Abzug war leichtgängig, perfekt für spontane Einsätze. Am Lauf prangte ein kleines, neonoranges Siegel, das deutlich zeigte, dass es sich um ein Spielzeug handelte. Sie wirkte jedoch wohl auf den ersten Blick echt – besonders, wenn man nur flüchtig hinsah.

«Das hier?» Ich zeigte ihm die Pistole mit einem unschuldigen Lächeln. «Es ist eine ganz normale Wasserpistole. Praktisch, wenn man wie ich mit einer überaus freundlichen Hündin unterwegs ist, die sich nicht wehrt, wenn sie angegriffen wird. Ihr Kläffer ist ab durch die Dünen, wo er hergekommen ist.»

«Das ist doch wohl nicht Ihr Ernst!» Der Mann schüttelte den Kopf.

«Da ist kein Gift drin, nur Wasser.» Den Wodka, den ich aus Abschreckungsgründen in kleinen Mengen beigemischt hatte, verschwieg ich, und spritzte dem Mann zur Demonstration eine Fuhre vor die in Sandalen steckenden nackten Füße.

Er schnaubte. «Was sind Sie denn für eine Verrückte?»

Da kläffte der Jack Russell oben von der Düne hinunter.

«Fritz! Hierher», rief der Mann.

«Die Dünen stehen unter Naturschutz! Und Hunde gehören angeleint», rief ich ihm hinterher, während er unbeirrt den Hang hinauf und den Strandhafer platt stapfte, um seinen Fritz einzufangen. Im nächsten Moment bereute ich, ihn so undiplomatisch angegangen zu sein. Vielleicht hatte ich ein bisschen überreagiert, aber Dolores an meiner Seite zu haben, bedeutete nun mal, sie zu beschützen. Auch wenn ich nicht wusste, ob der Mann seinen Hund unangeleint hatte rumlaufen lassen oder ob der gute Fritz sich einfach so vom Acker gemacht hatte. Ich verstand nun allerdings, warum Frerk Probleme mit manch einem Hundebesitzer hatte. Die Dünen waren ein wichtiger und empfindlicher Lebensraum, nicht nur für seltene Pflanzen, sondern auch für Tiere, die auf Ruhe und Schutz angewiesen waren. Dass jemand seinen Hund dort herumtoben ließ, zeigte, wie wenig Respekt manche Leute vor der Natur hatten – und vor den Regeln, die sie ignorierten. Aber vielleicht hätte eine freundlichere Erklärung meinerseits mehr bei ihm bewirkt.

«Na los, Dolores», sagte ich, und wir setzten unseren Weg über den Holzbohlenweg fort.

Dabei betrachtete ich meine Wasserpistole etwas genauer. Sah sie tatsächlich wie eine richtige aus? Ich drehte mich einmal um, um zu schauen, ob jemand in der Nähe war, und als ich niemanden sehen konnte, hielt ich die Pistole mit beiden Händen, als wäre sie eine echte Dienstwaffe, und richtete sie auf ein verdächtiges Büschel Dünengras am Wegesrand.

Dolores blieb stehen und blickte mich neugierig an, den Kopf schiefgelegt, als wollte sie fragen: *Was machst du denn da jetzt schon wieder, Oma?*

«Nicht bewegen, ihr Grasbüschel!», murmelte ich mit gespieltem Ernst und drückte den Abzug. Der Wasserstrahl traf sein Ziel. Ich grinste. «Treffer! Dolores, ich glaube, ich hätte eine großartige Kommissarin abgegeben.»

Dolores setzte sich und beobachtete mich, als wäre sie meine kritische Ausbilderin. Wieder zielte ich mit der Pistole, diesmal auf eine Getränkedose, die jemand achtlos weggeworfen hatte. «Verdächtiger im Visier», flüsterte ich und drückte ab. «Noch ein Treffer!» Ich war wirklich gut, ein echtes Naturtalent, dachte ich, und ließ die Pistole lässig in die Tasche gleiten, als hätte ich einen erfolgreichen Einsatz hinter mir. «Das war's, Dolores. Wir haben die Situation unter Kontrolle.» Ich konnte mir ein leises Lachen nicht verkneifen und kam mir ein bisschen albern vor. Aber es war ein gutes Gefühl, ein Stück unbeschwerte Albernheit nach den tragischen Ereignissen gestern. Vielleicht wäre ich nicht die beste Kommissarin. Aber wenigstens war ich zielsicher.

Ich hob die Dose auf und drehte sie in meinen Händen. «Du kommst jetzt dahin, wo du hingehörst: in den Müll. Nicht in die Dünen.»

Wir waren nun fast am Strand, und Dolores zog wieder an der Leine. Ihre Begeisterung war ansteckend, und ich hatte plötzlich das Gefühl, mit der Wasserpistole in der Hand die Welt zumindest für einen Moment ein bisschen sicherer gemacht zu haben. Auf dem Weg zum Wasser kam der nächste Mülleimer in Sicht, und ich warf die Dose hinein, zufrieden, wenigstens einen kleinen Beitrag dazu geleistet zu haben, Amrum ein wenig sauberer zu machen. Jetzt mussten wir nur noch an der Sicherheit arbeiten und den Mörder oder die Mörderin fassen.

Der Strand von Norddorf erstreckte sich weit vor uns, das Rauschen der Wellen vermischte sich mit dem fernen Geschrei der Möwen. Familien saßen unter bunten Sonnenschirmen, Kinder bauten Sandburgen oder jagten sich lachend durch das seichte Wasser. Die Strandkörbe waren alle besetzt, es war viel los heute. Mittlerweile waren wir gut vierzig Minuten unterwegs. Ine hatte sich noch nicht wieder gemeldet, und Frerk auch nicht. Er war nun mal Nordfriese durch und durch. Still, eigen, oft schwer zu durchschauen. Er ließ sich nicht hetzen, er tat die Dinge in seinem eigenen Tempo, mit einer Ruhe, die manchmal an Sturheit grenzte. Manchmal beneidete ich ihn darum.

Trotz seiner stillen Art war er jemand, der sich um alles kümmerte – nur eben, ohne es laut anzukündigen. Während ich mich gerade von meinen Gedanken ablenken ließ und mich um ihn sorgte, arbeitete er vermutlich längst daran, die losen Fäden zu entwirren. Und ich musste dasselbe tun. Ermitteln. Vorwärtsgehen. So, wie es Frerk tun würde. Dennoch ließ mich der Gedanke an ihn nicht ganz los.

Ich zog mein Handy hervor und überprüfte erneut, ob sich Ine oder jemand anderes gemeldet hatte. Nichts. Meine Finger spielten kurz mit der Hülle des Geräts, dann steckte ich es wieder ein. Ich musste mich nun konzentrieren. Der Fall war das, was jetzt zählte. Greta Jansen, der Mord im Öömrang Hüs. Die Sonne brannte auf meine Schultern, und das leise Geräusch der Muscheln, die unter meinen Schuhen zerbrachen, holte mich zurück an den Strand.

Ich beschloss, den Weg zu Gretas Freundin Judith zu genießen, wenn er mich schon an einem der schönsten Strände Deutschlands entlangführte, und setzte die Sonnenbrille auf, die ich mir extra für diesen Aufenthalt gekauft hatte. Das Gestell war auffällig: ein kräftiges Türkis, das in der Sonne leuchtete, mit geschwungenen Bügeln, die leicht ins Goldene übergingen. Die Gläser waren übergroß und rund, mit einem Farbverlauf von Dunkelgrau zu einem sanften Braunton.

Dazu trug ich einen Sonnenhut, der perfekt zu meinem Outfit passte. Er war aus grob geflochtenem Stroh und hatte eine breite Krempe. Ein buntes, hippieeskes Stoffband mit kleinen Quasten und Perlen umgab die Hutkrone.

Meine Tunika war luftig, aus weicher Baumwolle in

einem sanften Cremeweiß, mit zarten Stickereien in Pastellfarben entlang des Ausschnitts. Die Ärmel waren dreiviertellang und weit geschnitten, genau das Richtige für einen Sommertag. Darunter trug ich schlichte knielange Leggings in einem zurückhaltenden Dunkelgrau, die bequem waren und sich trotzdem schick anfühlten. An den Füßen hatte ich flache Sandalen mit gekreuzten Riemchen. Gekauft hatte ich sie mir spontan bei einem ausgiebigen Einkaufsbummel in der Wiesbadener Innenstadt. Vorausgegangen war mein Entschluss, ab sofort mehr auf mich zu achten und mir auch mal etwas Gutes zu tun.

Ob ich jetzt auf zweiten Frühling machen würde, hatte mich Rolf pikiert gefragt, als er mich das erste Mal so gesehen hatte. Nun, den Frühling hatte ich wohl übersprungen und war nach der Trennung direkt in einen strahlenden Sommer übergegangen. Ich fühlte mich gut, wie wir da jetzt am Strand entlang in Richtung Süden gingen, nicht mehr wie eine Kommissarin, die auf Getränkedosenjagd geht, sondern eher wie ein Filmstar aus den Siebzigerjahren. Ich schüttelte leicht den Kopf, als mir einfiel, wie ich mit meiner Enkeltochter *Mamma Mia 2* im Fernsehen angeschaut hatte und sie mir gesagt hatte, dass ich doch glatt wie die Rosie Mulligan im Film aussehe.

Damals hatte ich nur gelacht, aber jetzt, wie ich so am Strand entlangging, konnte ich mir den Vergleich tatsächlich etwas abringen. Meine Haare waren kurz, in einem weichen, leicht zerzausten Schnitt, der irgendwo zwischen praktisch und frech lag. Ine hatte mir Schnitt und Farbe zum Abschied bei meinem letzten Aufenthalt auf der Insel geschenkt und darauf bestanden, dass ich etwas «Peppiges» brauche. «Du bist viel zu jung im Kopf, um wie eine langweilige Oma auszusehen», hatte sie gesagt, und ich hatte «Überrasch mich, mach einfach» geantwortet. So war mein ergrauter Bob, den ich jahrelang getragen hatte, der silberblonden Kurzhaarfrisur gewichen.

Jetzt, mit der Sonne im Gesicht und dem Wind, der meinen Hut leicht anheben wollte, fühlte ich mich tatsächlich ein wenig wie eine abenteuerlustige Rosie, die bereit war, die Welt zu umarmen – oder zumindest diesen sommerlichen Strandtag. Dolores lief fröhlich vor mir her, schnüffelte mal hier, mal da, und tapste immer wieder zwischendurch mit den Pfoten durchs Wasser.

Mit jedem Schritt empfand ich mich freier, entspannter und bereit, die kleinen Verrücktheiten des Lebens genauso zu genießen wie Rosie. Mein Leben hatte sich seit der Trennung von meinem Mann Rolf sehr verändert. Vielleicht war es Klischee, aber ich fand, die freche Kurzhaarfrisur passte wie die Faust aufs Auge zu meiner neuen Lebenssituation. Natürlich war nicht alles rosig. Nach der Trennung hatte ich Momente, in denen ich mich fragte, ob ich den richtigen Weg gewählt hatte. Doch wenn in Zukunft solche Zweifel aufkamen, würde ich an Tage wie diese denken, mit der Sonne im Gesicht, dem Wind im Rücken, Dolores an meiner Seite – und einer Waffe in der Tasche, auch wenn es nur eine Wasserpistole war. Ich war nicht nur eine normale Urlauberin, die nach der Trennung von ihrem Ehemann auf die Insel geflüchtet war, um wieder einen freien Kopf zu kriegen. Und mehr als nur eine Polizeisekretärin, die die Akten der Fälle von anderen anlegt. Ich war die, die Dinge selbst in die Hand nahm – mit Humor,

Entschlossenheit und einem Hauch von Abenteuerlust. Ich war eine Kämpferin, das war ich schon immer gewesen, auch wenn ich manchmal nur gegen Getränkedosen oder einen Jack Russell antrat.

Fast vergaß ich, weswegen ich eigentlich zu dem Spaziergang aufgebrochen war, bis der Strand hinter uns lag, und wir wieder durch die malerische Dünenlandschaft kamen, vorbei an Heidekraut und dem flirrenden Licht, das durch die Büsche fiel. Der sandige Pfad führte uns sanft bergauf, bis wir schließlich in das kleine Wäldchen eintauchten. Hier war es angenehm kühl, die Luft war erfüllt vom Duft nach Harz der Kiefern und feuchtem Moos, und ich hörte das Zwitschern von Vögeln, die zwischen den Bäumen umherhuschten. Dolores schnüffelte ausgiebig an jedem Fleckchen Erde.

Da klingelte mein Telefon. Es war Ine.

«Erst mal das Wichtigste, Papa hat sich gemeldet. Er ist mit irgendwelchen Archäologen unterwegs, die auf Amrum kleinere Grabungen durchführen. Da ist also alles in Ordnung.»

«Gut!» Ich atmete erleichtert auf. Erst jetzt bemerkte ich, wie sehr mich Ines Sorge um Frerk doch angesteckt hatte. «Und hat er etwas dazu gesagt, warum er seine Tür plötzlich abschließt?»

«Einfach nur so», antwortete Ine. «Das ist zumindest das, was er dazu gesagt hat. Vielleicht fragst du ihn mal, ihr beiden steckt ja da gemeinsam unter einer Decke.»

In gewisser Weise hatte Ine recht. Vielleicht wollte Frerk seine Tochter nicht beunruhigen und würde bei mir ehrlicher sein. «Ich versuch mein Glück», sagte ich.

«Gut. Und bei Judith kannst du gern vorbeikommen. Ich habe ihr gesagt, dass du die Polizeisekretärin bist, die den letzten Mordfall auf eigene Faust aufgeklärt hat, die Miss Marple von Amrum. Wenn sie dir helfen kann, macht sie das gern. Sie will natürlich auch wissen, wer Greta auf dem Gewissen hat.»

Es sei denn, sie ist die Täterin, schoss es mir durch den Kopf, aber den Gedanken dieser vorschnellen und unbegründeten Verdächtigung sprach ich nicht aus.

«Danke dir, Ine», sagte ich stattdessen. «Und ich tue mein Bestes, dass wir den Mord bald aufklären.»

«Ach, noch was, sie bittet darum, dass ihr nicht darüber sprecht, wenn ihr Sohn in der Nähe ist. Piet ist erst sieben, sie will ihn da raushalten.»

«Das ist doch selbstverständlich», sagte ich.

Nachdem wir das Telefonat beendet hatten, ging ich etwas schneller. Der Mord an Greta Jansen war wie ein dunkler Schatten, der sich nicht einfach abschütteln ließ, egal wie schön die Umgebung war. Ich war gespannt darauf, was ich von Judith erfahren würde, die, wie sich nun herausgestellt hatte, auch im Öömrang Ferian tätig war – so wie Frerk, der mir von sich aus nichts davon erzählt hatte. Warum nur?

Nach dem Wäldchen erreichten wir die Hauptstraße, den «Strunwai». Hier war es wieder etwas lauter, es war nicht das Meer, das rauschte, es waren die Autos, die an uns vorbeifuhren.

Ich hielt Dolores kurz an der Leine. Mittlerweile waren wir fast zwei Stunden unterwegs. Zwischendurch hatten wir immer mal wieder eine kurze Pause gemacht und etwas getrunken. Nun waren wir fast da. Ine hatte mir beschrieben, wo Judith wohnte.

«Das dritte Haus von der Post aus gesehen in Richtung Norddorf», sagte ich leise zu mir selbst. Wir waren schon auf der richtigen Straße unterwegs, aber der Strunwai zog sich überraschend in die Länge. Auf die fünf Minuten kam es jetzt jedoch auch nicht mehr an.

KAPITEL 10

riesisch und modern. Diese zwei Begriffe gingen mir durch den Kopf, als ich vor Judiths Haus stand, zu dem ein breiter Pflasterweg führte. Mit seiner Fassade aus roten Backsteinen wirkte es warm und einladend, ein klassisches Friesenhaus, das den Charme der Insel perfekt einfing. Doch bei genauerem Hinsehen erkannte ich die modernen Akzente, die dem Gebäude einen einzigartigen Charakter verliehen.

Das Reetdach war perfekt gepflegt und erinnerte mich mit seinem Giebel an das Öömrang Hüs. Allerdings gab es hier ein rundes Fenster, das wie ein wachsam-aufmerksames Auge auf die Straße blickte. Die anderen Fenster, recht groß und mit weißen Sprossenrahmen, unterstrichen das traditionelle Flair. An der Südseite des Hauses erstreckte sich ein moderner Wintergarten. Der Rahmen war aus Holz gefertigt, das sich harmonisch in das Gesamtbild einfügte, und von innen konnte ich die üppigen Pflanzen erkennen, die wie ein kleiner Dschungel wirkten.

Mir gefiel die Mischung, hier schien die Moderne auf das friesische Erbe zu treffen, und zwar in perfekter Harmonie.

Ich sah zu Dolores hinunter, die mich mit ihren sanften, neugierigen Augen ansah, als wollte sie mir Mut zusprechen. Doch in mir machte sich eine Unsicherheit breit, die ich so nicht erwartet hatte. Ich kannte Judith nicht, wusste nur, dass sie Gretas Freundin war und jetzt jemanden verloren hatte, der ein wichtiger Teil ihres Lebens gewesen sein musste.

Ich hatte mich nicht vorbereitet, sondern entschieden, aus dem Bauch heraus zu fragen, was ich wissen wollte. Manchmal, dachte ich, führt der direkte Weg zu ehrlicheren Antworten und zu einem echten Gespräch.

Ich straffte die Schultern. «Dann wollen wir mal.»

Über die dreistufige Treppe gingen wir zur Tür. Auf Augenhöhe hing ein Stück Treibholz, in das der Familienname Strandvik geschnitzt war, darunter die Namen Judith, Piet und Matthias. Ich suchte nach der Klingel, bis mir die Schiffsglocke aus Messing auffiel, die an einem Eisenhaken an der Wand neben der Tür befestigt war. Ich zog an der Kette, woraufhin ein tiefer, voller Ton erklang. Er war noch nicht verstummt, als uns ein hellblonder barfüßiger Junge die Tür öffnete. Die Wangen seines runden Gesichts waren gerötet. Er musste gerannt sein oder im Garten gespielt haben, worauf auch die Grasflecken auf der kurzen Flickenjeans und dem T-Shirt mit der Aufschrift «Paw Patrol» hindeuteten. Er pustete sich die Strähnen seiner zerzausten Haare aus dem Gesicht.

«Moin, ich bin Gaby», sagte ich. «Ich bin hier mit Judith verabredet, die deine Mama ist, wie ich vermute.» Ich zeigte auf das Stück Treibholz an der Tür, auf dem die Namen standen. «Du bist doch bestimmt Piet.»

Er nickte und schielte auf Dolores. Seine Augen wurden größer, und Interesse blitzte in ihnen auf.

«Piet, darf ich vorstellen: Das ist Dolores, eine Labra-doodle-Dame. Du darfst sie ruhig streicheln. Sie ist sehr lieb.»

Er streckte zaghaft seine Hand nach ihr aus. Weil er sich jedoch nicht traute, ging Dolores schwanzwedelnd das letzte Stück auf ihn zu und schmiegte ihren Wuschelkopf sanft an seine Handfläche. Piet streichelte sie und strahlte.

Im nächsten Moment drang aus dem Haus ein hölzernes Treppenknarzen an mein Ohr. Kurz darauf stand eine Frau in ihren Vierzigern hinter Piet, ebenso hellblond wie er, und legte ihre Hände auf seine Schultern. Sie schenkte mir aus ihrem fein geschnittenen Gesicht mit den hohen Wangenknochen ein natürliches Lächeln. Es schien, als ließen sich sogar die Sommersprossen auf ihrer Nase davon anstecken. Sie trug ein Leinenkleid in Sandfarben, das gut zu ihrer hellen Haut passte.

«Moin, ich bin Judith», sagte sie. «Schön, dass ihr da seid.» Sie trat zur Seite und zog ihren Sohn an den Schultern sanft zurück. «Kommt doch rein ...»

Jetzt sah ich den unterdrückten Schmerz in den Augen, den sie wohl eben mit dem Lächeln überspielt hatte.

Wir setzten uns im Wohnzimmer an einen großen Esstisch, der mir in seiner Schlichtheit sofort ins Auge fiel. Er war aus massiver Eiche gefertigt, rechteckig, mit klaren Kanten und geölter Oberfläche, die die natürliche Maserung des Holzes sanft schimmern ließ.

Das Wohnzimmer selbst wirkte großzügig und hell, vor allem durch die große Fensterfront, die den Blick auf die üppig bepflanzte Veranda freigab.

Judith schien das Funktionelle zu mögen. Alles war mit Bedacht ausgewählt, was dem Raum eine angenehme Ruhe verlieh. Eine cremefarbene Couch, dazu ein passender Sessel standen einladend in einer gemütlichen Ecke des Wohnzimmers. Ein paar sorgfältig ausgewählte Dekorationen wie eine große Kerze in einem gläsernen Windlicht auf dem Parkettfußboden, eine kleine Vase mit frischen Gräsern, wohl von der Insel. Es war ein Ort, an dem man sich wohlfühlen konnte, modern, schlicht – und sicher nicht gerade günstig in der Anschaffung. Den Strandviks, so mein Eindruck, musste es finanziell sehr gut gehen.

Piet und Dolores hatten sofort «gematched», wie man es meinem Sohn zufolge heute ausdrückte, wenn zwei Wesen auf Anhieb miteinander harmonierten. Piet war in den Garten gelaufen, Dolores bellend hinterher, und nun spielten sie auf der Wiese mit einem Ball. Ich fragte mich, wie lange es wohl dauern würde, bis die beiden Strolche zusammen auf dem eingezäunten Trampolin herumsprangen.

Auch zwischen Judith und mir stimmte die Chemie. Ich mochte ihre Ausstrahlung, diese nordische Zurückhaltung und Ruhe, die ich schon bei einigen Inselbewohnern wahrgenommen hatte, obwohl Judith keine echte Insulanerin war, sondern nur zugezogen. Sofort verabschiedete ich mich von meinen kurzen Gedanken, sie könnte etwas mit dem Tod ihrer Freundin zu tun haben. Diese Frau konnte keiner Fliege etwas zuleide tun, da war ich mir sicher, das sagte mir mein Gespür. In ihrem Blick lag eine Mischung aus Wärme und Verletzlichkeit. Es war schwer, sie sich in einer Situation vorzustellen, in der sie jemandem absichtlich wehtun würde. Trotzdem wusste ich, dass man Menschen nicht nur nach ihrem Aussehen beurteilen kann. Aber bei ihr wirkte auf den ersten Blick alles stimmig und authentisch. Judith schenkte uns Tee ein, eine duftende Mischung aus Kräutern, die zu der entspannten Atmosphäre ihres Hauses passte. «Ich hoffe, du magst Kräutertee», sagte sie so zugewandt, dass ich keine andere Antwort als ein «Natürlich» geben konnte, obwohl ich insgeheim auf einen Kaffee gehofft hatte. Sie reichte mir ein kleines Tablett mit Keksen, die selbst gebacken aussahen. «Die hat Piet gestern gemacht», sagte sie mit einem leisen Lächeln, «Zitronenkekse.»

«Die sehen sehr gut aus, danke.» Ich nahm einen und biss hinein. «Lecker!»

«Er liebt es, in der Küche zu helfen», sagte sie und schüttelte leicht den Kopf, während sie sich auf die Stuhllehne stützte. «Manchmal bringt er mehr Chaos als Ergebnis, aber das gehört dazu.»

Ich lachte leise und trank einen Schluck Tee. «Das klingt, als hättet ihr eine schöne Zeit hier auf Amrum. Es ist ein guter Ort für Kinder.»

«Das ist es», stimmte Judith zu. Ihre Augen suchten kurz den Garten, wo Piet und Dolores herumtobten. Sie sahen glücklich aus – frei und unbeschwert. «Deshalb sind wir hierhergezogen. Es ist eine Ruhe, die man anderswo nicht findet. Und eine Gemeinschaft, die einem das Gefühl gibt, nicht allein zu sein.»

Ich nickte und überlegte, wie ich das Gespräch auf Greta lenken konnte, ohne zu direkt zu wirken.

«Greta Jansen war auch jemand, der diese Gemeinschaft geschätzt hat, nicht wahr?», fragte ich schließlich und hielt ihren Blick. Ihre Hände, die die Teetasse umfassten, zogen sich unwillkürlich etwas enger zusammen.

Judith nickte langsam, ihre Entspanntheit verschwand, und für einen Moment wurde die Verletzlichkeit in ihren Augen deutlicher. «Ja, Greta war ... besonders. Sie hatte ihre Ecken und Kanten, aber sie war immer ehrlich und loyal. Man wusste, woran man bei ihr war.»

«Es muss ein großer Verlust für Sie sein, mein herzliches Beileid», sagte ich vorsichtig. «Es klingt, als hätten Sie sich gut gekannt.»

«Ja.» Judith seufzte leise und setzte die Tasse ab. «Wir waren manchmal völlig unterschiedlicher Meinung, aber das hat an unserer Verbindung nichts geändert. Sie war eine Freundin, und so jemanden zu verlieren, ist schwer. Und dann auch noch so ...»

Ich spürte, dass sie mehr sagen wollte, aber etwas hielt sie zurück. Vielleicht war es nicht der richtige Moment, sie zu drängen, wir hatten gerade erst begonnen, über Greta zu reden. Also lenkte ich sie mit einer einfachen Frage ab. «Wie lange kannten Sie sich?»

«Seit etwa zehn Jahren schon, noch aus Hamburg. Wir haben uns ganz banal im Fitnessstudio kennengelernt und angefreundet. Vor vier Jahren sind wir nach Amrum gezogen. Greta hat uns ein paarmal hier besucht. Sie hat sich als Journalistin sehr für die Geschichte Amrums interessiert und hat dann ja auch durch mich den Job im Öömrang Hüs übernommen.» Judith schluckte und schüttelte den Kopf. «Ich kann es immer noch nicht fassen.» Sie sah mich an. «Darf ich Du sagen?»

«Ja, gern.»

«Danke, das macht das Gespräch etwas leichter», sagte sie traurig. «Du hast Greta gefunden, wie ich gehört habe?»

Bei dem Gedanken kroch Gänsehaut über meine Arme. Der Moment tauchte wieder vor meinem inneren Auge auf. Ich räusperte mich und sagte: «Ja, ich habe sie gefunden.»

Judith sah mich mitfühlend an. «Das muss furchtbar gewesen sein.»

«Es war ein Schock. Und deswegen bin ich heute hier. Weil ich hoffe, dass ich ein wenig bei den Ermittlungen helfen kann.»

Sie nickte. «Ine hat mir schon davon erzählt, dass du auch den Harpunentod aufgeklärt hast, bewundernswert. Ich hätte nicht den Mut, mich da einzumischen.» Judith presste die Lippen zusammen, als würde sie sich gegen ihre eigenen Gedanken wehren. «Ich frage mich, ob Greta vielleicht irgendetwas wusste. Etwas, das sie in Gefahr gebracht hat.»

Ich horchte auf. «Du meinst etwas, das anderen schaden konnte? Oder hatte sie Feinde?»

Judith überlegte kurz, dann schüttelte sie den Kopf. «Feinde würde ich nicht sagen. Aber Greta war gut darin, sich immer wieder in Dinge einzumischen, die sie nichts angingen – zumindest nach Meinung einiger Leute. Sie war neugierig, manchmal zu sehr. Und als Journalistin hatte sie gelernt, hartnäckig zu sein.»

«Sie hat hier auf Amrum an einer Geschichte gearbeitet», sagte ich. «Hat sie darüber etwas erzählt?»

«Nein, aber ich habe oft das Gefühl gehabt, dass sie auf irgendetwas gestoßen war», antwortete Judith. «Vielleicht dachte sie, es wäre besser, wenn niemand davon wüsste.»

Ich runzelte die Stirn, und mir fiel eine Frage dazu ein, die immer wieder in Kriminalromanen von den ermittelnden Kommissaren gestellt wurde. «Hat sie sich denn in letzter Zeit verändert? Gab es irgendetwas Ungewöhnliches an Gretas Verhalten?»

Judith überlegte wieder. «Sie war angespannter. Manchmal hat sie das Gespräch abgebrochen oder mehr als sonst aufs Handy geschaut, als ob sie einen Anruf oder eine Nachricht erwarten würde. Ich habe sie gefragt, ob alles in Ordnung ist, aber sie hat nur gesagt, dass ich mir keine Sorgen machen soll.»

«Vielleicht hatte das aber auch gar nichts mit ihrem Beruf oder ihren Recherchen zu tun und war privater Natur», sagte ich. Das war die Gelegenheit für mich, nun auf ein anderes Motiv hinzuweisen. «Ich kannte Greta nicht, und es sind nur Gerüchte, die ich gehört habe, aber auf der Insel erzählt man sich, dass sie ein Verhältnis mit dem Pastor gehabt haben soll.»

Judiths Augenbrauen schnellten nach oben. «So ein Blödsinn!», sagte sie inbrünstig. «Das sind Gerüchte von irgendwelchen Neidern, die jeder Grundlage entbehren. Als Greta mir davon erzählt hat, was man ihr unterstellt, habe ich ihr gesagt, sie soll nichts darauf geben. So sind die Amrumer nun mal. Die Insel ist klein, da wird schnell aus einer Mücke ein Elefant und aus einer guten Freundin eine Geliebte gemacht», fuhr Judith fort und schüttelte den Kopf, während sie ihre Hände in den Schoß legte. «Jeder kennt jeden, und wenn jemand wie Greta auffällt – und das tat sie, allein schon wegen ihres guten Aussehens –, dann wird sofort getratscht. Aber ein Verhältnis mit dem Pastor?

Lächerlich. Sie hatte Respekt vor ihm, das ja, aber jegliches Interesse war rein beruflich. Pastor Rungholt hat ihr bei einer ihrer Geschichten geholfen, als es um alte Kirchenakten ging. Mehr war da nicht.»

Ich nickte langsam, machte mir in Gedanken eine Notiz, die Kirchenakten nicht zu vergessen, und nahm ihre Worte auf, ohne gleich eine Wertung vorzunehmen. «Du glaubst also, diese Gerüchte sind völlig haltlos?»

Judith sah mich ernst an. «Absolut. Greta war nicht der Typ für solche Spielchen. Wenn sie jemanden in ihr Leben ließ, dann aus gutem Grund. Sie war kein Mensch, der sich in halbseidene Affären verstrickt hätte. Dafür war sie viel zu aufrichtig.»

«Gut zu wissen.» Ich lehnte mich leicht zurück, überlegte kurz, wie ich weiterfragen sollte. Judiths Empörung klang überzeugend, sie glaubte wirklich, dass an der Sache mit der Affäre nichts dran war.

«Hat sie dir denn vertraut?», fragte ich weiter. «Hätte sie mit dir darüber gesprochen?»

Judith dachte einen Moment nach. «Ich denke ja. Sicher bin ich mir natürlich nicht. Aber ich weiß, dass Greta überhaupt kein Interesse an einer Liebschaft hatte. Sie hat sich erst vor drei Monaten von ihrem Mann getrennt und hatte die Nase voll von Männern.»

Das war mir neu. «War ihr Mann denn einverstanden mit der Trennung?»

«Nein», sagte Judith. «Aber Christian hat sie nicht umgebracht. Er war es nicht. Ausgeschlossen.»

«Was macht dich so sicher?»

«Greta wurde doch irgendwann gestern getötet. Da war

Christian, ihr Mann, gar nicht in Deutschland. Das weiß ich durch Instagram», antwortete Judith. «Ich folge ihm dort. Warte, ich zeig's dir.»

Sie beugte sich zur Seite und streckte die Hand Richtung Handy aus, das am Tischende lag. Ich richtete mich gespannt auf. Würde sie mir tatsächlich gleich den Beweis für Christian Jansens Unschuld präsentieren?

«Das ist es», sagte sie und reichte mir ihr Smartphone. Auf dem Display war ein großer, sportlicher Redner, braun gebrannt, mit dunklem halblangem Haar, auf einer Bühne zu sehen.

«Christian hat gestern seine neue Kollektion vor Modejournalisten und Influencern vorgestellt», erklärte Judith.

Ich kniff die Augen zusammen und sah genauer hin. Auf einem Roll-up las ich den Ort der Veranstaltung, Salzburg, und daneben das Jahr.

Ich gab Judith das Handy zurück.

«Woher wissen wir, dass er den Vortrag tatsächlich gehalten hat? Vielleicht ist das Foto ein Fake? Mittlerweile kann man doch sogar auf dem Handy Menschen aus Fotos herausschneiden und irgendwo anders wieder einfügen. Gruselig.»

«Ja, die künstliche Intelligenz macht's möglich. Aber ich glaube nicht, dass Christian es war. Er hat Greta geliebt, und auch wenn er mit der Trennung nicht einverstanden war, kann ich mir nicht vorstellen, dass er ihr etwas angetan haben könnte. Dazu war er einfach nicht der Typ.»

Und doch war der verschmähte Liebespartner ein klassischer Täter, in jedem Krimi, aber auch im wahren Leben.

Die Liebe, so stark sie auch gewesen sein mochte, konnte in Enttäuschung und Wut umschlagen, wenn sie nicht mehr erwidert wurde. Es gab leider genügend Fälle, in denen Menschen zu Dingen fähig waren, die niemand für möglich gehalten hätte, oft auch sie selbst nicht.

«Dass jemand nicht dazu in der Lage wäre, das sagen viele über Menschen in ihrem Umfeld», erwiderte ich vorsichtig. «Bis dann herauskommt, dass sie die Person vielleicht doch nicht so gut kannten, wie sie dachten.»

Judith schüttelte entschieden den Kopf. «Christian ist nicht gewalttätig. Greta hätte es mir gesagt, wenn er Probleme gemacht hätte. Und außerdem war er doch gar nicht da.»

Im Gegensatz zu Judith hatte ich den Ehemann als möglichen Täter noch nicht abgehakt, dazu hatte ich zu viele Fälle mitbekommen, in denen sich der harmlose Partner, die harmlose Partnerin oder der liebende Ehepartner als Täter entpuppt hatten. Es war eine unangenehme Wahrheit, aber menschliche Abgründe werden oft erst erkannt, wenn es zu spät ist. Zudem war die räumliche Distanz kein unüberwindbares Hindernis. Ein Mord konnte aus der Ferne geplant und sogar inszeniert werden.

«Ich glaube, sie ist bei ihren Recherchen auf etwas gestoßen. Das ist das Einzige, was für mich Sinn macht», sagte Judith nun. «Christian war es nicht, und ich bin mir sicher, dass Justus damit auch nichts zu tun hat. Wie gesagt, die beiden hatten keine Affäre. Greta hätte so etwas nie gemacht.»

«Justus?», hakte ich nach, obwohl ich sicher war, dass sie den Pastor meinte. Ich fand es interessant, dass Judith noch einmal von selbst auf ihn zu sprechen kam und dass sie ihn beim Vornamen kannte.

«Unser Pastor, Justus Rungholt», sagte sie. «Es gibt einige Frauen, die für ihn schwärmen, musst du wissen.» Eine leichte Röte breitete sich in ihrem Gesicht aus. Judith gehörte wohl dazu.

«Wobei Greta nach der Trennung von ihrem Mann doch frei war für eine neue Liebe mit dem Pastor», sagte ich. «Justus» war also der Frauenschwarm, von dem auch Frerk schon gesprochen hatte.

«Nein!», sagte Judith. «Ganz sicher.» Sie lehnte sich in ihrem Stuhl zurück, verschränkte die Arme vor der Brust und mir kam ein interessanter Gedanke. Was, wenn Judith seine Geliebte war? Ihr Mann war nur an den Wochenenden auf Amrum, sie war eine sehr nette, einfühlsame und attraktive Frau. Kurz kämpfte ich mit mir, bohrte aber nicht weiter nach. Darauf könnte ich immer noch zurückkommen, wenn es für die Ermittlungen notwendig war.

«Ich versuche einfach, allen Hinweisen nachzugehen», erklärte ich. «Gerüchte geben uns bei der Polizeiarbeit manchmal, auch wenn sie sich als unwahr herausstellen, wichtige Hinweise, die zur Wahrheit führen.» Ich musste zugeben, dass ich geneigt war, das Gerücht von Greta und dem Kirchenmann in keiner Weise abzuschreiben. Aber das konnte ich weder Judith offen sagen noch an dieser Stelle klären. Außerdem durfte auch die Frau des Pastors nicht außer Acht gelassen werden. Was, wenn sie auch von dem «Gerücht» erfahren hatte? Eifersucht war ein mächtiges und gefährliches Motiv.

«Vielleicht hat ihr Tod doch etwas mit ihren Recherchen

zu tun», lenkte ich ein. «Weißt du denn mehr über diese Kirchenakten des Pastors?»

Sie schüttelte den Kopf. «Ich denk noch mal drüber nach, und wenn mir etwas einfällt, melde ich mich bei dir. Gibst du mir deine Nummer?»

Ich gab sie ihr, sie rief mich an, und ich speicherte auch ihre in meinem Handy ab.

Dabei bemerkte ich bei einem Blick in den Garten, dass Piet und Dolores nun mit dem Rasensprenger spielten. Die beiden hatten offenbar einen Heidenspaß. Dolores sprang fröhlich durch die feinen Wasserstrahlen, während Piet quietschvergnügt lachte und versuchte, den Sprenger so zu drehen, dass er sie noch besser erwischte. Ihre gemeinsame Freude wirkte ansteckend, und ein Lächeln stahl sich auf mein Gesicht. Der Anblick verscheuchte die düsteren Gedanken in meinem Kopf.

«Guck dir das an, Judith», sagte ich und zeigte auf die beiden. «So unbeschwert kann das Leben sein.»

KAPITEL 11

D as Gespräch mit Judith hatte mir einige Hinweise gegeben, denen ich noch einmal in Ruhe nachgehen wollte.

Hatte Greta eine Affäre mit Justus Rungholt oder nicht? Wusste Rungholts Frau davon?

Gretas Mann?

Woran hatte Greta gearbeitet?

Meine Kladde hatte ich in der Wohnung liegen lassen. Aber wozu gab es die Technik? Ich sprach die Fragen mit der Diktierfunktion in mein Handy und blieb unschlüssig stehen. Es war zehn vor drei. Etwa um die gleiche Uhrzeit war ich gestern mit Dolores beim Öömrang Hüs angekommen.

Ohne weiter darüber nachzudenken, ging ich hin und stand nur fünf Minuten später vor dem weißen Zaun, der das Grundstück umgrenzte. Das Schild, das gestern mit dem Wort «Geöffnet» neben dem Eingangstor im Rasen gesteckt hatte, war mit einem einfachen weißen Blatt Papier überklebt worden. Darauf stand:

Wir trauern.
Das Haus bleibt heute geschlossen.

Ich hatte mit etwas Trubel gerechnet, aber die Spurensuche war wohl bereits abgeschlossen. Auf dem Grundstück war keine Menschenseele zu sehen.

Ich sah nach oben in das Giebelfenster und entdeckte die beiden weißen Porzellanhunde, von denen Frerk gesprochen hatte. Da ich zu weit weg stand, fotografierte ich das Fenster mit meiner Lupenfunktion des Handys und scrollte das Bild anschließend größer. Jetzt war es von Vorteil, dass ich erst letztens einen Kurs für die Funktionen meines Handys belegt hatte, deren Existenz mir bis dahin noch nicht einmal bekannt gewesen waren. Das Bild war etwas unscharf, aber ich konnte trotzdem sehr gut erkennen, dass die Hunde nach draußen sahen. Die Frau des Hauses wartete auf ihren Ehemann, der zur See war – oder auf ihren Geliebten.

Einen Moment blieb ich noch stehen und fühlte mich seltsam leer. Das Öömrang Hüs wirkte wie eingefroren – ein Ort, der nicht nur Geschichte erzählte, sondern plötzlich selbst Teil einer wurde. Die Stille schien schwer auf dem Grundstück zu liegen, und das kleine Schild mit den Worten der Trauer verstärkte dieses Gefühl noch.

Ich ließ den Blick schweifen, von den Porzellanhunden zurück zum Haus, den weißen Zaun entlang bis zu den gepflegten Büschen, die die Grenze markierten. Alles war ordentlich, ruhig – fast zu ruhig. Nur das im Wind flatternde Absperrband wies darauf hin, dass hier erst gestern ein Mensch tot aufgefunden worden und das Leben einer Frau abrupt zu Ende gegangen war.

«Lass uns nach Hause fahren, Dolores», sagte ich.

Wir würden den Bus nehmen, die Haltestelle war nur

ein paar Meter entfernt. Ich war zu müde für einen erneuten Spaziergang, und Dolores brauchte auch etwas Ruhe nach dem anstrengenden Hinweg und dem Herumtollen mit Piet.

Zehn Minuten später kam der Bus, der einmal von Süden nach Norden über die Insel fuhr. Ich hatte Glück und bekam einen Platz am Fenster. So konnte ich den Mann gut sehen, der jetzt aus dem Haus kam, das direkt neben dem von Judith lag. Es war Henry, heute wieder ganz in Beige gekleidet. Ich beobachtete, wie er zu seinem Wagen schlenderte. Es war ein weißer SUV, makellos sauber, mit auffälligen schwarzen Felgen und einem dezent funkelnden Stern auf dem Kühlergrill. Das Kennzeichen begann mit «HH», was seine Aussage stützte, dass er tatsächlich aus Hamburg kam. Er öffnete den Wagen per Fernbedienung und stieg ein, mit einer geschmeidigen Bewegung, die mir verriet, dass er sich in diesem Auto wohl sehr zu Hause fühlte. Dafür sprach auch, dass er es mit auf die Insel genommen hatte. Meinen kleinen grünen Flitzer hatte ich auf dem Parkplatz in Dagebüll stehen lassen. Auf Amrum ging man zu Fuß, fuhr Rad oder Bus, zumindest, wenn man Urlaub auf der Insel machte. Aber was wusste ich schon von ihm? Vielleicht war Henry ja aus einem anderen Grund hier. Er ließ die Scheiben ein Stück hinunter und sah hinaus, als würde er darauf warten, dass ihn jemand anspricht.

Der Bus setzte sich in Bewegung, und ich lehnte mich ein wenig zur Seite, um Henry weiter beobachten zu können, da trat Judith aus ihrem Haus und ging schnellen Schrittes zielgerichtet in Henrys Richtung. Ich drehte mich noch ein Stück weiter, und sah, wie Henry seine Hand aus dem Fenster streckte, Judith sie nahm und die beiden miteinander sprachen. Da beschleunigte der Bus plötzlich, und die beiden verschwanden aus meinem Sichtfeld. Verärgert biss ich mir auf die Unterlippe. Dass sie so vertraut miteinander waren, weckte plötzlich Zweifel in mir, und ich rief mir Henrys ruhige, fast überhebliche Gelassenheit ins Gedächtnis. Irgendetwas stimmte hier doch nicht! Im Öömrang Hüs hatte ich ihn als einen harmlosen Urlauber abgestempelt, aber jetzt war ich mir nicht mehr so sicher. Wenn er Judith kannte, kannte er vielleicht auch Greta. Die drei kamen aus Hamburg. Und sagte Henry nicht, dass er ein Restaurant dort gehabt hatte? Wie ich ihn einschätzte, war es sicher eins der nobleren Sorte, und da konnte ich mir zumindest Judith gut vorstellen. Aber was war mit Greta? Wie passte sie ins Bild? Oder machte ich mir gerade zu viele Gedanken und sollte mich eher auf mein Bauchgefühl verlassen? Im Öömrang Hüs war Henry mir doch sehr sympathisch gewesen.

Der Bus hielt an der nächsten Haltestelle, mehrere Leute stiegen aus, und ich überlegte, ob ich auch raus und zurückgehen sollte. Da sah ich einen weißen SUV an uns vorbeifahren, am Steuer Henry. Er fuhr Richtung Norddorf, genau wie wir – allein.

Dolores legte ihren Kopf auf meinen Schoß, und ich streichelte gedankenverloren ihr weiches Fell. «Wir sollten der Sache auf den Grund gehen, Schatz», flüsterte ich.

In Norddorf angekommen, überlegte ich, ob wir nicht einen kleinen Rundgang auf der Suche nach Henry machen sollten. Vielleicht war er ja doch nur ein Urlauber und saß nun in der Konditorei Schult, um ein Stück Friesentorte zu essen, es war Viertel vor vier, beste Kaffeezeit. Oder in einem der kleinen Läden in der Einkaufsstraße? Er könnte aber auch ins Naturkundezentrum gefahren sein, um sich die Pottwalführung anzusehen, viel mehr gab es nicht mehr, danach war die Insel zu Ende, es sei denn, Henry wollte um die Odde spazieren gehen. Oder er hatte seine Ferienwohnung in Norddorf und war nur zu Besuch in Nebel gewesen? Und wenn ja, bei wem? Es machte keinen Sinn, jetzt ziellos zu suchen, ich musste mit Frerk sprechen. Es war höchste Zeit, dass wir unsere Gedanken austauschten, über Gretas Mann, über Judith und über Henry. Ich hoffte, dass es uns gemeinsam gelingen würde, die losen Fäden zusammenzubinden.

So entschied ich mich für den direkten Weg nach Hause oder besser gesagt zu Frerks Haus, in unsere Ferienwohnung im oberen Stockwerk. Dolores wirkte erleichtert, als wir den Hügel hinauf auf die vertraute Straße abbogen. Sie brauchte nach diesem anstrengenden Tag sicher ihre Ruhe.

Ich war guter Dinge, dass Frerk da war und genauso neugierig auf die Antworten war wie ich.

Statt seiner Hausschuhe standen seine sandigen Ledersandalen im Flur. Frerk war also offensichtlich schon zurück. Ich klopfte, drehte den Knauf, und als ich bemerkte, dass die Tür nicht abgeschlossen war, öffnete ich sie.

«Frerk?», rief ich, doch es kam keine Antwort. «Ahab, bist du da?»

Er war es nicht, sonst wäre Dolores in seine Wohnung

gelaufen, und nicht die Treppe nach oben zu unserer, wie sie es jetzt tat. Ich ging hinter ihr her, ließ sie rein und beobachtete schmunzelnd, wie sie sich mit einem lauten Seufzen auf ihre Decke plumpsen ließ und innerhalb von Sekunden schnarchte. Sie wurde auch nicht wach, als ich ihren Napf mit Wasser füllte. Normalerweise hob sie dann kurz den Kopf, in der Hoffnung, auch das Klimpern des Trockenfutters zu hören, wenn ich morgens und abends die Schüssel füllte.

Ich ging ins Schlafzimmer, sah aus dem Fenster in den Garten, ob Frerk da herumwerkelte, und als ich ihn auch dort nicht entdeckte, setzte ich mich in den Sessel, lauschte bei offenem Fenster dem Rauschen der Wellen und schloss die Augen.

Als Dolores mich anstieß, wurde ich wach. Ein Blick auf die Uhr zeigte mir, dass es schon zehn vor sechs war und ich über eine Stunde geschlafen hatte. Ich rekelte mich, da hörte ich unten eine Tür zuschlagen. Frerk war da. Dolores wedelte mit dem Schwanz, also hatte sie ihn auch gehört.

«Willst du schon mal vorgehen, Schatz?», fragte ich, stand auf, ließ Dolores die Treppe hinunterflitzen, holte meine Kladde und folgte ihr wenig später.

Im Hausflur erwartete mich ein interessantes Bild: Dolores stand vor Frerk, der mit verschränkten Armen und Pfeife im Mundwinkel an der Wand lehnte, und sie knurrte Jensen und Petersen an.

«Dolly!», sagte ich. «Was soll das denn? Komm zur Oma!» Sie zögerte ein paar Sekunden zu lang und bewegte sich erst in meine Richtung, als ich strenger wurde: «Hierher, Fräulein!»

Frerk sah ihr hingegen grinsend hinterher. «Braves Mädchen, passt immer fein auf.»

«Was ist denn hier los, Frerk?», fragte ich ihn, und bevor ich den Mund wieder schließen konnte, rutschte mir die nächste Frage raus. «Bist du wieder unter Mordverdacht geraten?» Das letzte Mal war es so gewesen, aber ich hatte sofort gewusst, dass Frerk nicht der Täter war. Diesmal war es ähnlich. Er hatte Greta Jansen nicht ermordet, da war ich mir zumindest sicher, auch wenn er vielleicht mehr wusste, als er zugab.

«Wir ermitteln nicht gegen ihn, wir sind wegen der Schwester von Herrn Behrendsen hier», erklärte Jensen da.

Ich traute meinen Ohren nicht. Frerk hatte eine Schwester? Er hatte sie nie erwähnt. Ine hatte auch nichts von einer Tante erzählt. Umgekehrt hatte ich zugegebenermaßen bisher jedoch auch nichts von meinen Verwandten berichtet, außer von meinen Kindern und Enkelkindern.

«Wir haben auf Ihren Rat hin in der Vergangenheit des Pastors recherchiert und sind auf etwas gestoßen, Frau Scholle», fügte Jensen hinzu. «Wir würden gerne mehr über einen Vorfall erfahren, aber dazu müsste Herr Behrendsen mitspielen und etwas offener sein.»

Diese Andeutung löste in meinem Gehirn ein Synapsenfeuerwerk aus. Was sollte das bedeuten? Von welchem Vorfall sprach er? Mein Blick sprang zwischen den beiden Polizisten und Frerk hin und her.

Frerk sah die beiden Männer konzentriert an. Ohne seine Hände zu Hilfe zu nehmen, zog er an seiner Pfeife und blies ihnen einen Rauchkringel entgegen, als wolle er sie damit aus dem Haus vertreiben. Mit jeder weiteren Sekunde wurde die Stille bedrückender, wie die dicke Luft vor einem aufziehenden Gewitter.

«Ich wiederhole mich ungern», sagte Frerk kurz darauf mit übertriebener Freundlichkeit, «aber ich habe Ihnen bereits alles gesagt, was ich weiß. Und das ist ‹nichts›.»

Wie die Ruhe vor dem Sturm, dachte ich. Die Spannung im Flur war greifbar. Dolores blieb wachsam und behielt den Blickkontakt zwischen den beiden Polizisten und Frerk genau im Auge. Sie mochte die Beamten ja eigentlich, aber nun hatte sie eindeutig Partei ergriffen für Frerk.

Jensen schien einen Moment mit sich zu ringen, bevor er antwortete: «Der Vorfall betrifft den Pastor, der, wie Sie ja wissen, ein Verhältnis mit Greta Jansen gehabt haben soll. Wenn Ihre Schwester also bei Ihnen ist oder Sie wissen, wo sie sich aufhält, seien Sie bitte kooperativ. Wir würden gern mit ihr sprechen.»

Seine Worte ließen mich stutzen. Sie waren überraschend konkret, zu konkret für meinen Geschmack. Polizisten hielten sich in der Regel bedeckt, besonders wenn es um sinnvolle Informationen ging. Dass Jensen und Petersen hier so offen redeten, war ungewöhnlich und konnte nur eins bedeuten: Sie wollten Frerk unter Druck setzen. Sie hofften, dass eine gezielte Andeutung ihn dazu bringen würde zu reden. Ich konnte nicht anders, als mich einzumischen. «Moment mal, was wollen Sie denn genau von ihr wissen? Und warum ausgerechnet jetzt?»

Petersen zog ein kleines Notizbuch hervor und schlug es auf. «Wir sind bei unseren Recherchen auf ein Protokoll gestoßen, in dem der Name Karen Behrendsen auftaucht.

Es geht um einen Streit, bei dem auch Pastor Rungholt eine Rolle gespielt haben soll.»

Ich blinzelte überrascht. Das war mehr, als sie Frerk und mir hätten sagen dürfen. Ein interner Vermerk – und sie plauderten ihn hier aus? Das war kein Versehen, sondern eine Strategie, um Frerk aus der Reserve zu locken.

Frerk blieb jedoch ruhig, ich konnte allerdings sehen, wie sich sein Kiefer anspannte. «Wenn Sie mehr über diesen Streit wissen wollen, sollten Sie das Protokoll lesen. Mehr habe ich dazu nicht zu sagen.»

«Herr Behrendsen», begann Jensen mit einer Mischung aus Geduld und Nachdruck, «es geht uns nicht darum, jemanden zu beschuldigen. Aber wir haben Hinweise, dass dieser Streit mit der aktuellen Situation zusammenhängen könnte. Und je mehr wir wissen, desto besser können wir handeln. Wenn wir also mit Ihrer Schwester sprechen könnten, wäre das sehr hilfreich.»

Frerk antwortete nicht sofort. Stattdessen nahm er seine Pfeife aus dem Mund, schlug sie gegen die Wand und blickte die beiden Polizisten mit einer Mischung aus Wut und Trotz an. «Vielleicht sollten Sie besser den Pastor fragen. Oder noch besser den lieben Gott. Aber mich lassen Sie da bitte raus.»

Ich sah ihn erstaunt an. Was auch immer dieser Streit war, er schien tief zu gehen. Und Frerk hatte offenbar beschlossen, ein Geheimnis daraus zu machen.

«Gaby, könntest du …», begann Petersen, wurde aber von Frerk unterbrochen: «Raus, und zwar sofort!», brüllte er. «Meine Schwester ist nicht hier.»

Dolores bellte, ich wies sie zurecht und sah zu, wie Jensen und Petersen mit mürrischen Gesichtern das Haus verließen. Der Fall nahm eine interessante Wendung, und Frerk schien doch weitaus mehr involviert zu sein, als ich dachte. Hatte Frerk wegen seiner Schwester die Tür verschlossen und den Ersatzschlüssel hinter dem Anker entfernt?

KAPITEL 12

Frerk ging wortlos ins Wohnzimmer, und wir folgten ihm, Dolores und ich.

Er stellte sich vor die Terrassentür und sah mit den Händen in den Taschen nach draußen. Ich stellte mich neben ihn, und Dolores legte sich dazu. Schweigend schauten wir drei auf die Dünen. Die Abendsonne warf bizarre Schatten auf die Hügel, und der Wind, der bereits bei meiner Rückkehr aus Nebel kräftiger geworden war, pustete die Halme des Strandhafers in Richtung Osten.

«Deine Schwester?», fragte ich.

«Es ist Jahre her, dass ich Karen gesehen habe», antwortete er. «Sie hat Amrum vor drei Jahren verlassen. Ich weiß nicht einmal, wo sie jetzt lebt.»

«Oh, das tut mir leid», sagte ich. «Wo ist sie damals hingegangen?»

«Keine Ahnung. Ich habe es nie erfahren.»

«Und warum habt ihr euch gestritten, magst du es mir erzählen?»

Er seufzte und verfiel in Schweigen. Ich wusste nicht, ob er nicht reden wollte oder ob er nicht die richtigen Worte parat hatte. Aufgrund seiner konzentrierten Stirnfalte tippte ich auf Letzteres. Ich ließ ihm Zeit.

«Wir haben uns um das Erbe gestritten», sagte er schließlich. «Schon unsere Großeltern haben in diesem Haus gelebt. Unsere Eltern sind hier aufgewachsen und danach meine Schwester und ich. Leider wurde immer zu wenig Geld in den Erhalt gesteckt. Ich wollte das Haus um jeden Preis behalten. Ich wollte es renovieren und unsere Familientradition fortsetzen, auch wenn wir uns verschulden mussten. Für mich ist das Haus nicht nur irgendein Gebäude. Es ist das Symbol unserer Wurzeln.»

Ich legte ihm eine Hand auf den Rücken. Frerk schien es nicht zu bemerken. Sein Blick haftete weiter an einem fernen Punkt in den Dünen.

«Das verstehe ich», sagte ich.

«Karen hat das Haus als Belastung empfunden», erzählte er weiter. «Wenn es nach ihr gegangen wäre, hätten wir es verkauft. Sie wollte immer schon weg, noch mal ein neues Leben auf dem Festland anfangen. Damals sah sie ihre Chance gekommen, und ihrer Meinung nach habe ich sie ihr verbaut, weil wir wesentlich mehr für das Haus bekommen hätten, wenn wir es an einen reichen Schnösel vom Festland verkauft hätten. Aber da ich es behalten habe, musste ich ihr nur den Wert auszahlen, den unsere Eltern für diesen Fall testamentarisch festgelegt hatten.»

Ich runzelte die Stirn. «Ein Erbstreit also. Das tut mir leid, Frerk.»

«Irgendwann ist das alles eskaliert. Ich habe meiner Schwester vorgeworfen, die Familie zu verraten, und sie mir, dass ich mich in meiner Sturheit verlieren würde. Es war das letzte Mal, dass wir miteinander gesprochen haben. Kurz danach hat sie Amrum verlassen. Wir haben uns nie wiedergesehen.»

Frerk löste seine verschränkten Arme und atmete tief durch. So verletzlich hatte er sich bisher noch nie gezeigt. Ich klopfte ihm sanft auf die Schulter. «So was kommt in den besten Familien vor», sagte ich, das wusste ich aus eigener Erfahrung.

«Wir sind beide zu stolz gewesen, nachzugeben und auf den anderen zuzugehen. Das werfe ich mir manchmal vor.»

«Glaub mir, ich kann das sehr gut nachempfinden. Ich hatte nämlich zu meiner Schwester auch eine gefühlte Ewigkeit keinen Kontakt mehr», sagte ich mitfühlend.

«Du hast eine Schwester?» Er sah mich überrascht an. «Über sie hast du noch nie gesprochen.»

«Kommt mir irgendwie bekannt vor.» Ich lächelte ihn an. «Wir haben zwar schon sehr viel miteinander erlebt, du und ich, aber so richtig lange kennen wir uns ja noch nicht. Etwas über drei Wochen, wenn ich beide Aufenthalte zusammenrechne.»

«Drei ereignisreiche Wochen», sagte er. «Und was war da mit deiner Schwester?»

«Ach.» Ich seufzte. «Wir waren einfach immer schon verschieden. Ich hatte mich für einen traditionellen Weg entschieden und eine Karriere bei der Polizei angestrebt, während Conny sich ein unkonventionelleres Leben erträumt hatte. Sie studierte Schauspiel, liebte es, im Rampenlicht zu stehen. Das führte zu Spannungen zwischen uns. Meine Schwester, die ich lange bewundert hatte, entwickelte sich zu einem egozentrischen Möchtegern-Star, wohingegen sie mir mein vermeintlich konservatives Leben vorhielt. Zum endgültigen Bruch kam es auf einer Grillparty. Conny führte sich schon wieder wie eine Diva auf, ein Wort ergab das andere, der Streit eskalierte.»

Frerk hörte sich die Geschichte kopfnickend an.

«Die Funkstille hielt ganze zwei Jahre. Dann bin ich auf sie zugegangen, habe mich entschuldigt, sie sich auch, wir haben beide ein bisschen geheult und uns wieder vertragen. Heute verstehen wir uns besser denn je. Conny ist, wie sie ist. Und ich auch. Das können wir jetzt akzeptieren.»

«Gut so, das freut mich», sagte Frerk. Und dann: «Trinken wir einen Köm?»

«Ich dachte schon, du würdest mich nie wieder fragen», antwortete ich.

Ich setzte mich an den Wohnzimmertisch, und Frerk verschwand in der Küche, wo er hörbar die Hängeschränke und Regale durchwühlte. War es Einbildung oder murmelte er dabei vor sich hin? Kurz darauf hörte ich Geschirr klappern.

Mein Blick wanderte zu der Wand, an der die antike, goldverchromte Schiffsuhr mit Tidenanzeige hing. Es war halb sieben. Ich hatte noch nichts gegessen, was bedeutete, dass der Schnaps auf leeren Magen mich wahrscheinlich direkt umhauen würde. Aber ehrlich gesagt war mir das egal. Der Abend hatte eine Schwere, und ein Köm mit Frerk schien genau das Richtige, um sie abzuschütteln und den Kopf wieder freizubekommen – zumindest für den Moment.

«Ich dachte, du brauchst vielleicht eine gute Grundlage», sagte Frerk, als er aus der Küche zurückkam. Er trug ein Tablett. Darauf standen eine Flasche Köm, zwei Schnapsgläser, und zu meiner Freude entdecke ich auch zwei Teller, ein paar Scheiben Brot, Käse, Schinken, Butter und eine Schüssel mit Gewürzgurken.

«Sehr gute Idee», antwortete ich, während Dolores sich auf ihrem Platz neben dem Tisch ausstreckte, den Kopf auf ihre Pfoten gelegt, und Frerk mit Argusaugen beobachtete.

«Ja, du bekommst auch gleich was, Dolores», sagte Frerk und sah mit einem spitzbübischen Lächeln zu mir. «Ich hab da noch ein paar getrocknete Schollen.»

Er wirkte wieder gefasst und hatte seinen Humor zurückgefunden. Ich freute mich darüber, dass wir eben so offen miteinander gesprochen hatten. Jetzt war ich gespannt, ob Frerk auch etwas zu der Sache mit Jensen und Petersen zu berichten hatte – und ob er wirklich nichts über den Streit seiner Schwester mit Rungholt wusste.

Er stellte das Tablett ab, nahm den Köm, füllte mit ruhiger, präziser Hand die Gläser, setzte sich mir gegenüber und prostete mir zu. «Auf die Familie: den einzigen Sturm, der nicht in der Wettervorhersage steht – aber immer ordentlich durchfegt.»

Ich stieß mit ihm an. «Auf die Familie. Und auf den Sturm, der sich auch wieder legt.»

Der Schnaps brannte in meiner Kehle, Wärme breitete sich in meinem Magen aus. «Gut, das Zeug!» Mit süßen Likörchen konnte man mich nicht locken, ich hatte ein Faible für Whisky und hochprozentige Schnäpse, die nicht viel Schnickschnack brauchten. Köm gehörte genau in diese Kategorie. «Ein ehrlicher Tropfen», sagte ich und stellte das leere Glas mit einem leisen Klirren auf den Tisch.

Frerk grinste und schob mir das Tablett entgegen. «Iss was, bevor dir das zweite Glas zu Kopf steigt. Ich will dich nachher nicht nach oben tragen müssen.»

Ich lachte. «Keine Sorge, so schnell haut mich das nicht um.» Trotzdem nahm ich mir eine Scheibe Brot, bestrich sie großzügig mit Butter und legte Käse darauf. Während ich kaute, beobachtete ich Frerk, der tief in Gedanken war.

«Manchmal frage ich mich, ob es nicht besser gewesen wäre, wenn ich nachgegeben hätte», sagte er plötzlich, das leere Glas in der Hand drehend. «Vielleicht hätte Karen dann nicht so radikal mit allem gebrochen und wäre geblieben.»

«Mag sein», antwortete ich nachdenklich. «Oder aber es hätte nichts geändert. Manchmal tragen Menschen Entscheidungen lange mit sich herum, bis sie einen Grund finden, sie umzusetzen. Du hast doch selbst gesagt, dass sie von der Insel runterwollte.»

Er brummte zustimmend und goss uns noch eine Runde ein. «Und wie ist es mit deiner Schwester? Bereust du die Zeit, in der ihr keinen Kontakt hattet?»

Ich schüttelte den Kopf. «Diese Pause war nötig, damit wir beide etwas auseinanderwachsen konnten. Manchmal braucht man Abstand, um zu erkennen, was wirklich wichtig ist.»

Frerk nickte. «Vielleicht hast du recht.»

«Was mir noch nicht klar ist», leitete ich die Frage vorsichtig ein, die mir seit dem Überraschungsbesuch von Petersen und Jensen nicht aus dem Kopf gegangen war. «Warum sucht die Polizei nach deiner Schwester? Was hat sie, beziehungsweise dieser ‹Vorfall›, mit Rungholt und dem Fall Greta Jansen zu tun?»

«Ganz einfach. Sie war in den Pastor verliebt», antwortete er ohne Umschweife.

«Ach was!» Ich sah ihn überrascht an. «Was ist dieser Mann nur für ein Frauenschwarm? Ein wandelnder Dornenvögel-Pastor, der in der Abendsonne mit wallendem Talar über die Dünen schreitet, während die Frauen ihm scharenweise verfallen?»

Frerk lachte trocken. «Hast du ihn dir noch gar nicht angesehen?»

Dass ich darauf bisher noch nicht selbst gekommen war. Ich schüttelte den Kopf, und er zückte sein Handy. Kurz darauf schob er es mir über den Tisch, und ich blickte auf ein Foto eines Mannes, das ihn vor einer Tür zeigte.

«Euer Inselpastor sieht nicht schlecht aus», sagte ich, während ich das Bild genauer betrachtete. Er stand vor einer schweren Holztür, vermutlich die der Kirche, trug eine schlichte Jeans und ein weißes Hemd, die Ärmel lässig hochgekrempelt. Sein dunkles Haar war leicht zerzaust, ein paar graue Strähnen lockerten es auf, und er lächelte ruhig in die Kamera. Es war kein aufdringliches, sondern ein sanftes Lächeln, das Vertrauen ausstrahlte und zu Vertrauen einlud.

«Aber ehrlich gesagt ...» Ich runzelte die Stirn und schüttelte den Kopf. «Ein Frauenschwarm? Wirklich? Ich meine, er sieht nett aus, klar, aber worin liegt der besondere Reiz?»

Frerk lachte trocken. «Rungholt ist nicht der typische

Pastor. Kein Talar, keine steife Haltung. Er ist locker, einfühlsam und spricht die Sprache der Menschen. Besonders die der Frauen.»

Ich zog eine Augenbraue hoch. «Und was genau macht ihn zum Frauenversteher?»

«Er hört zu», erklärte Frerk. «Und er redet mit einer Ruhe, die dich glauben lässt, dass du für ihn die wichtigste Person im Raum bist. Er stellt keine unangenehmen Fragen, gibt keine Urteile ab. Und wenn er doch einen Rat gibt, klingt es so, als hättest du ihn dir selbst erarbeitet.»

«Das klingt ja fast wie eine Therapie im Kirchengewand.»

«Genau das hat Karen damals wohl gebraucht», sagte Frerk, «nach unserem Streit. Und dann gingen die Gefühle mit ihr durch.»

«Die er nicht erwidert hat, wie ich vermute.»

«Er hat klare Grenzen gezogen. Zumindest soweit ich weiß.»

Das sprach für das, was Judith mir über den Pastor erzählt hatte. Aber darüber würden wir gleich noch sprechen. Es schien ein langer Abend zu werden.

«Er hat sie abgewiesen.»

«Wie hat Karen das weggesteckt?»

«Schlecht. Sie ist der festen Überzeugung gewesen, dass sie und der Pastor füreinander bestimmt waren. Immer wieder hat sie behauptet, er habe ihr unmissverständliche Zeichen geschickt, angeblich sogar während der Gottesdienste. Sie ist wegen ihm sogar in die Kirche eingetreten. Ich bin zweimal mit ihr hingegangen. Nur um zu sehen, ob an ihren Behauptungen etwas dran war. Stell dir das vor!»

Ich warf ihm einen erwartungsvollen Blick zu. «Und?»

«Da war nicht das Geringste. Im Gegenteil. Rungholt hat es partout vermieden, Karen auch nur anzusehen.»

Ich dachte nach. Worin sollte die Verbindung zu dem Mord an Greta Jansen bestehen? Nahm die Polizei tatsächlich an, dass Karen in die Tat verstrickt war?

«Das ergibt noch keinen Sinn im Zusammenhang mit dem Fall», sagte ich, wandte mich wieder Frerk zu und schüttelte den Kopf. «Es passt nicht zusammen. Irgendein Puzzlestück fehlt.»

«Karen hat es wohl etwas übertrieben. Sie hat ihm Liebesgedichte und jede Menge Briefe geschrieben.» Er fuhr sich durchs Haar. «Und jetzt kommt die Sache, die man nicht mehr entschuldigen kann. Sie muss ihn wohl dauernd heimlich beobachtet haben, denn sie wusste genau, wann er nach Hause kam, wann er das Haus wieder verließ und mit wem er sich traf.»

Mir fuhr es eiskalt den Rücken herunter. Wenn diese Fakten der Polizei bekannt waren, wunderte mich der Besuch von Petersen und Jensen nicht mehr. Frerks Schwester hatte sich wie eine Stalkerin verhalten. «Ach du meine Güte! Dann denken Petersen und Jensen vielleicht, dass sie ...» Ich sprach den Satz nicht zu Ende, weil der Gedanke ungeheuerlich war.

«Sie hat sich völlig unangemessen verhalten, aber das Ganze ist mittlerweile drei Jahre her. Ich lege meine Hand dafür ins Feuer, dass sie nichts mit dem Tod an Greta Jansen zu schaffen hat. Meine Schwester ist keine Mörderin.»

Und Gretas Mann war kein Mörder, wovon Judith überzeugt war, schoss es mir durch den Kopf.

«So etwas Ähnliches habe ich heute schon mal gehört. Aber wer war es dann?», fragte ich.

Frerk zuckte mit den Schultern. «Frag mich was Leichteres.»

«Warum hast du die Tür abgeschlossen, wo sie doch sonst immer offen bleibt?», fragte ich. «Und jetzt antworte bitte nicht, dass es wegen zu vieler Morde hier auf der Insel ist.»

«Weil ich in einem schwachen Moment tatsächlich darüber nachgedacht habe, ob Karen etwas damit zu tun haben könnte», antwortete Frerk. «Und da im Keller eine kleine Wohnung ist, die ihr zusteht, damit sie jederzeit nach Amrum kommen kann, habe ich recht unüberlegt reagiert. Ich wollte verhindern, dass sie unangemeldet ins Haus kommt.» Er machte ein zerknirschtes Gesicht. «Darauf bin ich nicht stolz. Der Schlüssel hängt wieder hinter dem Anker. Die Tür bleibt auf. Meine Schwester sollte jederzeit nach Hause kommen können, ohne mich um Erlaubnis zu fragen, ganz egal, wann und wieso.»

Jetzt war ich diejenige, die zur Flasche griff, nachschenkte und Frerk das Glas entgegenhielt. Wir stießen noch einmal miteinander an. «Danke für deine Offenheit, das bedeutet mir viel.» Ich legte meine Hand auf die Kladde, die ich mitgebracht hatte. «Da gibt es ein paar Dinge, die ich heute rausgefunden habe. Was hältst du davon, wenn wir alles noch einmal genau betrachten und gemeinsam überlegen, welche Spur wir als Nächstes verfolgen sollten?»

«Viel», sagte Frerk.

KAPITEL 13

Wir tranken den dritten Köm, und ich war schon etwas beschwipst, als ich Frerk von meinen Erlebnissen des heutigen Tages erzählte. Aber ich bekam alles noch sehr gut zusammen und notierte am Ende in meiner Kladde:

Henry: Warum hält er sich in Judiths Nähe auf? Was verbindet ihn mit Greta Jansen?
Judith: Welche Verbindung zu Henry? Sind sie befreundet, und wenn ja, kannte Henry Greta? (Warum hat er dann im Öömrang Hüs so getan, als würde er Greta nicht kennen? Oder alles nur Zufall?) Warum ist Judith so sicher, Gretas Mann sei unschuldig?
Rungholt: Der Pastor hat eine Schlüsselrolle. Was verband ihn wirklich mit Greta? Und wie passt der alte Streit mit Karen in das aktuelle Geschehen?
Greta Jansen: Welche Beziehung hatte sie zu den anderen Beteiligten?

Nächste Schritte:
Judith noch einmal befragen – über Henry und ihre eigene Sicht auf Gretas Tod.

Henry beobachten – wo geht er hin, mit wem spricht er?

Rungholt aufsuchen und versuchen, ihn aus der Reserve zu locken. Hatte er wirklich eine Affäre mit Greta?

Christian Jansens Alibi überprüfen.

Ich legte den Stift hin, lehnte mich zurück und schaute Frerk an. «Was meinst du? Habe ich was vergessen?» Außer den Punkt, dass wir Karen meiner Meinung nach nicht wirklich von unserer Liste streichen sollten. Aber das behielt ich für mich.

Frerk nahm sein Glas, drehte es in der Hand und nickte schließlich. «Nein, das trifft es ziemlich gut. Aber ...» Er zeigte auf den Namen, den ich dem Fall gegeben hatte, *Kojengrab*: «Ich hab's dir doch gesagt, Butt, das ist ein Alkovenbett, in dem Greta Jansen saß.» Er runzelte die Stirn. «Wusstest du, dass die Menschen früher halb sitzend schliefen, weil sie Angst hatten, im Liegen zu sterben?»

«Sie hatten Angst?»

Frerk nahm einen Schluck. «Sie glaubten, dass der Tod sie im Liegen leichter holen würde. Das lag wohl aber auch daran, dass sie häufiger unter Lungenkrankheiten litten und das Atmen in aufrechter Körperhaltung einfacher fällt.»

«Und ich dachte, das sei ein Platzproblem gewesen.»

«Auch. Sie haben zu viert in solch einem ...», er machte eine kleine Pause, «Alkovenbett geschlafen.»

«Ist ja gut!» Ich schrieb *Alkovenmord* neben *Kojengrab*, und Frerk nickte. «Meinst du, sie ist im Bett gestorben?»

Frerk zuckte mit den Schultern. «Das weiß im Moment nur der Mörder.»

«Oder die Mörderin», sagte ich.

Frerk hob sein Glas. «Auf die Jagd nach der Wahrheit. Und darauf, dass wir uns nicht völlig verirren.»

«Auf die Wahrheit», wiederholte ich und nahm einen weiteren Schluck. Dann sah ich ihn auffordernd an. «Also, wer erledigt was? Oder ziehen wir gemeinsam los?» Da fiel mir plötzlich ein, dass wir über eine Sache überhaupt nicht mehr gesprochen hatten. «Und da wäre auch immer noch die Sache mit Sylt und Gretas Recherchen. Darum wolltest du dich kümmern.»

«Habe ich schon», sagte Frerk. «Heute hatte ich deswegen ein Gespräch mit ein paar Archäologen.» Lachfältchen bildeten sich um seine Augen herum. «Und jetzt halt dich fest, Butt. Es sind tatsächlich ein paar junge angehende Wissenschaftler an verschiedenen Orten der Insel auf den Spuren der Amrumer Siedlungsgeschichte unterwegs. Weil ...», er lehnte sich auf seinem Stuhl zurück und lächelte in sich hinein, «am 16. Januar 1362 die verheerende Sturmflut, die Grote Mandränke, auch Zweite Marcellusflut genannt, wütete und an der nordfriesischen Küste vierundvierzig Inseln verschlang. Und auch Rungholt verschwand damals im Meer, wie du ja weißt. Jetzt konnte mit geophysikalischen Methoden der Grundriss einer Kirche im Wattenmeer nachgewiesen werden. Sie gehen davon aus, dass es eine Hauptkirche der Edomsharde war. Eine Harde war ein Verwaltungsbezirk verschiedener Dörfer und Höfe. Diese Edomsharde war in Nordfriesland, und Rungholt gilt als Hauptort dieser Harde.»

«Das ist es!», rief ich aufgeregt und klopfte mit der Hand flach auf den Tisch. «Ich habe es doch von Anfang an gesagt. Pfarrer Rungholt und die versunkene Stadt Rungholt. Bestimmt wusste Greta irgendwas darüber.»

Frerk nickte. «Die genauen Koordinaten, wo der Schatz versteckt ist.»

Er klang sehr ernst und verzog keine Miene, als er das sagte. Doch dann fingen seine Mundwinkel an zu zucken.

Ich gab ihm einen Klaps mit der flachen Hand auf seinen Arm. «He, du veräppelst mich!»

Frerk brach in schallendes Gelächter aus, und seine Augen funkelten vor Freude. «Na, du bist aber auch ein gefundenes Fressen, Butt! Ein Schatz und geheime Koordinaten, es fehlt nur noch, dass Greta die Schatzkarte dazu gefunden hat.»

Ich verschränkte die Arme vor der Brust und sah ihn gespielt empört an.

«Okay, Spaß beiseite», sagte er. «Das mit der Vermessung stimmt wirklich, aber Greta hatte damit rein gar nichts zu tun. Das habe ich abgeklopft, da bin ich mir sehr sicher. Sie hat nicht über Rungholt recherchiert, Greta hat sich mit der Beziehung zwischen Sylt und Amrum beschäftigt – und wie die sich über die Jahrhunderte verändert hat.»

Ich runzelte die Stirn. «Die Beziehung zwischen zwei Inseln? Klingt jetzt nicht gerade nach einem Motiv für Mord.»

«Ach nein?» Frerk hob beide Augenbrauen. «Wenn du dich ein bisschen mit der Geschichte auskennst, weißt du, dass es da zwar keine Fehden, aber immer wieder Spannungen gab. Im Mittelalter haben die beiden Inseln zum Beispiel Handel miteinander betrieben, aber auch um die besten Fischgründe gestritten. Später ging es um die Kirchenhierarchie – Amrum gehörte lange zur Kirchgemeinde von Sylt, was den Amrumern nie geschmeckt hat. Und dann kam der Tourismus.»

Ich lehnte mich zurück und ließ seine Worte sacken. «Tourismus hat doch aber beide Inseln reich gemacht, oder nicht?»

«Sylt vielleicht», sagte Frerk trocken. «Aber Amrum? Hier herrscht ein anderes Verständnis von Entwicklung. Während Sylt im 20. Jahrhundert immer mehr zur mondänen Urlaubsdestination für die Reichen wurde, haben sich die Amrumer auf ihre Ruhe und Naturnähe konzentriert. Es gibt Leute hier, die bis heute Sylt als Inbegriff der Überheblichkeit sehen.»

«Und Greta?»

«Sie hat all das aufgerollt», fuhr er fort. «Handelsbeziehungen, alte Landverkäufe, die Kirchgemeinde, Tourismuskonflikte. Sie wollte ein Buch schreiben – eines, das die wahre Geschichte beider Inseln erzählt. Und wenn du Leute auf Amrum oder Sylt mit der Wahrheit konfrontierst, stößt du nicht immer auf Begeisterung.»

«Und woher weißt du das?», fragte ich.

«Das Hüsken, in dem sie gewohnt hat, wird nur zu einer Hälfte den Ehrenamtlichen zum Wohnen zur Verfügung gestellt. In der anderen befindet sich unser Archiv. Ich hab Ricklef, unseren Mitarbeiter, gefragt, der sich darum kümmert», antwortete Frerk mit einem Schulterzucken. «Er hat mir erzählt, dass Greta sich oft dorthin zurückgezogen hat, um zu arbeiten. Sie hat regelmäßig in den alten Dokumenten gestöbert – vor allem in den Unterlagen, die die Beziehung zwischen Amrum und Sylt betreffen. Und er hat mir auch erzählt, dass sie ganz stolz war, weil sie einen Buchvertrag mit einem Hamburger Verlag dafür bekommen hat. Daraufhin habe ich kurzerhand mit der Lektorin telefoniert.»

«Und die hat dir einfach so Auskunft gegeben?»

Frerk kratzte sich verlegen am Kopf. «Ich habe mich als Kommissar Thomsen aus Flensburg ausgegeben. Da hat die Dame mir bestätigt, dass Greta dort unter Vertrag ist.»

Ich konnte mich nicht mehr halten und prustete los, während Frerk mich mit hochgezogener Augenbraue ansah. «Du ... du hast dich als *Thomsen* ausgegeben?», keuchte ich und hielt mir den Bauch vor Lachen. «Ausgerechnet Thomsen, den du ja so *liebst*!» Frerk verzog keine Miene, was die Sache nur noch lustiger machte. «Oh, Ahab, so einen Einsatz hätte ich von dir nicht erwartet. Das ist ja fast wie ...»

«Nun hör mal auf», sagte Frerk trocken, aber ich konnte sehen, wie seine Mundwinkel zuckten. «Es hat funktioniert, oder nicht?»

«Oh, es hat funktioniert», stieß ich immer noch amüsiert hervor. «Aber allein die Vorstellung, dass du dich als Thomsen ausgegeben hast ... Herrgott, ich sehe ihn jetzt schon vor mir, wenn er davon erfährt. Der wird dir den Kopf abreißen!»

Frerk lehnte sich zurück, seine Pfeife wieder zwischen die Lippen geklemmt. «Wie sollte er?» Seine Augen funkelten belustigt. «Ich habe mit unterdrückter Nummer angerufen, damit man das Gespräch nicht nachverfolgen kann. Außerdem müsste er dann ja erst einmal von selbst darauf kommen, woran Greta gearbeitet hat.»

Ich schüttelte den Kopf, immer noch mit einem Grinsen im Gesicht.

«Außerdem ...» Er zog an seiner Pfeife und ließ den Satz in der Luft hängen, seine Augen auf einen Punkt in der Ferne gerichtet.

«Außerdem?», hakte ich nach.

Er grinste leicht. «Außerdem wäre es mir eine Genugtuung zu sehen, wie er vor Wut an die Decke geht. Vielleicht sollte ich ihn selbst doch mal dezent darauf hinweisen.»

Ich brach wieder in Lachen aus. «Du bist unmöglich, Frerk. Absolut unmöglich.»

Er zuckte nur mit den Schultern und blies einen kleinen Rauchring aus. «Notier das mal in deine schlaue Kladde, dass wir im Hüsken noch mal genau nachschauen, an was Greta dran war.»

«Mach ich doch glatt.»

Archiv! schrieb ich. «Dürfen wir da denn überhaupt rein?»

Frerk schmunzelte und nahm die Pfeife aus dem Mund. «Butt, du machst dir immer zu viele Gedanken. Es ist nicht verboten, in ein Gebäude zu gehen, für das man einen Schlüssel hat. Ich muss doch wohl nachschauen dürfen, ob da alles in Ordnung ist.»

«Morgen?», fragte ich.

«Ja, Butt», sagte Frerk. «Morgen. Es sei denn, du willst heute noch los?»

Es war halb neun, draußen war es noch hell, und ich

brannte vor Neugier. «Wenn, dann mit dem Bus. Ich weiß nicht, ob ich noch Fahrrad fahren kann.»

Frerk reichte mir das Glas mit den Gurken. «Iss mal, die helfen vorbeugend gegen den Kater, den du vielleicht bekommst. Und morgen gehen wir ins Archiv.»

Ich griff zu. «Guter Plan. Und jetzt erzähl mir mal, was du über das Verhältnis der Sylter zu den Amrumern weißt.»

Er atmete tief durch, lehnte sich im Stuhl zurück und streckte die Beine lang aus. «Das kann ein langer Abend werden ...»

«Schieß los!»

«Also, Butt, du musst wissen, dass die Amrumer und Sylter eigentlich ein recht gutes Verhältnis zueinander haben», begann Frerk, während er an seiner Pfeife zog und den Rauch langsam ausblies. «Man redet ja oft über Konkurrenz oder Rivalitäten, das ist auch nicht ganz falsch. Aber wenn's drauf ankommt, halten wir zusammen.» Er lächelte verlegen. «Ein bisschen wie Geschwister. Die Inseln sind sich nah, teilen viele Gemeinsamkeiten wie beispielsweise das Meer, die nordfriesische Kultur, die alten Bräuche. Aber genauso wie bei Geschwistern gibt's Reibereien, wie wir beide aus eigener Erfahrung wissen. Du und deine Schwester Conny, ihr seid ein gutes Beispiel dafür. Conny ist Sylt, gilt als die mondäne schicke Großstädterin mit Designer-Sneakern und einem Hang zur Selbstdarstellung. Du bist Amrum, bodenständiger, naturverbundener und hast Sand unter den nackten Füßen. Aber ihr respektiert euch und nehmt euch so, wie ihr seid.»

«Das stimmt», sagte ich und freute mich insgeheim über den schönen Vergleich. Ich war gern Amrum!

«Und was passiert, wenn jemand von außen kommt?»,
fragte Frerk. «Jemand, der dir oder Conny an den Kragen
will?»

«Dann halten wir zusammen.»

Frerk nickte. «Genau, dann werden die Unterschiede
plötzlich nebensächlich. Da ist man schnell vereint – gegen
jeden, der meint, er könne die eine Insel gegen die andere
ausspielen oder sich zwischen uns stellen. Ob's ein Poli-
tiker, ein Investor oder ein neugieriger Journalist ist, der
einen Konflikt sucht: Da sind wir uns einig, dass das unsere
Angelegenheit ist und keiner von außen mitzureden hat.»

Ich lehnte mich zurück und ließ seine Worte sacken.
«Das klingt irgendwie ein bisschen romantisiert.»

Er zuckte mit den Schultern. «Mag sein. Aber ich hab's
oft genug erlebt, Butt. Streit gibt's immer mal, klar. Aber
wenn's wirklich wichtig wird, stehen wir füreinander ein.
Das solltest du im Hinterkopf behalten, wenn du Greta
Jansens Recherchen verstehen willst.»

Ich hatte eindeutig zu viel Köm getrunken, denn ich verstand Frerk zwar und gab ihm recht, aber ich war immer
noch viel zu sehr damit beschäftigt, mich darüber zu freu-
en, dass er mich gerade mit Amrum verglichen hatte. Denn
ich wusste doch, wie viel ihm die Insel bedeutete.

KAPITEL 14

Nachts träumte ich von Richard Chamberlain. Er stand im Priestergewand vor einer weiten, goldenen Dünenlandschaft, seine blauen Augen blickten mich durchdringend an. Dann lächelte er, dieses hinreißende Lächeln, das mich schon damals vor dem Fernseher in seinen Bann gezogen hatte. Irgendwo im Hintergrund hörte ich die Titelmelodie von *Die Dornenvögel*, und ehe ich mich versah, hatte sich die Szene verändert. Plötzlich stand nicht mehr Richard Chamberlain vor mir, sondern Pastor Rungholt, mit demselben Gesichtsausdruck, derselben Intensität, aber in den Jeans und dem weißen Hemd, die ich von dem Foto kannte. Er sagte etwas, aber ich verstand kein Wort. Ein Windstoß fegte über die Szene, wirbelte Sand auf, und dann war ich wach. Mein Herz schlug ein wenig schneller, als es sollte, und ich griff nach meinem Handy, um die Zeit zu überprüfen. Halb vier. Leise stöhnend ließ ich das Handy wieder sinken.

Ich versuchte wieder einzuschlafen, doch der Traum ließ mich nicht los, und auch nicht Richard Chamberlain, dieser strahlend gut aussehende Priester. Wie alt war ich da gewesen? Es musste Anfang der Achzigerjahre gewesen sein. Ich erinnerte mich, wie ich zur Sendezeit immer gemeinsam mit meiner Schwester Conny auf der Couch im Wohnzimmer gesessen und wir jede Folge in uns aufgesogen hatten. Danach lag ich dann immer wach in meinem Bett, voller Gedanken über verbotene Liebe und die Kraft von Sehnsüchten, die alles andere in den Schatten stellen können. Die Serie hatte mich damals tief beeindruckt, und dass unsere Mutter sich immer über die «unmoralische Geschichte» beschwerte, hat sie noch interessanter für uns gemacht. Heute würde ich wahrscheinlich das Programm wechseln, wenn ich die Serie zufällig im Fernsehen einschalten würde auf der Suche nach guter Unterhaltung. Sie war ganz und gar nicht mehr zeitgemäß. Und außerdem war mir ein guter Krimi oder spannender Thriller lieber. Aber damals war ich hin und weg gewesen.

«Da war ich zwanzig und Conny siebzehn», sagte ich leise zu mir selbst. Und wir hatten noch bei unseren Eltern gewohnt. Zu der Zeit hatte ich auch Rolf kennengelernt, wie mir jetzt klar wurde, den Inbegriff eines Moralapostels. Ich schüttelte innerlich den Kopf, als mir einfiel, dass mein Noch-Ehemann dann etwas mehr als zwanzig Jahre später in seinen Mittfünfzigern besagte Moral über Bord geworfen hatte und fremdgegangen war. Das hatte mir damals schier den Boden unter den Füßen weggezogen, als ich davon erfuhr. Es hatte sich angefühlt, als ob alles in sich zusammenstürzen würde. Dabei waren sie im Nachhinein betrachtet fast schon lächerlich klischeehaft gewesen, Rolf und sein «Kurschatten». Er war wegen seiner lädierten Bandscheibe zur Reha gefahren, voller Entschlossenheit, sich wieder in Form zu bringen. Und kaum war er ein paar Wochen weg, war es passiert. Ich hatte nie ganz verstanden, wie er ausgerechnet in einer Reha-Klinik die große Leidenschaft finden konnte. Aber nun ja, offensichtlich hatte sie ihn mit ihren Nordic-Walking-Stöcken in die Knie gezwungen. Der Gipfel war aber das Handygespräch gewesen, das ich nach seiner Heimkehr zufällig mitbekommen hatte. Rolf stand in der Küche und dachte wohl, ich sei schon im Bett. «Es ist vorbei, hörst du?», hatte er geflüstert und dabei den Kühlschrank geöffnet, als könnte er die Situation dadurch abkühlen. «Nein, ich werde nicht noch mal mit dir reden.» Ich schüttelte den Kopf, als die Szene wieder vor meinem inneren Auge auftauchte. Rolf, der Meister der Selbstbeherrschung, flüsterte wie ein Verschwörer in sein Handy, während er sich hinter der Kühlschranktür versteckte.

Ich hätte ihn damals sofort verlassen sollen, dachte ich und fühlte noch immer eine Spur Wut und etwas Trotz, obwohl seine Kurzaffäre nun schon sieben Jahre her und ich eigentlich drüber hinweg war. Stattdessen hatte ich ihm zu schnell verziehen und versucht, es zu vergessen. Letzteres gelang mir nicht. Die alten Wunden brachen immer wieder auf. So auch jetzt, wahrscheinlich ausgelöst durch die Gerüchte um Greta Jansen und den Frauenschwarm Justus Rungholt.

«Nach vorne schauen, Gabriele», sagte ich leise zu mir selbst. Mir ging es gut, und ich nahm mir vor, mich nicht länger mit Rolf und seinen längst vergangenen Eskapaden zu beschäftigen. Schließlich war ich jetzt hier, auf Amrum. Die Gegenwart war tausendmal spannender als Rolfs Kurschatten aus der Vergangenheit.

Ich setzte mich auf und merkte, dass mir leicht schwindelig wurde. «Du bist eben doch keine zwanzig mehr, Gabriele Scholle», schimpfte ich mit mir selbst. Ich wusste ja, wie viel ich vertragen konnte. Drei Schnäpse schaffte ich, einen vierten manchmal auch, wenn ich eine gute Grundlage hatte. Gestern Abend waren es jedoch, wenn ich richtig mitgezählt hatte, fünf gewesen. «Selbst schuld», murmelte ich vor mich hin. Als hätte ich es nicht besser gewusst. Irgendwo zwischen Frerks trockenem Humor und der angespannten Situation wegen des Mordfalls hatte ich meine üblichen Vorsätze über Bord geworfen. In Wiesbaden trank ich so gut wie nie, aber hier auf Amrum war alles anders. Vielleicht war es die salzige Luft, vielleicht das Gefühl, weit weg von meinem Alltag zu sein. Hier schien es mir leichter zu fallen, Regeln zu brechen, selbst die, die ich mir selbst gar nicht ernsthaft auferlegt hatte.

Trotz der leichten Übelkeit musste ich schmunzeln. Gestern Abend hatte Frerk mit seiner stoischen Art und seinem typischen, leicht spöttischen Lächeln genau die richtigen Knöpfe bei mir gedrückt. Der Käpt'n war mir ans Herz gewachsen, ich verbrachte gern Zeit mit ihm.

Dolores, die auf ihrer Decke neben meinem Bett lag, hob den Kopf und blickte schwanzwedelnd zum Fenster, das ich offen gelassen hatte, damit das ferne Rauschen der Wellen mich in meinem Schlaf begleitete. Irgendwas war dort draußen, worüber sie sich freute, und ich hatte auch schon eine Vermutung.

Ich stand auf und sah in den Garten. Im schummrigen Licht des Mondes erkannte ich Frerks unverkennbare Silhouette: aufrecht, entspannt, mit der Pfeife im Mund. Der Rauch stieg in kleinen, hellen Wölkchen in die Nachtluft und wurde vom silbernen Schein des Mondes aufgefangen. Es war erstaunlich hell, der Himmel war übersät mit unzähligen Sternen, wie ich sie in Wiesbaden nie zu sehen bekam. Ein wunderschöner Anblick!

Dolores gab ein leises Schnaufen von sich, bevor sie den Kopf wieder auf ihre Pfoten legte, als ob sie sagen wollte: *Alles in Ordnung, kein Grund zur Sorge.*

Frerk dachte wohl nach. Über den Mordfall, über seine Schwester, über alles, was unausgesprochen geblieben war. Er sah zu mir auf, als hätte er gemerkt, dass ich am Fenster stehe, und hob die Hand zum Gruß. Kurz dachte ich an meinen Aufenthalt im April. Auch da hatte ich nachts am Fenster gestanden und zu Frerk hinausgeblickt. Damals waren wir noch zwei Unbekannte. Heute waren wir Freunde, so empfand ich, und es gefiel mir.

Obwohl ich mich am liebsten zu ihm gesellen wollte, ließ ich ihn diesen Moment für sich haben. Manche Gedanken konnte man nur im Stillen sortieren. Frerk war jemand, der, genau wie ich, manchmal die Einsamkeit brauchte, um klarer zu sehen.

Ich winkte und kroch zurück ins Bett. Die Meeresbrise, die durch das offene Fenster wehte, ließ die Gardinen sanft flattern und brachte den frischen, salzigen Duft der Nordsee mit sich. Es war eine jener Sommernächte, die still und friedlich wirkten, als könnte die Welt für einen Moment all ihre Sorgen vergessen. Doch ich wusste, dass es nur eine Illusion war. Mit dem Mord an Greta Jansen hatte sich ein Schatten über diese friedliche Insel gelegt, der sich nicht so leicht vertreiben ließ.

Der durchdringende Ruf eines Fasans drang zu mir. Ich fühlte mich erstaunlich erholt und ausgeschlafen, dafür, dass es gestern spät geworden war und ich zu viel Köm hatte. Dolores stand schon bei mir, hatte den Kopf auf die Matratze gelegt und wartete. «Stehst du eigentlich immer ab einer bestimmten Uhrzeit an meinem Bett, oder merkst du, wenn ich unruhig werde und aufwache?», fragte ich.

Seit Dolores zu meinem Leben gehörte, verstand ich, warum man von einem treuen Hundeblick sprach. Sie konnte mich mit ihren großen, dunklen Augen ansehen, als wäre ich der Mittelpunkt ihres Universums. Und das Beste daran war, dass es sich auch so anfühlte. Dolores stupste mich ein paarmal hintereinander mit ihrer feuchten Nase an, ihre Art, mich daran zu erinnern, dass jetzt Action angesagt war. «Na gut, du hast gewonnen. Ich stehe auf.» Sie reagierte sofort und lief zur Tür. Ich schüttelte den Kopf, während ich mich langsam aus dem Bett schälte und auf die Uhr sah. Es war halb acht, wie ich feststellte. «Du bist wirklich ein Wecker auf vier Pfoten!»

Ich gab ihr Futter, und während sie fraß, zog ich mich an. Heute entschied ich mich für das schlichte graue Shirt mit V-Ausschnitt und eine bequeme Dreivierteljeans mit ausreichend Stretch. Wir hatten uns für halb zehn verabredet, um gemeinsam mit den Rädern nach Nebel zu fahren. Das Archiv wartete auf uns. Aber vorher wollte ich eine Runde mit Dolores an den Strand gehen, damit sie genügend Auslauf bekam.

Einen kurzen Moment betrachtete ich mich kritisch im Spiegel. Die vier bisherigen Tage auf Amrum hatten mir gutgetan. Die leichte Bräune stand mir, ich sah erholt aus.

Und so fühlte ich mich auch, obwohl ich erneut in einen Mordfall geraten war. Oder gerade deswegen? Ich musste mir eingestehen, dass ich es mochte. Diese leise Aufregung, das Prickeln im Hinterkopf, wenn ich das Gefühl hatte, dass etwas nur darauf wartete, von mir entdeckt zu werden. Die Herausforderung, die Neugierde, die kleinen Hinweise, die wie Puzzleteile ineinandergreifen mussten, all das hatte etwas Faszinierendes. In meinem Büroalltag in Wiesbaden war ich nur eine Zuschauerin, hier auf Amrum war ich mittendrin. Es gefiel mir, auch einmal eine Hauptrolle zu spielen, im Mittelpunkt zu stehen und ein bisschen mehr «Sylt» zu sein.

Kaum hatte ich Dolores am Hundestrand von der Leine gemacht, rannte sie zum Wasser. Sie bellte die Wellen an, die auf sie zurollten, und wich ihnen erst kurz vorher aus. Ich hielt das Gesicht in die frühe Morgensonne, schloss die Augen und genoss die wohlige Wärme auf der Haut. Ein Kläffen störte die Stille. Und da sprang auch schon Fritz um mich herum.

«Du schon wieder!», sagte ich, drehte mich einmal um mich selbst, konnte aber sein Herrchen nicht entdecken. «Bist du wieder stiften gegangen?»

Dolores kam angeschossen. Wenn sie nicht an der Leine war, verhielt sie sich mutiger. Sie bellte Fritz auffordernd an, und schon tobten die beiden in einer wilden Verfolgungsjagd durch den Sand.

Ich sah ihnen zu, ließ sie eine Weile herumtollen, rief Dolores aber schließlich zurück, da ich nicht zu spät zu der Verabredung mit Frerk kommen wollte.

«Was machen wir denn jetzt mit dir, Fritz?» Von seinem Herrchen war noch immer keine Spur. «Am besten, wir nehmen dich erst mal mit.» Kurzerhand befestigte ich Dolores' Leine an seinem Halsband und das andere Ende an ihrem Geschirr. Fritz wedelte aufgeregt mit dem Schwanz, als hätte er genau darauf gewartet, dass jemand die Verantwortung übernahm, und Dolores war erstaunlich geduldig, obwohl ich sie noch nie mit einem zweiten Hund an der Leine hatte. «Na, das klappt doch besser, als ich dachte», murmelte ich und machte mich mit den beiden auf den Weg über die Holzbohlen. Fritz lief fröhlich neben Dolores her, wobei er immer wieder versuchte, sie mit einem spielerischen Stupser aus dem Gleichgewicht zu bringen. Sie ignorierte ihn weitgehend, abgesehen von einem knappen Bellen, was so viel wie «Reiß dich zusammen, Kleiner» bedeutete.

Während wir über den Holzbohlenweg durch die Dünen gingen, hielt ich die Augen offen, aber von Fritz' Herrchen war noch immer keine Spur zu sehen. Erst als wir schon fast auf Höhe der Abzweigung waren, die zu unserem Haus führte, sah ich ihn auf uns zugerannt kommen. Ich straffte die Schultern und wappnete mich für eine Diskussion. Doch stattdessen freute er sich, mich zu sehen, und dass ich wohl etwas bei mir hatte, das ihm sehr wichtig war.

«Was für ein Glück!» Er seufzte erleichtert. «Gut, dass Sie Fritz gefunden haben. Er ist mir wieder weggelaufen.»

«Ist ja noch mal gut gegangen», sagte ich freundlich. «Und bitte entschuldigen Sie, dass ich Sie beim letzten Mal so angegiftet habe.»

Er wischte mit der Hand durch die Luft. «Ach, Sie hatten

ja recht.» Er sah runter zu Fritz. «Es ist der Hund meiner Tochter, ich passe auf ihn auf, solange sie beruflich im Ausland ist.»

«Das kenne ich.» Ich zeigte auf Dolores. «Diese Dame hier gehörte mal zu meinem Sohn.»

«Machen Sie mir nur Mut.» Er schmunzelte. Er hatte wieder seine Schirmmütze auf, aber nun machte er einen zugewandten, offenen Eindruck. Vermutlich war er in den Dünen einfach nur gestresst und deshalb so unfreundlich gewesen.

«Dolores ist das Beste, was mir in der letzten Zeit passiert ist.» Ich sah auf seine Hände. «Wo ist Ihre Leine?»

«Im Auto, ich war gerade beim Bäcker und habe spontan auf dem Strandparkplatz angehalten, um Fritz Pipi machen zu lassen. Dabei ist er mir entwischt.»

«Ich begleite Sie bis dorthin», sagte ich. «Aber wir müssen einen Zahn zulegen, da ich gleich noch eine Verabredung habe.»

«Danke, das ist sehr nett.»

Wir liefen einen Moment schweigend, die beiden Hunde voneweg.

«Einen Zahn zulegen, wo der Ausdruck herkommt, das habe ich am Wochenende erst bei einer Führung durch das Öömrang Hüs gelernt.» Er wollte wohl gerade ansetzen, es zu erklären, da wurde sein Gesichtsausdruck plötzlich ernst. Er stockte kurz, bevor er weitersprach. «Haben Sie davon gehört, von der Frau, die vergiftet in einem der Alkovenbetten saß?»

Ich horchte überrascht auf.

«Ja», sagte ich, «eine schlimme Sache», und verschwieg,

welche Rolle Dolores und ich beim Auffinden des Opfers gespielt hatten. «Woher wissen Sie, dass sie vergiftet wurde?»

«Habe ich gerade beim Bäcker gehört. Da war die Sache Gesprächsthema», antwortete er. «Sie war eine Journalistin und hat die Führungen ehrenamtlich gemacht. Dabei hat sie für ihr Buch über die Beziehung zwischen Amrum und Sylt recherchiert. Das weiß ich allerdings aus erster Hand, von ihr. Sie hat es uns erzählt, als sie sich vorgestellt hat. Unvorstellbar, dass sie nicht mehr lebt. Ihre Führung war übrigens spannend. Das mit dem Zahn zulegen hat früher beim Kochen eine Rolle gespielt. Der Kessel hing über der Feuerstelle im großen Ofen in der Küche, an einer Metallstange mit Zähnen, und wenn man eben einen Zahn zulegte, beförderte man den Kessel etwas weiter nach unten und näher ans Feuer. Das Essen wurde heißer und schneller fertig.»

«Interessant», sagte ich und spürte das bekannte Kribbeln in mir. Gerade hatte ich mal nicht mehr an den Fall gedacht, da wurde er plötzlich wieder unerwartet zum Thema. Greta hatte also kein Geheimnis um ihr Buchthema gemacht. «Hat sie denn noch mehr darüber erzählt, über das Buch, meine ich?»

«Nein», antwortete er nach kurzem Überlegen. «Es war aber eine wirklich beeindruckende Führung, sie war eine gute Erzählerin.» Er zuckte bedauernd mit den Schultern. «Ich hoffe, der Täter wird bald gefasst.»

«Wir tun unser Bestes», sagte ich und merkte im nächsten Moment, was mir da rausgerutscht war. «Ich meine natürlich, dass die Polizei ihr Bestes tut.»

«Das hoffe ich», sagte er. «Es sollen Beamte aus Flensburg auf der Insel sein. Sie wurden wohl extra mit dem Hubschrauber eingeflogen.» Seine Stimme wurde leiser. «Und so wie ich gehört habe, soll es auch schon Verdächtige geben.»

So wie er gehört hatte ... Vielleicht sollte ich auch mal beim Bäcker einkaufen gehen und hören, was dort so getratscht wurde, schoss es mir durch den Kopf. Auf der anderen Seite war es kein Wunder, dass wahrscheinlich mittlerweile auf ganz Amrum darüber geredet wurde. Der zweite Mordfall innerhalb kürzester Zeit, es war was los auf der Insel.

Kurz darauf kamen wir bei seinem Auto an. Er öffnete den Kofferraum, und Fritz sprang brav hinein, danach öffnete er die Beifahrertür, auf der zwei Bäckereitüten lagen. Er nahm die kleinere davon heraus und reichte sie mir. «Hier, für Sie, als kleines Dankeschön für den Nachhauseweg. Sie mögen doch Franzbrötchen?» Der Mann hatte einen Sinn für Süßes, vielleicht kam sein Bauchansatz doch nicht vom Bier, wie ich beim ersten Zusammentreffen womöglich vorschnell geurteilt hatte.

Im ersten Moment wollte ich sein nettes Angebot ablehnen, aber ich griff doch zu und bedankte mich. Wenn ich den Abend davor Schnaps getrunken hatte, hatte ich am Morgen danach immer einen guten Appetit, und ich hatte bisher noch nichts gegessen.

«Danke schön!», sagte ich und öffnete die Tüte. Ein süßer, würziger Duft strömte mir entgegen. «Zimt!» Er erinnerte mich an den Duft, der mir im Öömrang Hüs aufgefallen war, gleich nachdem ich den Flur betreten hatte, und an Greta Jansen, als ich ihren Puls gefühlt hatte.

KAPITEL 15

V or dem Haus trafen wir auf Frerk. Er hatte das E-Lastenrad rausgeholt. Es stand auf dem Gehweg und funkelte in der Sonne. Frerk war gerade dabei, an der Bremse zu schrauben.

«Sag mal, Frerk, hast du auch davon gehört, dass Greta Jansen angeblich vergiftet worden sein soll?», fragte ich.

Er blickte auf. «Moin erst mal, Butt, und nein, das ist mir neu. Wer sagt das denn?»

«Der Mann, der mir die Franzbrötchen geschenkt hat. Möchtest du eins, es sind zwei.» In meiner Aufregung vergaß ich die einfachen Anstandsregeln. «Ach ja, und moin!»

Er streckte die Hand aus, und wir aßen die Brötchen im Stehen. Ich dachte noch einmal an das Öömrang Hüs. Der Duft, der mir dort aufgefallen war, hatte eine eindeutige Zimtnote gehabt, deswegen war er mir so bekannt vorgekommen. Dass ich darauf nicht sofort gekommen war.

Ich erzählte Frerk kurz, was ich von Fritz' Herrchen erfahren hatte. Eine steile Falte bildete sich zwischen seinen Augenbrauen, als ich erwähnte, wie der Jack Russell bei unserer ersten Begegnung aus den Dünen geschossen kam.

Kurz darauf machte er ein verblüfftes Gesicht, als ich ihm meine Wasserpistole zeigte und sagte: «Die habe ich immer dabei.»

«Du bist mir eine!» Er lächelte verschmitzt. «Vielleicht sollte ich mir auch so einen Revolver zulegen?», dann etwas ernster: «Gut, dass du aufpasst, Butt, die Touristen wissen nicht, was sie anrichten, wenn sie durch die Dünen laufen und ihre Hunde dort herumtollen lassen. Und das mit dem Gift ...» Er zuckte mit den Schultern. «Ich weiß nicht, ob da was dran ist. Aber wenn, dann könnte ich mir gut vorstellen, dass sich einer der beiden Inselsheriffs aus Versehen verplappert hat. Oder vielleicht ...», er runzelte kurz die Stirn, «Jensens neue Flamme. Er ist jetzt mit der Bürokraft zusammen, die während der Saison auf der Wache aushilft, einer Tanja Sowieso irgendwo aus Deutschland. So wie ich gehört habe, ist es etwas Ernstes, er will sie wohl heiraten.»

«So wie du gehört hast? Beim Bäcker also?», feixte ich.

«Da sind zu viele Urlauber», antwortete er. «In der Post, bei einem guten Gläschen Wein.»

«Auf Amrum trinkt man beim Briefewegbringen Wein? Ich fasse es nicht!»

«Wenn zum Postamt eine kleine, aber feine Weinhandlung gehört, dann ja. Meistens ab frühen Abend findet sich dort der eine oder andere Insulaner ein, und je nachdem, wer dort ist, kann man recht interessante Neuigkeiten erfahren.»

«Dann werde ich wohl demnächst mal ein paar Postkarten abschicken», sagte ich und Frerk nickte.

«Auf jeden Fall soll Jensen seine Tanja unbedingt heiraten wollen, obwohl die beiden sich gerade mal ein paar Monate kennen. Und da sie unbedingt auf der Insel bleiben will und Wohnraum hier knapp ist, wird sie sicher ja sagen. Jensen hat ein recht schickes Häuschen von seinen Großeltern geerbt, in Wittdün, direkt am Wasser. Die Frau hat dem armen Mann komplett den Kopf verdreht.»

«He!» Ich sah ihn streng an. «Woher willst du wissen, dass sie ihn nur wegen seines Hauses mag? Er ist doch an sich ein netter Kerl.» Der Inselpolizist blitzte kurz vor meinem inneren Auge auf. Er hatte sich verändert, war selbstbewusster geworden. «Vielleicht tut sie ihm gut.» Unser Besuch auf der Wache fiel mir ein. Ob die Kekse und die neuen Tassen von ihr waren? «Ist doch schön, wenn er eine nette Frau an seiner Seite hat.» Ich stutzte. «Ich nehme an, dass die beiden nicht anderweitig liiert sind, wenn du schon von Heirat sprichst.»

«Von Tanja weiß ich nichts, aber Jensen ist schon länger geschieden, seine Frau ist nun mit dem Doktor verheiratet.»

«Der auch da war, um Greta Jansens Tod festzustellen?», fragte ich überrascht.

«Ja, das müsste Ulf gewesen sein. Groß und schlank?»

«Ja.» Ich rief mir die Situation ins Gedächtnis. «Ist das nicht unangenehm für Jensen?»

«Damit kommt er klar, muss er. So funktioniert der Ringtausch eben auf der Insel. Die Frau des Doktors hat sich im Gegenzug einen der Seenotretter geschnappt. Die Kinder der Paare gehen in dieselbe Klasse.»

«Mit Ringtausch meinst du den Tausch der Eheringe?», hakte ich nach.

«Amrum ist ein Dorf mit ganz viel Wasser drumherum, da begegnet man sich zwangsläufig immer wieder, ob man will oder nicht.» Frerk grinste schief, während er ein paar Franzbrötchenkrümel von seinem Hemd schnippte. «Die Insel hat ihre eigenen Regeln. Hier läuft es anders als in der Stadt. Man arrangiert sich, es bleibt alles in der Familie, könnte man sagen.»

Ich schüttelte den Kopf und lachte leise. «Wie pragmatisch.»

«Pragmatisch trifft es gut», sagte Frerk trocken. «Man hat eben nicht die Wahl, sich aus dem Weg zu gehen. Also macht man das Beste draus.»

Ich dachte an Jensen und seine Tanja. Die Geschichte klang wie eine Mischung aus Romanze und Inseltratsch. Es hatte etwas Rührendes, aber auch Komisches. Auf Amrum schien alles ein wenig öffentlicher zu sein: Beziehungen, Trennungen, neue Anfänge. Vielleicht lag es daran, dass die Grenzen hier enger waren, die Gemeinschaft dichter, die Wege kürzer. «Dann ist es doch gut, dass er sich in eine Frau vom Festland verliebt hat, in eine, die etwas frischen Wind auf die Insel bringt.» Ich sah Frerk an. «Das sorgt doch bestimmt für etwas Abwechslung im berühmten Inselkarussell.»

Er zog eine Augenbraue hoch. «Abwechslung vielleicht. Aber glaub mir, die hat auch ihre Tücken. Nur weil du vom Festland kommst, heißt das nicht, dass du nicht selbst irgendwann im Ringtausch landest. Wie eben gesagt, die Insel hat ihre eigenen Gesetze.»

«Das klingt geheimnisvoll.»

«Nein, es ist ganz einfach. Es gibt hier keine Geheimnisse, nur verzögertes Wissen. Mit der Zeit wirst du das schon selbst alles mitbekommen.»

Ich ließ meinen Blick über die Dünen schweifen. «Dann hoffe ich, dass Tanja das Glück hat, dem Ringtausch zu entgehen.»

Frerk nickte langsam. «Das bleibt abzuwarten. Aber weißt du, Glück ist hier weniger eine Frage von Romantik als von Durchhaltevermögen. Wenn sie das schafft, hat sie gute Chancen.»

Ich schmunzelte. «Klingt, als wärst du hier der Insel-Philosoph.»

«Nenn es, wie du willst. Aber eines sag ich dir: Wer die Insel einmal versteht, will meistens nirgendwo anders mehr hin.»

Mit der Zeit würde ich das also alles erfahren, wie Frerk gesagt hatte. Er ging wohl davon aus, dass ich häufiger kommen würde. Und er hatte insofern recht, dass dieser Besuch sicher nicht das letzte Mal war, dass ich hier Urlaub machte. Vielleicht würde ich schon im Winter wiederkommen, überlegte ich spontan, und so dem Weihnachtsstress entgehen? Aber jetzt ging es erst mal darum, einen Kriminalfall zu lösen. «Was sagst du denn zu dem Buch, an dem Greta Jansen gearbeitet hat, und dass sie während der Führung ganz offen darüber gesprochen hat?»

«Dass ich mir den Anruf beim Verlag hätte sparen können. Und dass das Buchprojekt selbst zwar kein Geheimnis war, aber vielleicht ist Greta tatsächlich einem auf die Spur gekommen.» Er zeigte auf das Lastenrad. «Gib mir noch fünf Minuten, dann fahren wir ins Archiv.» Er nahm einen Inbusschlüssel aus der Werkzeugtasche. «Die Radaufhängung hat zu viel Spiel. Der Lockenkopf und du, ihr sollt mit einem sicheren Gefährt unterwegs sein.»

«Danke, Frerk», sagte ich. «Übrigens auch für deine Gastfreundschaft – und für deine Freundschaft, sie bedeutet mir viel.»

Er brummte nickend und fing an, am Rad zu schrauben.

Eine Viertelstunde später fuhren wir nach Nebel. Die Luft war heute frisch, und der Wind wehte uns angenehm um die Ohren.

Da Frerk die meiste Zeit vor uns herfuhr, redeten wir kaum ein Wort miteinander. Wir kamen schnell voran, und nur eine Viertelstunde später befanden wir uns schon auf dem Strunwai.

«Lass uns mal schauen, ob Henrys Auto vor Judiths Nachbarhaus steht», rief ich.

«In Ordnung.» Frerk verlangsamte das Tempo.

Auf dem Gehweg war genügend Platz, sodass wir nebeneinanderfahren konnten. Als wir da waren, bremste ich und hielt an. «Da steht er, der weiße SUV!»

Frerk sah zum Auto, zu mir, wieder zum Auto und fing laut an zu lachen.

«Was ist so komisch?», fragte ich.

«Wie, sagtest du, heißt der feine Kerl, dem der Wagen gehört?»

«Henry.»

Frerk rieb sich grinsend über das Kinn. «Henry Müller, klingt ja auch besser als Heinrich Müller. Fast so wie dieser Schriftsteller, Henry Miller. Das passt!»

«Sprich nicht in Rätseln, klär mich auf!»

«Dein Henry heißt eigentlich Heinrich. Wir kennen uns schon eine kleine Ewigkeit, genau genommen ein halbes Jahrhundert. Er hat früher immer gemeinsam mit seinen Eltern in unserer Ferienunterkunft Urlaub gemacht. Über die Jahre hinweg haben wir uns angefreundet.» Er nickte mit dem Kopf zum Haus, vor dem der SUV stand. «Das gehört Heinrich. Es ist sein Zweitwohnsitz. Du weißt, dass ich von den reichen Hamburger Schnöseln, die sich die Immobilien hier unter den Nagel reißen, gar nichts halte. Aber Heinrich ist schwer in Ordnung, für den lege ich meine Hand ins Feuer.»

«Sicher?», fragte ich. «Nicht, dass du dich am Ende verbrennst.»

«Ganz sicher.»

«Ich mochte ihn eigentlich auch gleich», überlegte ich laut. «Aber dann kamen mir doch Zweifel.»

Frerk schmunzelte. «Mit Heinrich verhält sich das ähnlich wie mit unserem Pfarrer. Er hat was an sich, was die Frauen nicht widerstehen lässt. Früher war er ein ganz schlimmer Finger. Ich erinnere mich da noch an die eine oder andere Strandparty, die wir gemeinsam gefeiert haben. Und Heinrich immer in der ersten Reihe, wenn es darum ging, die hübschesten Mädels um den Finger zu wickeln.» Frerk lachte leise und schüttelte den Kopf. «Damals hatte er einen wilden Lockenschopf und dieses unwiderstehliche Lächeln, das alle umgehauen hat. Dazu diese einmalig tiefe Stimme. Wir anderen Jungs konnten einpacken, wenn Heinrich auftauchte.»

«Das klingt nach einer aufregenden Zeit», sagte ich und hätte da sehr gern Mäuschen gespielt – oder mitgefeiert?

«Allerdings, das war schon eine ganz eigene Ära», sagte Frerk mit einem nostalgischen Funkeln in den Augen. «Die Strandpartys waren legendär. Lagerfeuer, Gitarrenmusik, ein paar Flaschen Vino, Rum. Der Strand war unser Wohnzimmer, und die Nächte haben wir oft durchgemacht, bis die Sonne über dem Watt aufging.» Er seufzte wehmütig. «Das ist lange her. Natürlich hat Heinrich sich mit den Jahren verändert, wie wir alle. Weniger Sturm und Drang, mehr Ruhe und Routine. Das mit den Frauen, das hat er allerdings nie ganz abgelegt. Aber ich sag dir eines: Heinrich mag vielleicht ein bisschen zu geschmeidig wirken, aber er ist loyal. Und er hat das Herz am rechten Fleck.»

Frerk klang so überzeugt, dass ich ihm glaubte. Da hatte ich mich also in eine Spur verrannt, die sich nun als heiße Luft entpuppte. Trotzdem blieben da Fragen für mich offen, die ich gern geklärt haben wollte. «Dann kennen Judith und er sich also, weil sie Nachbarn sind. Aber was ist mit Greta, hätte Henry oder Heinrich sie dann nicht auch kennen müssen?»

Frerk überlegte einen Moment. «Er hat das Haus im letzten Jahr gekauft, nachdem er sein Restaurant in Hamburg an den neuen Inhaber übergeben hatte. In den letzten drei Monaten war er nicht hier. Er ist erst vor vier Tagen auf der Insel angekommen, so wie du. Vielleicht seid ihr euch sogar auf der Fähre begegnet. Also, nein, er hätte sie von hier nicht kennen können, außer sie haben sich unabhängig von Amrum in Hamburg kennengelernt, was ein sehr großer Zufall gewesen wäre. Vielleicht hat Judith ihm geraten, zur Führung zu gehen, so wie ich es bei dir gemacht habe.»

«Das klingt alles sehr plausibel», sagte ich.

«Und wenn du noch Fragen an ihn hast, kannst du sie ihm gern persönlich stellen. Heinrich kommt am Freitag zu mir zum Essen. Oder besser gesagt, kochen wir gemeinsam, essen und schnacken dann bei einem Köm über die alten Zeiten, als wir noch jung und taufrisch waren.»

«Das macht ihr mal», sagte ich. «Aber ich will euch nicht stören bei eurem Männerabend.»

«Komm zum Essen, Butt, du wirst es nicht bereuen. Heinrich wird eine Zeit lang auf Amrum bleiben, wir werden noch genug Zeit für uns allein finden.»

«Wenn das so ist und du sicher bist: Warum nicht?», entschied ich spontan.

«Fein, dann lass uns jetzt weiterfahren.» Er sah noch einmal zu Heinrichs Haus. «Oder willst du jetzt schon mal Moin sagen?»

«Nein, ich bin neugierig auf das Archiv.»

Frerk nickte und radelte los. «Henry Müller!», sagte er amüsiert. «Dieser alte Schwerenöter.»

KAPITEL 16

Wir fuhren auf direktem Weg weiter bis zum Öömrang Hüs. Das Grundstück war noch immer mit Flatterband abgesperrt. Die Tür zum Hüsken, in dem Greta gewohnt hatte, war versiegelt, das konnte man vom Zaun aus sehen. Aber das interessierte Frerk nicht.

«Wir wollen ja nicht ins Haus, wir wollen nur ins Archiv, wir gehen über das Nachbargrundstück», sagte er. «Und dann von hinten rein.»

Mein Herz klopfte fest von innen gegen meine Brust, als ich wie selbstverständlich hinter Frerk herging, mit Dolores an der Leine.

«Da lang.» Frerk deutete auf eine Lücke zwischen zwei Lorbeerbüschen, die kaum breit genug war, um sich hindurchzuschlängeln.

Die Äste schabten an meiner Jeans, und ich kämpfte kurz mit einem besonders störrischen Zweig, der sich in meinem Haar verfangen hatte.

Frerk bewegte sich mit einer Gelassenheit, als würde es ihn überhaupt nicht stören, dass wir etwas Verbotenes taten. Und wenn ich ehrlich war, mir gefiel richtiggehend, was wir da machten. Immerhin waren wir für eine gute Sache unterwegs und wollten nur helfen.

Kurz darauf standen wir im Schatten eines Schuppens, der offensichtlich zum Öömrang Hüs gehörte.

Ich scannte schnell das Grundstück und den Weg davor mit den Augen ab. «Die Luft ist rein!»

«Dann mal los», sagte Frerk, und wir gingen zum Hintereingang des Hüskens, dem Zugang zum Archiv.

«Nicht versiegelt», stellte er fest, als wir vor der weißen Eingangstür standen, und zog den Schlüssel aus der Tasche.

Hatte die Polizei hier so unachtsam gearbeitet? Immerhin gehörte das Archiv zum Hüsken, und Greta Jansen war Journalistin, da war es doch naheliegend, dass sich hier wichtige Hinweise befinden könnten. Es passte nicht zu dem jungen, engagierten Polizisten Finn Petersen, eine so offensichtliche Möglichkeit zu übersehen. Frerk zögerte kurz, bevor er den Schlüssel ins Schloss steckte, als würde er noch einmal darüber nachdenken, ob wir wirklich hier sein sollten.

«Vielleicht haben sie es einfach übersehen», murmelte ich und zu Frerk gewandt: «Lass uns reingehen.»

Ich drehte mich um und überprüfte noch einmal, ob irgendjemand unsere Ermittlungsarbeit mitbekam, aber wir waren allein hier. Frerk hatte wohl recht, wir waren früh genug, die Beamten von der Spurensicherung würden wahrscheinlich später kommen, sofern sie überhaupt noch hier zu tun hatten.

Wir betraten das kleine Archiv, das nur aus einem Raum bestand, und ich ließ Dolores Platz machen. Auf den ersten Blick wirkte alles sehr ordentlich, fast steril. Links und rechts erstreckten sich hohe Regale, die bis unter die Decke reichten und mit hellgrauen, nummerierten Pappkartons bestückt waren. Dazwischen einige Ordner und dicke, alte Bücher. Es war, als stünde ich in einer Schatzkammer voller Geschichten und Geheimnisse, und irgendwo hier könnte die entscheidende Antwort warten, die alle losen Fäden zusammenführen würde.

«Die Bestände umfassen Verwaltungsschriftgut einzelner Gemeinden, Materialien verschiedener Körperschaften und Register über Familien- und Personennachlässe. Sie reichen vom 17. Jahrhundert bis in die Gegenwart», sagte Frerk stolz.

«Das ist verdammt viel», sagte ich. «Wo fangen wir an?» Da sah ich an der Stirnseite des Raumes einen Schreibtisch, ein schlichtes, modernes Möbelstück aus hellem Holz. Darauf ein PC mit einem schlanken Monitor, und daneben lagen ein paar sorgfältig gestapelte Papiere, Zeitschriften und eine Schale mit Stiften, Linealen und Notizzetteln. Die Wand, vor der er stand, war mit weißen Fliesen verkleidet, durchzogen von blauen Mustern, die wie kleine, kunstvolle Momente in das sterile Weiß eingefügt wurden. Sie erinnerten mich plötzlich an die Wände im Öömrang Hüs, und für einen Moment war ich zurück in der Dörnsk, der guten Stube, in der Greta Jansen tot im Alkovenbett saß.

«Alles in Ordnung?» Frerks Stimme holte mich zurück in die Gegenwart.

Ich nickte schnell. «Ja, ja. Alles gut. Ich war nur abgelenkt. Ähnliche Fliesen habe ich auch im Öömrang Hüs gesehen.»

Frerk blickte mich kurz fragend an, ich nickte, dann ging er zum Schreibtisch. «Vielleicht hilft uns das hier, etwas Licht ins Dunkel zu bringen.»

Ich stellte mich neben ihn, holte zwei Paar Einmal-Handschuhe aus der Tasche und reichte ihm eins davon.

«Gut mitgedacht», sagte Frerk, zog sie an und sah auf die Zeitung, die oben auf dem Stapel lag. Im nächsten Moment runzelte er die Stirn. «Das gibt's ja nicht, immer wieder kursieren diese falschen Informationen.» Er deutete auf die Überschrift eines Artikels: *Wächst Amrum, weil Sylt schrumpft?*

Ich überflog die ersten Zeilen. «Die Sylter sagen, dass der Kniepsand von ihnen finanziert wird?»

Frerks Stirnfalte vertiefte sich. «Allein die Frage ist Unsinn. Der Kniepsand ist ständig in Bewegung, er hat sich über die letzten Jahre weiter nördlich Richtung Odde bewegt. So ist der Badestrand von Norddorf ohne menschliches Zutun immer breiter geworden. Die Sylter hingegen müssen sich ordentlich anstrengen, um eine strömungsbedingte Verkleinerung ihres Strandes zu verhindern. Denen fegen Sturm und Wetter regelmäßig den Sand weg. Deswegen wird seit Anfang der Siebziger die Westküste durch Sandaufspülungen geschützt. Ganz besonders tragisch ist es an der Südspitze bei Hörnum, die wird jedes Jahr kleiner.»

«Ich verstehe», sagte ich und sah noch einmal auf den Artikel. «Aber was hat das mit Amrum zu tun? Wieso wird der Kniepsand von Sylt finanziert?»

«Weil irgendwelche Dummköpfe festgestellt haben wollen, dass Amrum strömungstechnisch so zu liegen scheint, dass der Sand, den die Sylter teuer bezahlen, anschließend angeblich vor Amrum landet und so den Kniep verbreitert. Es sind immerhin etwa eine Million Kubikmeter Sand, die da jährlich nach Sylt gebracht werden.» Er schnaufte. «Aber davon liegt kein einziges Sandkorn an unseren Stränden. Die Aussage, dass wir von den Syltern Nachschub für unsere Strände kriegen, ist schlichtweg falsch! Amrums Sandzufuhr kommt mit dem Gezeitenstrom von Südwesten. Von Sylt nach Amrum kommt rein gar nichts, das verhindert schon allein das Vortrapptief. Es ist also einfach rein geologisch oder physikalisch schon nicht möglich. Völliger Quatsch!»

«Und jetzt noch mal so, damit ich es auch verstehe», sagte ich.

«Das Vortrapptief ist, einfach ausgedrückt, eine Vertiefung zwischen Sylt und Amrum. Ein Priel, der als Fahrrinne dient. Unser Quermarkenfeuer, das du vom Fenster deines Schlafzimmers sehen kannst, weist den Seeleuten den Weg hindurch, damit sie sicher in ihrem Hörnumer Hafen ankommen.» Er tippte mit dem Zeigefinger ein paarmal auf die Zeitung. «Falls du doch mal auf die Idee kommen solltest, nach Sylt zu gehen, schau dir den Sand genauer an, dann wirst du erkennen, dass er eine viel gröbere Körnung hat. Der wird nämlich tief aus der Nordsee abgesaugt und dann an der Küste Sylts wieder aufgespült. Unser Kniepsand ist einzigartig, feiner, heller, weicher. Er ist unser eigenes, perfekt funktionierendes System. Weißt du, wir haben es hier nicht nur mit einem Strand zu tun: Der Kniepsand ist Teil unseres Schutzschildes. Er schützt die Insel vor Überflutung und ist unser größtes Naturwunder. Das sollte man nicht mit solchen falschen Behauptungen in Verruf bringen», beendete Frerk seine Ausführungen energisch.

Ich dachte einen Moment darüber nach, bevor ich sagte: «Wenn es so offensichtlich ist, wie du gerade erklärst, verstehe ich nicht, wieso dann immer noch behauptet wird, Amrum würde vom Sylter Sand profitieren. Das ergibt doch wenig Sinn, wenn die Fakten dagegensprechen.»

«Wenig? Keinen!» Frerk schnaubte und verschränkte die Arme vor der Brust. «Aber es klingt eben gut. Nenn es Inselpolitik, wenn du das willst. Die Sylter versuchen, ihr Image als Vorzeigeinsel zu polieren, und da passt es besser ins Bild, wenn sie sich großzügig geben, statt zuzugeben, dass sie gegen die Natur arbeiten, in dem sie ihren Sand aus der Nordsee absaugen und wieder aufspülen müssen. Stattdessen lenken sie die Aufmerksamkeit auf Amrum und drehen die Sache so, als würden wir von ihnen profitieren.»

«Das klingt ein bisschen wie eine alternde Schönheit, die sich mit Botox vollpumpen lässt und dann behauptet, die Nachbarin würde auch davon profitieren.»

Frerk lachte trocken. «Treffender hätte ich es nicht sagen können. Guter Vergleich, Butt!»

Ich nahm die Zeitung und sah mir den Artikel etwas genauer an. «Wobei die Journalistin, die den Artikel geschrieben hat, zu einem ähnlichen Schluss kommt, Frerk», sagte ich und sah ihn mit einem kleinen triumphierenden Lächeln an. «Und jetzt rate, wer das geschrieben hat!»

«Die Jansen etwa?» Er nahm mir die Zeitung aus der Hand. «Tatsächlich.» Er hielt inne und sah mich mit einem nachdenklichen Blick an. «Du glaubst, das könnte was bedeuten?»

«Ich weiß nicht, Frerk, das wäre mir ehrlich gesagt ein wenig zu banal, auch wenn ich weiß, wie wichtig dir deine Insel ist. Aber dass irgendjemand eine Journalistin wegen solch eines Artikels umbringt …» Ich sah aus dem Fenster in Richtung Öömrang Hüs. «Auf der anderen Seite trug sie eine Sylter Tracht. Aber …» Ich kam nicht dazu, den Gedanken auszusprechen, denn mir stockte der Atem. Vor dem Zaun stand ein Mann und sah zum Hüsken hinüber. Er kam mir bekannt vor, ich konnte ihn nicht sofort einordnen. Und dann drückte er auch schon das Tor auf. «Das gibt's ja nicht, ein Mann kommt auf das Hüsken zu!», flüsterte ich, obwohl wir beide allein waren und uns niemand sonst hören konnte. Ich hatte ihn schon einmal gesehen – und dann wusste ich es! Es war Christian Jansen, Gretas Mann. Da war ich mir ganz sicher, ich erkannte das halblange dunkle Haar, die gebräunte Haut, die farbenfrohe Kleidung … Er hatte sicher vom Tod seiner Frau erfahren und war deswegen hier. Ich packte Frerk am Ärmel. «Los, wir gehen raus und sprechen mit ihm, vielleicht weiß er etwas, das uns weiterhilft. Und er weiß schließlich nicht, dass wir eigentlich hier nichts zu suchen haben.»

Christian Jansen hatte das Absperrband einfach durchgerissen und stand nun neben dem Fahrradständer. Er sah durch das Fenster ins Hüsken.

«Herr Jansen?», rief ich.

Er sah sich zu uns um.

«Mein Name ist Gabriele Scholle, ich arbeite bei der

Mordkommission in Wiesbaden ...», begann ich zu erklären. Ich dachte, wenn ich noch einmal die Kommissarinnenkarte ziehen würde, wäre Gretas Mann etwas gesprächsbereiter. Aber weit gefehlt. Der Mann blickte mir entsetzt in die Augen – und nahm seine Beine in die Hand.

Wir waren so überrascht, Frerk und ich, dass wir uns einen Moment lang ansahen, bevor wir realisierten, was das bedeuten konnte. Ich hatte doch gleich gedacht, dass sein Alibi vielleicht gar nicht so hieb- und stichfest war, wie Judith behauptete.

«Dolores, schnapp ihn dir!», rief ich. Ich hatte keine Ahnung, wie meine lammfromme Hündin darauf reagieren würde, aber als ich lossprintete, folgte sie mir und überholte mich schließlich.

Gretas Mann war aus dem Tor rausgelaufen und nach links abgebogen, Richtung Watt. «Ruf die Polizei, Frerk», brüllte ich. Er lief neben mir, wie ich feststellte. «Ruf die Polizei!», wiederholte ich.

«Ruf du sie!» Er sprintete an mir vorbei, und ich war überrascht, wie schnell Frerk war.

Einer musste es ja machen, also blieb ich stehen, wählte vorsorglich direkt die 110, falls ich die beiden Inselpolizisten nicht erreichte, erklärte in knappen Worten, was hier los war, bat um Unterstützung, und rief danach Petersen an. Er nahm das Gespräch sofort an.

«Kommt schnell», sagte ich. «Gretas Mann war am Hüsken und ist stiften gegangen, als wir ihn angesprochen haben. Es könnte sein, dass er etwas mit dem Mord zu tun hat.»

«Wo genau seid ihr jetzt?»

«Im Waaswai, er rennt Richtung Watt, aber warte kurz, sie sind gleich an der Weggabelung … Links, sie sind nach links abgebogen!»

«Sie?»

«Frerk ist hinter ihm her. Und Dolores.»

«Verdammt!», fluchte Petersen. «Wir sind in vier Minuten da.»

Er beendete das Gespräch, und ich sah mit Entsetzen, dass Dolores schwanzwedelnd zu mir zurückgelaufen kam. «Dolores!», rief ich. «Du solltest bei Frerk bleiben!»

Ohne weiter darüber nachzudenken, lief ich zum Rad, setzte mich drauf und schimpfte: «Du bist wirklich keine Hilfe, weißt du das, Dolores?»

Sie sah mich mit ihrem unschuldigen Hundeblick an, als wollte sie sagen: *Aber ich bin doch hier bei dir!*

Ich trat kräftig in die Pedale, und Dolores lief mühelos neben mir. Sie schien Spaß an der Sache zu haben. «Ein böser Mann!», sagte ich mit tiefer Stimme, in der Hoffnung, dass ihr so der Ernst der Lage klar würde. «Pass fein auf!»

An der Weggabelung angekommen, war ich so schnell, dass ich fast die Kurve nicht bekam. Die Sorge um meinen Freund trieb mich an. Weit vor mir konnte ich Frerks weißes Hemd leuchten sehen, er verfolgte noch immer den Verdächtigen.

Ich gab noch etwas mehr Gas und spürte meine Beine brennen, da bellte Dolores plötzlich und stürmte auf einen Busch zu. Dahinter sah ich etwas in Blau-Rot-Gelb aufblitzen. Es war Christian Jansen, der dort hockte! Er hatte Frerk wohl ausgetrickst. Ich bremste, ließ das Rad zur Seite fallen und rannte hinter Dolores her. Sie hatte Christian bereits erreicht und bellte aufgeregt.

«Christian Jansen!», rief ich, während ich näherkam. Meine Stimme zitterte vor Anstrengung, aber auch vor Entschlossenheit. «Bleiben Sie, wo Sie sind!» Und damit er gar nicht erst auf die Idee kam, doch noch wegzurennen, zog ich die Wasserpistole aus meiner Brusttasche und machte es so, wie ich es in etlichen Kriminalfilmen gesehen hatte und auf dem Holzbohlenweg geübt hatte. Ich stellte mich breitbeinig hin, richtete die Waffe auf den Verdächtigen und sagte: «Hände hoch, oder ich schieße.»

Zum Glück ertönte nur wenige Sekunden danach das Martinshorn, der Dienstwagen der Inselsheriffs, wie Frerk sie nannte, kam angerauscht. Kurz darauf sprang erst Petersen, dann Jensen aus dem Wagen.

«Gaby!», brüllte Petersen, «Waffe runter!» Er zog seine und richtete sie auf Gretas Mann. «Hände über den Kopf!»

Christian hob zögerlich die Hände, seine Augen sprangen hektisch zwischen Petersen und Jensen hin und her. «Ich, ich war das nicht. Ich wollte doch nur ...»

«Das klären wir später», schnauzte Petersen.

Jensen kam mit Handschellen und klickte sie mit einem erstaunlich routinierten Griff um Christians Handgelenke. Meine Gedanken rasten. Ich hatte aus dem Bauch heraus gehandelt und nicht weiter nachgedacht. Christian Jansen war vor uns weggerannt, das hatte mir gereicht, ihn zu verdächtigen. Aber warum gingen Petersen und Jensen nun so beherzt vor? Die Wasserpistole lag immer noch auf dem Boden. Petersen warf einen kurzen Blick darauf und verzog völlig perplex das Gesicht. «Gaby, ernsthaft?»

Ich hob schuldbewusst die Schultern.

Jensen schüttelte den Kopf, während er Christian in Richtung Polizeiwagen führte. «Frau Scholle, darüber reden wir noch!»

Langsam fiel die Anspannung von mir ab, nur meine Beine zitterten noch leicht. Aber ein Gefühl war noch intensiver. Ich war stolz darauf, dass wir Christian Jansen gestellt hatten, den Ehemann, der zur Tatzeit in Salzburg gewesen sein soll. Aber ich hatte ihn ja noch nicht von meiner Verdachtsliste gestrichen, immerhin war auch Auftragsmord noch eine Möglichkeit. Ob ich mit meiner Vermutung recht gehabt hatte?

Jetzt tauchte Frerk wieder auf, keuchend, mit hochrotem Kopf. Er schnappte nach Luft. «Ich ... bin doch ... kein verdammter ... Marathonläufer!»

Ich musste mir das Lachen verkneifen. «Aber du bist ein verdammt schneller Sprinter, Frerk. Du hättest ihn fast gehabt.»

«Ich war das nicht!», jammerte Christian Jansen. «Ich hätte doch nie meine Frau, ich wollte doch nur ...»

Jensen schob ihn ins Auto.

«Fragen Sie lieber mal Anke, Rungholts Frau», rief Christian Jansen.

Jensen knallte die Tür zu. «Am besten, ihr kommt gleich rüber auf die Wache, Frerk und Gaby», sagte er. «Krüger und Thomsen sind noch in Wittdün, aber schon auf dem Weg dorthin.»

Zum ersten Mal, seitdem wir uns kannten, hatte Jensen mich geduzt.

Im Wagen jammerte Christian Jansen. Ich warf einen Blick zu ihm hinüber.

«Woher wusstet ihr, dass wir nach dem Kerl gefahndet haben?», fragte Petersen.

«Gar nicht, das war Zufall», antwortete Frerk.

«Wieso habt ihr nach ihm gefahndet?», fragte ich.

Petersen sah mich überrascht an. «Er hatte ein Motiv und ein fingiertes Alibi. Zur Tatzeit will er angeblich in Salzburg gewesen sein, war er aber nicht.»

Das hatte ich doch gleich im Gespür gehabt, dass an dem Foto, das Judith mir gezeigt hatte, etwas faul war. «Ach was!», sagte ich und freute mich darüber, dass ich mal wieder recht gehabt hatte.

KAPITEL 17

Der Dienstwagen fuhr davon. Durch die Heckscheibe schimmerte die dunkelbraune Mähne Christian Jansens.

«Der gehörnte Ehemann also», sagte Frerk. «Wer hätte gedacht, dass es doch so banal ist.»

«Meinst du wirklich?», fragte ich. «Da bin ich mir nämlich gar nicht so sicher.»

«Wenn er es nicht war, hat er sich eben selten dämlich verhalten. Warum ist er dann abgehauen? Außerdem haben die Inselsheriffs ihn ja sicher nicht ohne Grund gesucht und dann direkt mit Handschellen in den Peterwagen gesetzt.»

«Da hast du allerdings recht, aber trotzdem ...» Ich zuckte mit den Schultern. «Frag mich nicht, warum, es ist nur so ein Gefühl, aber irgendwas passt da nicht. Hast du nicht gehört, wie er gerufen hat, wir sollten lieber mal Rungholts Frau fragen?»

Frerk nickte. «Das spricht dafür, dass der Pastor und Greta Jansen doch ein Liebespaar waren. Ich habe dir doch gesagt, dass es auf Amrum keine Geheimnisse gibt. Wenn Gerüchte sich so dermaßen hartnäckig halten wie dieses, dann stellt es sich am Ende eben doch als Wahrheit raus.»

Er steckte die Hände in die Taschen und sah über das Watt, als würde er dort Antworten suchen. «Und das mit Anke, das war wohl ein verzweifelter Versuch, von sich abzulenken.»

«Anke!», rief ich. «Er kannte den Vornamen von Rungholts Frau, die beiden hatten also wahrscheinlich Kontakt.»

«Das passt. Vielleicht hat sie es ihm gesteckt. Ist doch oft so, dass einer der Partner es herausfindet und dann den anderen informiert.»

Ich atmete tief ein. Der würzige, unverkennbare Geruch des Watts stieg mir in die Nase – eine Mischung aus salziger Meeresluft, feuchtem Schlick und dem leicht modrigen Duft von Tang und Muscheln. Was Frerk da gesagt hatte, klang plausibel. Aber trotzdem fügte es sich für mich nicht zu einem stimmigen Bild.

Petersen und Jensen waren nicht allein auf der Wache. Krüger und Thomsen waren auch schon da. Was sie wohl in Wittdün zu schaffen hatten, fragte ich mich. Ich brannte vor Neugierde und war gespannt darauf, was wir gleich über den Fall erfahren würden.

«Moin!», begrüßte ich die beiden freundlich.

Und auch Frerk schmetterte ihnen ein gut gelauntes «Moin» entgegen. Ich sah ihm an, dass er sich genauso gut fühlte wie ich. Wir hatten auf eigene Faust einen Verdächtigen dingfest gemacht. Ob er tatsächlich der Täter war, bezweifelte ich noch immer, aber das würde sich sicher gleich herausstellen. Ich wäre nicht traurig, wenn ich in dieser Sache mit meinem Gefühl ausnahmsweise danebenläge. Sollte Christian Jansen schuldig sein, konnten wir alle aufatmen, und die Insel würde wieder zur Ruhe kommen. Ein eindeutiger Täter, ein klarer Fall, das war es, was alle wollten. Die Gerüchte, das Misstrauen, die unausgesprochenen Fragen, die überall in der Luft lagen, könnten endlich verstummen.

«Moin», sagte Krüger. Sie klang alles andere als freundlich, und Thomsen gönnte uns nur ein knappes Nicken in unsere Richtung. Sie waren offensichtlich nicht so gut gelaunt wie wir.

Krüger verschränkte die Arme und fixierte mich mit einem durchdringenden Blick. «Frau Scholle, was Sie da gemacht haben, war hochgefährlich», legte sie los. «Können Sie mir bitte erklären, was Sie sich dabei gedacht haben? Eigenmächtiges Ermitteln, eine völlig unüberlegte Konfrontation mit einer Person, die des Mordes verdächtigt wird! Und falls es Ihnen nicht klar ist: Das Vortäuschen einer Schusswaffe erfüllt einen Straftatbestand. Das ging gar nicht!»

Ich öffnete den Mund, um etwas zu sagen, aber Krüger hob die Hand, als wollte sie jede Diskussion im Keim ersticken. «Es ist ein Wunder, dass das nicht völlig eskaliert ist.» Sie holte Luft. «Und glauben Sie ja nicht, dass Ihre kleine Aktion hier als heroisch durchgeht. Das war fahrlässig, übergriffig und ehrlich gesagt auch nicht gerade klug.»

Ich stand da und ließ die Standpauke über mich ergehen, meine Haltung leicht trotzig. Natürlich hatte sie einerseits recht, aber ohne Frerk, Dolores und mich hätten sie Christian nicht geschnappt, und das wusste ich.

Thomsen schüttelte langsam den Kopf. «Sie hätten verletzt werden können. Oder Schlimmeres.» Er klang im Gegensatz zu seiner Kollegin überraschend nett und wirkte besorgt. «Und was, wenn wirklich etwas passiert wäre?», fuhr er fort. «Sie bringen sich selbst ...», er blickte zu Frerk, «und andere in Gefahr.»

Bevor ich etwas sagen konnte, reagierte Frerk. Er lehnte sich lässig an die Wand, ein schiefes Grinsen im Gesicht. «Na, na, um mich müssen Sie sich keine Sorgen machen, ich pass sehr gut selbst auf mich auf. Und wir wissen doch alle: Ohne Gaby hätte euer Einsatz wahrscheinlich damit geendet, dass ihr euch gegenseitig beim Wattlaufen überholt. Gebt's zu, ein bisschen war's auch genial.» Er sah mich an. «Schade, dass ich nicht gesehen habe, wie du den Mann mit deiner Wasserpistole zur Strecke gebracht hast.»

Ich strich Dolores, die neben mir auf dem Boden Sitz gemacht hatte, über das Fell. «Das haben wir Dolores zu verdanken.» Sie sah zu mir auf. «Vielleicht sollten wir dich doch noch zur Polizeihündin ausbilden lassen, was? Das Zeug dazu hättest du, was meinst du, Schatz?»

Ein kurzes Schweigen breitete sich aus, bevor Krüger die Augen verdrehte. Finn Petersen machte sich am Glas mit den Keksen zu schaffen, wohl damit keiner sah, wie breit er grinste. Und Jensen hüstelte in seine Hand.

«Sie haben ja recht», sagte ich, um die Situation zu entspannen. «Als ich Christian vor dem Hüsken stehen sehen habe, habe ich einfach nur noch gehandelt. Es war keine großartige Überlegung im Spiel, sondern nur Instinkt.» Ich sah von Krüger zu Thomsen, bemüht, meinen Tonfall sachlich zu halten. «Ich weiß, dass das nicht richtig war. Aber wenn wir gewartet hätten, hätte er vielleicht die Gelegenheit gehabt, zu verschwinden.»

Thomsen seufzte, doch nun sah ich einen Anflug von Anerkennung in seinen Augen aufblitzen. «Wir wissen Ihren Einsatz zu schätzen, Frau Scholle. Aber bitte halten Sie sich in Zukunft zurück.» Er deutete auf den Tisch. «Und da wir das jetzt geklärt haben, möchte ich Sie auf eine Tasse Kaffee einladen, Frau Scholle, und wir sprechen noch einmal ganz in Ruhe über den Fall.» Er sah zu Frerk. «Und Sie auch, Herr Behrendsen.»

Wir setzten uns. Dolores bekam eine Schale Wasser und ein Stück Käse, das Petersen aus dem Kühlschrank zauberte. Frerk bekam Tee und ich meinen Kaffee.

«Etwas Gebäck dazu?», fragte Jensen und stellte das Glas mit den Keksen auf den Tisch.

«Oh, die sehen aber gut aus!», antwortete ich. «Da sage ich nicht Nein.»

«Dann lass mal sehen, ob deine Holde backen kann.» Frerk griff ins Glas. «Sehr gut!», nuschelte er, noch während er kaute.

Jensen lächelte glücklich. «Das Rezept ist tatsächlich von meiner Verlobten», erklärte er. «Aber gebacken habe ich sie. Ist mein kleines Hobby.»

«Respekt», sagte Frerk, der bereits nach einem zweiten Keks griff. «Wenn du mit dem Backofen so gut bist, dann sollten wir öfter vorbeikommen.»

«Bloß nicht!», sagte Krüger, aber die kleinen Lachfältchen um ihre Augen herum verrieten, dass sie es nicht ganz so ernst meinte, wie es klang.

«Dann hätte ich gern das Rezept, Hark, wenn deine Verlobte es mir auch verrät», sagte Frerk.

Ich warf Frerk einen heimlichen Blick zu. Manchmal war es so einfach, einem anderen Menschen etwas Gutes zu tun. Er hatte Herz, der ehemalige Käpt'n, und das gefiel mir.

Jensens Gesicht war ein einziges Lächeln. «Tanja gibt es dir bestimmt gern.» Er sah auf die Uhr. «Ihr Dienst beginnt heute um zwölf, in einer guten Stunde ist sie hier.»

«Prima», sagte Thomsen da energisch. «Nachdem wegen der Plätzchen nun alles geklärt ist, kommen wir doch wieder zu den wichtigen Dingen. Frau Scholle ...» Er sah mich mit einem ernsten Blick an. «Dann erzählen Sie doch mal!»

«Ein Dankeschön wäre meiner Meinung nach angebracht gewesen», sagte Frerk zu mir, als wir die Wache verlassen hatten und wieder auf unsere Räder stiegen. «Immerhin haben wir ihren Mörder eingefangen.»

In der Tat sah alles danach aus. Thomsen und Krüger waren erstaunlich gesprächsbereit, jetzt, wo sie Christian Jansen in Gewahrsam hatten. Ich wusste nun, dass Greta nicht vergiftet, sondern erstickt worden war. Dass ihr Mann zum Zeitpunkt ihres Todes nicht in Salzburg war und von Anke Rungholt bereits vor einer Woche über die Liebesbeziehung informiert worden war. Sie selbst war allerdings darüber hinaus unbeteiligt und nicht verdächtig, da sie sich zum Zeitpunkt des Mordes in der Reha befand.

«Wir haben ein Heißgetränk und Kekse bekommen», sagte ich. «Das war das Danke.» Ich öffnete die Transportkiste, und Dolores setzte sich hinein. «Und vielleicht hast du noch eine leckere getrocknete Scholle für unsere Polizeihündin, wenn wir zu Hause sind. Sie hat nämlich auch eine Belohnung verdient.»

Frerk brummte irgendwas vor sich hin.

Gerade als wir losfuhren, bog eine Frau auf einem alten Hollandrad auf unsere Straße ab. Sie trat kräftig in die Pedale, wobei das Fahrrad leicht hin und her schwankte.

Ich sah auf die Uhr, es war fünf vor zwölf.

Sie hielt neben uns an, und ein herrlicher Duft nach frisch gebackenem Apfelkuchen strömte uns entgegen. In ihrem Fahrradkorb vorne am Lenkrad stand eine Kuchenform, die mit einem gestreiften Geschirrtuch abgedeckt war.

«Moin, ihr beiden!», sagte sie fröhlich. «Ich bin Tanja. Und du musst Gaby sein. Hark hat mir schon so viel von dir erzählt.» Sie sah mich an. «Die Polizeisekretärin, die die Mordfälle für die Kommissare vom Festland löst.»

Die Frau mit dem kurzen, leuchtend roten Haar hatte eine lebhafte Ausstrahlung, die sie mir sofort sympathisch sein ließ.

«Die bin ich. Moin, Tanja, schön dich kennenzulernen.»

Sie beugte sich etwas zu uns herüber: «So wie ich gehört habe, habt ihr Greta Jansens Mörder geschnappt.»

Ich nickte. «Aber dein Verlobter war auch beteiligt, ebenso Finn Petersen. Und natürlich Frerk, der hat ihn verfolgt.»

«Ich weiß, das habe ich auch schon gehört. Und dazu eine Hundedame namens Dolores.» Sie lächelte anerkennend. «Auf Amrum macht es schon die Runde. Ich habe gerade mitbekommen, wie ein paar Leute sich darüber unterhalten haben.»

«Beim Bäcker?», fragte ich. «Oder bei der Post?»

«Im Supermarkt, beim Obst und Gemüse», antwortete Tanja und grinste. «Da war Ocke, und der wusste es von Hinnerk, der es von Enno erfahren hat, dessen Haus im Waaswai steht.»

«Dann hat Enno alles mitbekommen», sagte ich.

Doch Tanja schüttelte den Kopf. «Das war Dörthe, Ennos Frau. Die hat gesehen, wie du Christian Jansen mit deiner Pistole gestellt hast.» Sie beugte sich wieder etwas vor. «Nur mal so unter uns, stimmt das? Gehört das in Wiesbaden zur Ausbildung dazu, macht man da als Polizeisekretärin einen Waffenschein?»

Neben mir fing Frerk an zu lachen.

Tanja schien die Frage wirklich ernst zu meinen. «Das war nur eine Wasserpistole», sagte ich, weil ich nicht wollte, dass die Amrumer dachten, ich würde mit scharfer Munition über die Insel rennen. «Vielleicht könntest du das ja mal erwähnen, wenn du wieder Obst und Gemüse einkaufst.»

«Eine Wasserpistole, ernsthaft?» Sie sah mich mit großen Augen an.

Da ging die Tür zur Wache auf, und Jensen trat heraus. «Tanja, wo bleibst du denn? Wir brauchen dich hier drin», rief er.

«Ich komme!», rief sie zurück, Hark ging wieder hinein, und Tanja zuckte entschuldigend mit den Schultern. «Die Arbeit ruft. Du weißt ja, wie das ist, Gaby, ohne mich bleiben die Akten liegen, das kennst du ja sicher. Aber ich hoffe, wir sehen uns bald mal wieder. Vielleicht können wir ja mal zu viert etwas unternehmen, ihr beiden, Hark und ich? Nichts Großes, aber was haltet ihr von einem gemeinsamen Essen und einer Runde Karten spielen?»

Ein kaum wahrnehmbares Zucken seiner Augenlider verriet mir, dass Frerk die Vorstellung eines geselligen Abends mit Karten und Small Talk so willkommen war wie eine Wattwanderung bei Sturmflut. Und auch mir ging es ähnlich, auch wenn ich die beiden prinzipiell sehr nett fand. Sie waren sympathisch, auf ihre Art, keine Frage. Aber ich hatte keine Lust, in meiner Freizeit mit den beiden über meinen Beruf zu sprechen, und schon gar nicht über die Tätigkeiten als Sekretärin, und dazu würde es unweigerlich kommen. «Vielleicht bei meinem nächsten Aufenthalt auf Amrum», sagte ich. «Ich reise Ende nächster Woche schon wieder ab und möchte nach der ganzen Aufregung die Ruhe der Insel noch etwas genießen, ich hoffe, du kannst das verstehen.»

«Ach, du reist wieder ab?», fragte Tanja. «Ich habe gehört, du bleibst hier. Dann stimmt das also nicht. Wie schade.»

«Erzählt man das auch beim Obst und Gemüse?», fragte ich.

«Nein, das weiß ich von Hark», antwortete Tanja. Sie nahm den Kuchen aus dem Korb. «Und irgendwo habe ich es noch gehört, aber ich komme im Moment nicht darauf, wo.» Ein Erkennen machte sich auf ihrem Gesicht breit. «Ach, doch, ich weiß es, das war in Wittdün, bei meiner Friseurin.» Sie sah zu Frerk. «Bei deiner Tochter, Ine.»

KAPITEL 18

Wir hatten gerade die Räder zum Unterstand neben Frerks Haus geschoben, da klingelte mein Telefon.

Ich warf einen kurzen Blick drauf. «Es ist deine Tochter, bestimmt hat sie auch gehört, was passiert ist», sagte ich zu Frerk und nahm das Gespräch an.

«Moin, Ine.»

«Moin, Gaby. Wo erwische ich dich denn?»

«Dein Vater und ich sind gerade zurück», sagte ich.

«Das heißt, er ist jetzt in deiner Nähe?», fragte sie leise.

«Ja», sagte ich.

«Okay, rufst du mich dann gleich noch mal an, wenn du allein bist?»

«Kann ich machen, aber ...»

Sie unterbrach mich und sagte: «Ich melde mich gleich noch mal.»

Was war das denn? Ich sah einen Moment verdutzt aufs Handy.

«Was ist los?», fragte Frerk.

«Ine ruft gleich noch mal an», antwortete ich ausweichend. Aber hatte sie nicht kurz zuvor gesagt, ich sollte mich bei ihr melden, wenn ich allein bin? Mein Verstand lief auf Sparflamme. Ich merkte jetzt, wie sehr mich die letzten Stunden gefordert hatten. Ich brauchte eine Verschnaufpause – am Meer.

«Ich geh noch eine Runde mit Dolores», sagte ich.

Auf dem Holzbohlenweg durch die Dünen setzte ich mich auf eine Bank und rief Ine an. Hier war es schön ruhig und durch die Dünen etwas geschützter. Am Strand konnte der Wind, der heute ziemlich stark war, beim Telefonieren ganz schön stören.

Sie nahm sofort ab. «Danke, dass du zurückrufst, ich möchte etwas mit dir besprechen, aber ich wollte nicht, dass Papa davon erfährt», sagte sie.

«Worum geht es denn?», fragte ich skeptisch.

«Um Karen, seine Schwester», antwortete Ine. «Ich habe gestern mit ihr gesprochen und dachte, ich erzähle es zuerst dir, weil du dich mit Papa so gut verstehst und vielleicht Einfluss auf ihn nehmen kannst.»

Damit hatte ich nicht gerechnet. «Was? Wie kommst du denn darauf?»

«Er mag dich», sagte Ine.

Tanja schoss mir durch den Kopf. Was hatte sie noch mal genau gesagt, als es darum ging, ob ich auf der Insel bleiben würde? Dass sie es von Ine wusste?

«Hör zu, Ine», sagte ich. «Ich mag deinen Vater auch. Aber wir kennen uns doch kaum. Und ist es nicht besser, wenn du direkt mit ihm darüber sprichst?»

«Aber du weißt doch von Karen und dass die beiden keinen Kontakt mehr haben?»

«Ja», sagte ich widerwillig. Aber ich war auch neugierig, denn schließlich stand Frerks Schwester, wenn auch nur in Gedanken, auf meiner Liste der Verdächtigen.

«Hör wenigstens kurz zu», sagte Ine.

«Na gut, schieß los.»

«Also, es ist so. Papa und Karen haben seit einiger Zeit Funkstille, aber Karen und ich schreiben uns E-Mails. Ab und zu telefonieren wir auch. Sie ist jetzt nach Niebüll gezogen und fängt dort nach den Sommerferien als Quereinsteigerin an einer Gesamtschule als Lehrerin an.»

«Und dein Vater weiß nicht, dass du mit deiner Tante in Verbindung stehst, nehme ich an?»

«Stimmt», sagte Ine. «Und jetzt ist es so, dass Karen mich gestern Abend angerufen hat, weil sie wissen wollte, was bei uns auf der Insel los ist. Sie sagte, dass plötzlich zwei Polizisten vor ihrer Tür standen und sie fragten, ob sie Greta Jansen kenne und wo sie am Samstagabend und Sonntagmorgen gewesen sei. Sie war sehr entsetzt, weil sie verdächtigt wurde, etwas mit dem Mord zu tun zu haben.»

Schnell sortierte ich meine Gedanken. «Hat sie dir gesagt, wo sie war?», fragte ich.

Ine schnalzte mit der Zunge. «Fängst du jetzt auch noch an? Nur weil Karen damals ein Verhältnis mit dem Pastor hatte, heißt das noch lange nicht, dass sie ihre Nachfolgerin um die Ecke bringt.»

Mir rauchte der Kopf. «Sie hatte wirklich was mit ihm? Ganz sicher?»

«Ja. Deshalb hat sie die Insel doch verlassen, weil er sich gegen sie entschieden hat.» Unwillkürlich schüttelte ich den Kopf. Dieser Pastor ging mir mittlerweile gewaltig auf die Nerven, egal was an den Gerüchten dran war oder nicht. Ich musste ihn nun bald aufsuchen. Es interessierte mich, was an dem Mann dran war, dass die Frauen so bei ihm Schlange standen. Und außerdem stand er immer noch auf meiner Liste der Verdächtigen, falls sich herausstellen sollte, dass Christian Jansen seine Frau nicht umgebracht hatte. «Und was willst du jetzt von mir, Ine?», fragte ich. «Wie kann ich dir helfen? Ich nehme an, deine Tante hat ein Alibi?»

«Hat sie, sie war das ganze Wochenende bei ihrem Lebensgefährten. Über ihn hat sie den Job in der Schule bekommen.» Sie machte eine kleine Pause. «Er ist Religionslehrer, evangelisch.»

«Oh Gott», entfuhr es mir, und ich blickte in den Himmel. Die Ironie dieser Wendung war nicht zu überbieten. «Also, um das klarzustellen: Deine Tante, die wegen einer Affäre mit dem Pastor von der Insel verschwunden ist, hat jetzt einen evangelischen Religionslehrer als Lebensgefährten. Und der ist ihr Alibi für das Wochenende, an dem Greta Jansen ermordet wurde?»

«Ja, genau», sagte Ine, und ich hörte das leichte Lächeln in ihrer Stimme, obwohl die Situation alles andere als lustig war. «Und trotzdem scheint die Polizei sie im Visier zu haben.»

«Hast du ihr nicht gesagt, dass wir heute Christian Jansen, Gretas Mann, verhaftet haben? Die Polizei hält ihn für den Täter. Damit wäre deine Tante aus dem Schneider.»

«Ach, komm, davon habe ich noch gar nichts gehört», sagte Ine aufgeregt. «Wann denn?»

«Funktioniert die Buschtrommel von Nebel nach Wittdün so schlecht?», fragte ich. «Auf der Insel macht es schon die Runde.»

«Ich habe heute nur bis zwölf gearbeitet, dann bin ich

mit Fiete nach Föhr zum Zahnarzt gefahren. Da bin ich noch. Fiete sitzt gerade auf dem Behandlungsstuhl. Jetzt sag mal, was meinst du damit, ihr habt ihn geschnappt? Sag nicht, du meinst Papa und dich.»

«Doch, genau uns meine ich.» Ich fasste unsere Verfolgungsjagd für sie zusammen. Da hörte ich das dumpfe Grollen eines Hubschraubers, das von irgendwo aus der Ferne über die Dünen getragen wurde. «Warte mal kurz.» Ich hielt inne und lauschte, die Augen halb zusammengekniffen, während ich versuchte, die Richtung auszumachen. Der Wind trug das Geräusch zu mir, ließ es aber auch flüchtig erscheinen, als käme es aus mehreren Richtungen gleichzeitig. Dann dämmerte es mir. «Natürlich», murmelte ich zu mir selbst. Das mussten Krüger und Thomsen sein. Wenn sie Christian Jansen nach Flensburg in die Untersuchungshaft bringen wollten, war der Hubschrauber die schnellste und sicherste Möglichkeit. Ich dachte kurz an Frerk. Wir waren ein verdammt gutes Team. Aber von Ine wusste ich immer noch nicht, was sie eigentlich von mir wollte.

«Und wie kann ich denn jetzt helfen, was die Sache zwischen Karen und Frerk angeht?»

«Du könntest versuchen, ein bisschen zu vermitteln. Ich finde es so schade, dass die beiden nicht mehr miteinander reden. Karen ist auf jeden Fall gesprächsbereit. Aber sie sagt, der erste Schritt sollte von Frerk kommen, weil er ihr damals nicht geglaubt und sie im Stich gelassen hat.»

Frerk hatte mir im Vertrauen gesagt, er bereue es, sich so mit seiner Schwester entzweit zu haben, und es schien mir nicht richtig, da hinter seinem Rücken zu handeln. «Ich würde mich freuen, wenn die beiden wieder zusammen-finden», antwortete ich spontan. «Aber wenn Karen es von Forderungen abhängig macht und gleich mit Vorwürfen um die Ecke kommt, bleibt abzuwarten, wie Frerk darauf reagiert. Ganz ehrlich, Ine, da halte ich mich raus. Wenn deine Tante da etwas klären will, denke ich, sollte sie nach Amrum kommen. Ist ja nicht so weit von Niebüll hierher.»

«Da hast du recht. Besser, wir lassen die beiden das unter sich ausmachen», sagte Ine. Dann seufzte sie tief. «Weißt du, Gaby, die beiden sind wie zwei Leuchttürme auf unterschiedlichen Inseln – sie senden Signale aus, aber keiner sieht das Licht des anderen.»

«Schöner Vergleich», sagte ich. «Dann hoffen wir mal, dass sie bald wieder den richtigen Kurs finden.»

Ich blieb sitzen und sah über die wunderschöne Dünen-landschaft, die sanften Hügel, die sich wie ein schützen-der Wall um die Insel legten. Dabei fiel mein Blick auf das Quermarkenfeuer, den kleinen weißen Leuchtturm mit dem roten Kuppeldach, der als Leitfeuer für das Vortrapp-tief diente, wie Frerk erklärt hatte. Gretas Recherchen über die Sandaufspülungen fielen mir wieder ein. Ich war davon ausgegangen, dass wir im Archiv das Motiv für den Mord finden würden, wenn wir nur tief genug graben würden. Für mich hätte das am meisten Sinn gemacht: ein Streit um Land, um Besitz oder um Macht – etwas Greifbares, das Menschen zu so grausamen Taten treiben konnte.

Ich schüttelte den Kopf, weil ich schon wieder an den Mordfall dachte, obwohl er doch eigentlich abgeschlossen schien. Aber ich drehte mich immer weiter im Kreis, und wieder landete ich bei denselben Fragen, bei denselben

Puzzleteilen, die sich einfach noch nicht hinzufügen lassen wollten. «Denn wer Arges tut, der hasst das Licht und kommt nicht zum Licht, damit seine Werke nicht bestraft werden», sagte ich leise. Wie ich es auch drehte und wendete, das Bibelzitat störte mich. Es konnte nicht von Christian Jansen sein. Es passte einfach nicht zu dem Mann, den ich eher als impulsiv und unüberlegt kennengelernt hatte.

Hatte Greta es also selbst geschrieben? Hatte sie geahnt, dass sie in Gefahr war, und eine verschlüsselte Botschaft für die Nachwelt verfasst? Nein, das war Blödsinn. Wenn ich an ihrer Stelle gewesen wäre, hätte ich schlicht und einfach den Täter aufgeschrieben. *Mein Mann war's, der Pastor war's, seine Frau ...*

Außerdem wussten wir immer noch nicht, warum Greta Jansen eine Sylter Tracht trug. Und warum der Täter ihr einen Blumenstrauß mit auf den letzten Weg gegeben hatte. Auch das entsprach nicht dem Christian Jansen, den ich erlebt hatte. Wenn er sie getötet hätte, dann meiner Einschätzung nach wohl eher im Affekt und nicht so überlegt und kalkuliert. Dazu gehörte eine gewisse Kaltblütigkeit, die ich ihm einfach nicht zutraute. Es war so inszeniert, so durchdacht. Wer auch immer Greta auf diese Weise hergerichtet hatte, wollte etwas ausdrücken, wollte, dass es gesehen und interpretiert wurde. War es ein Zeichen? Eine Botschaft, die wir bisher übersehen hatten? Oder vielleicht ein persönliches Ritual, das für den Täter von Bedeutung war?

War ich zu nah dran? Vielleicht war das genau das Problem. Manchmal brauchte es Abstand, um klarer sehen zu können.

Am Sonntag hatte ich die ermordete Greta Jansen gefunden und heute ihren Mann geschnappt. Ich sah sein überraschtes Gesicht noch vor mir. Oder war es Verzweiflung gewesen? Und wenn ja, warum? Weil wir ihn erwischt hatten? Oder weil er es nicht gewesen war?

Ich lehnte mich zurück, spürte den Wind auf meinem Gesicht und ließ meinen Blick über die Dünen schweifen.

«Zeit für eine Pause», murmelte ich zu mir selbst. «Ein bisschen Abstand wird mir guttun.»

Ich beschloss, mir etwas Zeit für mich zu nehmen, für irgendwas, das nichts mit diesem Fall zu tun hatte.

«Butt?», rief Frerk von unten.

Ich warf einen letzten Blick auf das Notizbuch und erinnerte mich daran, was ich mit Frerk vereinbart hatte, als ich vom Spaziergang zurückkam. Wir wollten den Abend gemütlich ausklingen lassen, ohne Krimi, weder in Buchform noch im wirklichen Leben.

«Bin gleich da!», rief ich zurück.

Dolores stand auf und stellte sich erwartungsvoll vor die Tür. Als wüsste sie genau, dass wir gleich runter zu Frerk gehen würden. Ich war nicht die Einzige, die Amrum vermissen würde.

Kurz darauf saß ich am gedeckten Tisch. Frerk hatte sich mal wieder selbst übertroffen. Das Ergebnis hätte in jedem Reiseführer als Beispiel für Amrumer Gastfreundschaft durchgehen können.

Es gab in Viertel geschnittene Krabbenbrötchen, mit einem Hauch Dill und einer Zitronenscheibe garniert. Daneben standen kleine Schälchen mit Matjestatar, verfeinert mit Äpfeln und roten Zwiebeln, dazu kleine Scheiben Roggenbrot, die wie sorgfältig zugeschnittene Quadrate daneben lagen. Ein weiteres Highlight waren die kleinen Windbeutel mit Sahne und Pflaumenmus, die wie kleine Kunstwerke auf ihren Tellern ruhten.

In der Mitte des Tisches thronte eine große Schale mit Salat, ein Mix aus frischen Gurken, Kräutern und einer leichten Senf-Dill-Soße, wie Frerk erklärte.

Doch was meine Aufmerksamkeit besonders auf sich zog, war der Stapel Spielkarten, der daneben lag, so sorgfältig ausgerichtet, als wäre er das Zentrum des Abends.

«Frerk, das sieht alles ganz fantastisch aus», sagte ich und deutete auf die Häppchen. «Aber was hat es mit den Karten auf sich?»

Er grinste breit, die Lachfältchen um seine Augen wurden noch tiefer. «Butt, wir haben einen Deal, oder? Kein Krimi heute Abend. Dafür spielst du mit mir Karten.»

Ich zog die Augenbrauen hoch und sah Frerk mit gespieltem Entsetzen an. «Karten spielen? Habe ich dir nicht erzählt, dass ich die schlechteste Spielerin der Welt bin? Egal ob Karten, Gesellschaftsspiele oder sonst was, ich spiele nur, wenn ich es mit den Kindern muss. Und selbst dann gebe ich nach zehn Minuten freiwillig auf.»

Frerk grinste ungerührt weiter und nahm die Pfeife aus dem Mund. «Keine Ausreden, Butt. Heute wird gespielt.»

Ich seufzte dramatisch. «Du hast wirklich eine ganz besondere Art, mich zu Dingen zu überreden, die ich sonst nie tun würde. Aber gut. Nur für dich.»

Frerk nickte zufrieden. «Gegessen wird zwischendurch, ganz unkompliziert.» Er begann, die Karten zu mischen.

«Und wer weiß, vielleicht macht's dir ja am Ende doch Spaß.»

Ich griff nach einem Krabbenbrötchen. «Das bezweifle ich, aber ich gebe mein Bestes.»

Frerk verteilte die Karten, während ich genüsslich kaute. Er hatte wirklich ein Händchen für gutes Essen.

«Drei verdeckte Karten für dich und zweimal drei für mich», sagte er. «Wir spielen Schwimmen.»

«Das kenne ich, ist aber schon Ewigkeiten her. Erklärst du mir bitte noch mal die Regeln?»

Mit kritischem Blick schaute Frerk sich die beiden Kartenstapel an. Er entschied sich für einen davon, nippte an seinem Tee und fasste dann die Regeln zusammen. «Ziel des Spiels ist, mit dem addierten Wert der drei Karten auf der Hand möglichst nah an einunddreißig zu kommen. Dazu tauschst du abwechselnd entweder eine oder alle Karten gegen jene aus der Mitte ein und tust nichts, wenn du dran bist, oder beendest die Runde durch ein Klopfen auf den Tisch, wenn du denkst, dass du nah genug an einunddreißig bist», erklärte er. «Jeder hat drei Leben. Wir nennen sie Fische. Der Verlierer einer Runde gibt einen Fisch ab. Sind alle weg, kann man nur noch eine letzte Runde schwimmen. Klar so weit?»

«Ich bin eine schlechte Schwimmerin», unkte ich.

Nach nur vier Runden hingen alle meine Fische an der Angel, und ich war untergegangen. Frerks Augen glänzten, und um sie herum zeichneten sich kleine Fältchen ab. Er hatte Spaß am Gewinnen!

«Das versuchen wir gleich noch mal, Butt», sagte er. «Du teilst aus.»

Es machte mir Spaß, weil Frerk so viel Freude hatte. «In Ordnung, aber diesmal krieg ich dich!»

Wieder war das Spiel nach nur vier Runden vorbei. In der letzten hielt ich mich schwimmend über Wasser und hatte sogar drei Achten auf der Hand, was dreißigeinhalb Punkte zählte. Wenn ich wieder dran wäre, würde ich die Runde beenden, doch dann rief Frerk «Feuer!» und knallte seine Karten auf den Tisch. Das bestmögliche Blatt. Einunddreißig.

Ich schnaufte. Dolores schlich durchs Wohnzimmer und sprang auf die Couch, um sich hinzulegen. Anscheinend hatte sie mich schon aufgegeben.

«Dolly!», rief ich. «Komm sofort da runter!»

«Ach, lass sie ruhig», sagte der Käpt'n.

Ich traute meinen Ohren nicht. Frerk hatte nichts dagegen, dass Dolores es sich auf seinem Heiligtum bequem machte?

Er mischte erneut die Karten. Dabei ging mir plötzlich meine Kladde durch den Kopf und die offenen Fragen, die ich dazu noch hatte.

«Heute nicht mehr!», sagte Frerk streng.

Er hatte mich erwischt. «Das hast du mir angesehen?»

«Deine Augenbrauen ziehen sich leicht zusammen, deine Lippen bewegen sich schnell und unmerklich, als würdest du dir stumme Notizen machen. Außerdem tippst du mit den Fingern auf den Tisch, als wäre es dein Schreibtisch.»

Ich schaute auf meine rechte Hand, mit der ich tatsächlich rhythmisch auf den Tisch tippelte. «Vielleicht sollte ich an meinem Pokerface arbeiten.»

«Das wäre auch fürs Kartenspielen nicht verkehrt», sagte Frerk.

Da sprang Dolores plötzlich von der Couch, lief in den Flur und bellte kurz.

«Da kommt jemand», sagte ich. Und da ging auch schon die Tür auf, Dolores bellte wieder, und die Tür wurde wieder zugezogen.

Frerk stand auf. «Du bleibst hier, Butt!»

Ein mulmiges Gefühl machte sich in mir breit, das sich aber schon im nächsten Moment verflüchtigte.

«Frerk», rief da jemand. «Seit wann hast du denn einen Hund? Ich bin's, Karen.»

KAPITEL 19

Ich hatte nicht damit gerechnet, dass Frerks Schwester noch so jung war. Aber als sie nun im Wohnzimmer stand, fiel es mir schwer, ihre genaue Altersangabe mit dem Bild in meinem Kopf in Einklang zu bringen. Frerk hatte ihr Alter nie erwähnt, nur, dass sie seine kleine Schwester war. So, wie sie nun dastand, schätzte ich sie auf Ende vierzig, Anfang fünfzig. Sie war eine natürliche Schönheit, mit den gleichen hellen, durchdringenden blauen Augen wie Frerk. Ihr blondes Haar hatte sie lässig zu einem Pferdeschwanz gebunden, was ihr eine jugendliche Ausstrahlung verlieh. Sie trug ein schlichtes graublaues Kleid, das ihre schlanke Figur betonte, und an ihren Füßen einfache Sandalen. Eigentlich wirkte ihr Erscheinungsbild fast unauffällig, wäre da nicht das Detail, das beim zweiten Blick ins Auge fiel: ihre rot lackierten Fußnägel, die ein kleiner, auffälliger Kontrast zu ihrem ansonsten dezenten Stil waren.

Karen wirkte zunächst ruhig und entspannt. Ihr Rücken war gerade, die Schultern locker nach hinten gezogen, aber nicht steif. Ihre Hände ruhten locker an ihren Seiten, doch ihre Finger bewegten sich minimal, als ob sie mit dem Saum ihres Kleides spielte. Das war wohl ein feines Ventil für eine innere Spannung, die sie angesichts dessen, ihren

Bruder nach der langen Zeit und der Auseinandersetzung nun zu sehen, empfinden mochte.

Sie musterte mich mit einem höflichen Lächeln, das eine Spur von Zurückhaltung verriet.

«Sie müssen Gabriele Scholle sein», sagte sie schließlich mit einer hellen, klaren Stimme. «Ine hat schon von Ihnen erzählt.»

«Das bin ich», antwortete ich und erwiderte ihr Lächeln. «Und Sie sind Karen.»

Ich sah hinüber zu Frerk, der wie versteinert auf seinem Stuhl saß und seine Schwester anstarrte, als wäre sie ein Geist. Seine Arme ruhten auf den Lehnen des Stuhls, doch seine Finger krallten sich so fest in das Holz, dass die Knöchel weiß hervortraten. Sein Gesichtsausdruck war unbewegt, während in seinen Augen eine Mischung aus Überraschung und Schmerz lag.

Karen bemerkte seine Reaktion, und ihr Lächeln wurde etwas unsicherer. Sie hielten einen Moment inne, als wolle sie die richtigen Worte finden, bis sie schließlich sagte: «Es ist lange her, Frerk.»

Er atmete tief ein, sein Brustkorb hob und senkte sich schwer, bevor er sich mühsam zu einer Antwort durchrang. «Ja, das ist es», sagte er, seine Stimme rau. «Ich hätte nicht gedacht, dich jemals wieder hier zu sehen.»

«Ich weiß», erwiderte Karen. In ihren Augen blitzte etwas auf, ein Hauch von Traurigkeit oder vielleicht Reue. «Aber es wird Zeit, findest du nicht?»

«Ja, Karen.» Endlich kam Leben in Frerk. Er stand auf, ging zu seiner Schwester und breitete die Arme aus. «Komm her, lass dich drücken.»

Als ich Karens leisen Schluchzer hörte, wurden auch meine Augen feucht. Ich wandte den Blick diskret ab, um den beiden ihren Moment zu lassen, und streichelte Dolores, die brav neben mir saß und die Szene beobachtete. Ich spürte, wie sich ein leichter Kloß in meinem Hals bildete, doch ich schluckte ihn hinunter. Es war nicht mein Moment, sondern der eines Bruders und einer Schwester, die sich nun wiederfanden.

Nach einer Weile lösten sie sich voneinander, und Frerk war der Erste, der sich wieder sammelte. Er räusperte sich, trat einen Schritt zurück und legte seine Hand auf Karens. «Komm, setz dich», sagte er. «Hast du Hunger?»

«Ja!», sagte Karen.

Ich stand auf, weil ich ihnen den Raum geben wollte, den sie offensichtlich brauchten, um miteinander zu reden. «Ich gehe mit Dolores eine Runde raus», sagte ich.

Doch Frerk schüttelte den Kopf. «Du bleibst», bestimmte er. «Erst einmal essen wir gemeinsam, und dann haben Karen und ich immer noch Zeit für uns.»

Bevor ich etwas darauf erwidern konnte, mischte sich Karen ein und grinste schelmisch. «Du hast keine Wahl, Gaby. Frerk hat das schon entschieden, und mit ihm zu diskutieren ist, wie mit der Nordsee darüber zu reden, nicht mehr zu fluten.»

Ich konnte ein leichtes Lächeln nicht unterdrücken. «Und für dich ist es auch okay?»

Sie nickte. «Das ist eine schöne Idee, gemeinsam zu essen. Und wir haben danach ja noch genügend Zeit. Mein Zimmer im Keller gibt es doch noch, Bruderherz? Oder stapeln sich dort jetzt Fischernetze und Rettungsringe?»

Sie setzte sich, und ich sah die Freude in ihren Augen. Wie schön! Ich war froh, dass ihre erste Begegnung nach so einer langen Zeit mit einer Leichtigkeit begann, die ich so nicht erwartet hatte.

Frerk schnaubte leise und hob eine Augenbraue. «Fischernetze und Rettungsringe? So was würde ich nie im Keller lagern. Die sind alle im Schuppen.»

Karen lachte, ein offenes, warmes Lachen, das den Raum erfüllte. «Aber im Ernst, gibt es das Zimmer noch?»

«Es steht noch genau so, wie du es verlassen hast», erwiderte Frerk.

Karen hielt inne, und ihr Lächeln wurde weicher, nachdenklicher. «Danke, Frerk.»

Die Stimmung wurde für einen Augenblick wieder emotional, doch die leichte, humorvolle Note blieb wie ein Anker, der das Gespräch in ruhigem Fahrwasser hielt. Es war ein gutes Zeichen, dass sie sich gegenseitig mit dieser Mischung aus Neckerei und Zuneigung begegneten. Vielleicht war das genau der richtige Weg, um alte Wunden langsam zu heilen.

Da sagte Karen zu mir: «Es war früher mein Kinderzimmer. Mit einem Kojenbett, ganz wie auf einem Schiff.» Sie schmunzelte. «Damit ich mich nicht so allein fühlte, wenn Frerk auf See war.»

Ich sah Frerk an, und Karen musste meine Überraschung bemerkt haben. «Was ist?», fragte sie.

«Nicht wie im Öömrang Hüs, dort ist es ein Alkovenbett, Butt», sagte Frerk, «keine Koje.» Er sah Karen an. «Wobei wir direkt bei einem ernsten Thema wären. Du hast ja sicher mitbekommen, was auf der Insel passiert ist ...»

Das hatte sie, das wusste ich ja bereits von Ine. Nun war ich gespannt, was Karen dazu zu sagen hatte.

«Auch wenn es jetzt egoistisch klingt. Im Nachhinein bin ich froh, dass Justus immer vehement bestritten hat, dass wir eine Liebesbeziehung hatten, wenn auch ein kurze.» Sie schüttelte sich. «Sonst wäre ich vielleicht in einem der Alkovenbetten gelandet.» Sie warf Frerk einen langen Blick zu. «Du hast mir das ja nie geglaubt, aber so war es nun mal.»

Er runzelte die Stirn. «Gut, dass ich dir das nicht abgenommen habe, sonst hätte ich den Pfaffen wahrscheinlich einen Kopf kürzer gemacht. Verbal, versteht sich.» Er sah zu Karen. «Nicht, dass du mir rückfällig wirst, wenn du ihn wiedersiehst.»

«Niemals», sagte Karen voller Überzeugung. «Versprochen.»

Die beiden hörten sich an wie achtzehn und sechzehn, nicht aber wie siebenundsechzig und ... «Wie alt bist du eigentlich, Karen?», fragte ich.

«Vierundfünfzig.» Sie seufzte. «Die kleine Nachzüglerin, und mein Bruder hat immer auf mich aufgepasst, weswegen er mich jetzt immer noch behandelt, als wäre ich vierzehn.»

«Pff», machte Frerk. «Aufgepasst, von wegen. Das war bei dir unmöglich. Als hätte ich einen Fisch mit bloßen Händen wieder einfangen müssen.»

Karen funkelte ihn herausfordernd an. «Dabei warst du eher wie ein Matrose, der versuchte, einen Haifisch mit einem Kescher zu fangen.»

Frerk zog eine Augenbraue hoch, konnte sich aber ein

Lächeln nicht verkneifen. «Auf den Mund gefallen warst du noch nie.»

«Von wem ich das wohl habe?» Karen lachte, und ich konnte nicht anders, als mitzulachen.

Die beiden hatten eine einzigartige Art, sich zu necken. Ich versuchte mitzuhalten, indem ich gut gelaunt verkündete: «Und bei so viel Seemannsgarn, wie hier gerade gesponnen wird, komme ich wohl besser nicht dazwischen. Wir ziehen uns doch mal nach oben zurück, Dolores und ich. Gegessen habe ich schon viel zu viel, bevor du gekommen bist, Karen. Das holen wir aber später noch mal nach.»

Karen drehte sich zu mir. «Danke, Gaby. Aber nicht, dass du denkst, wir vertreiben dich.»

«Keine Sorge», erwiderte ich. «Ich glaube, ihr habt euch genug zu sagen, ganz ohne Publikum. Außerdem hatten wir einen anstrengenden Tag, und ein wenig Ruhe wird mir guttun.»

Frerk schnaubte leise, aber sein Blick war weich, als er mich ansah. «Ja, das war es, ein ereignisreicher Tag. Und ein guter, der mit einem sehr schönen Überraschungsbesuch endet.»

KAPITEL 20

Am nächsten Morgen machte ich etwas, was ich schon die ganze Zeit vorhatte. Ich packte meine Badesachen für einen Tag am Strand. Heute wollte ich einfach mal abschalten, fernab von all dem Ermittlungstrubel. In die Tasche wanderten ein großes Handtuch, ein Sonnensegel, der Krimi, ein paar selbst zubereitete Schnitten, eine Box mit frischer Wassermelone und natürlich meine Sonnencreme. Dolores schaute mir neugierig zu, den Kopf schiefgelegt.

«Ja, du kommst auch mit», sagte ich. «Komm, Schatz, wir machen uns einen schönen Tag am Hundestrand.»

Frerk und Karen saßen nebeneinander auf der Bank im Garten, als ich unten ankam. Ich fragte Karen, ob wir uns am Nachmittag oder später noch einmal sehen würden, aber sie hatte vor, mit der Mittagsfähre zurückzufahren. «Am Montag ist mein erster Schultag, und morgen ist noch eine Konferenz, sonst wäre ich gern geblieben. Aber wir sehen uns bestimmt noch mal wieder. An den Wochenenden habe ich Zeit, ich denke, ich werde jetzt häufiger kommen.» Sie warf einen Blick zur Seite auf Frerk, dessen Mundwinkel zuckten. Da freute sich wer!

«Das ist schön», sagte ich. «Aber ich reise ja nächsten Freitag ab, das wird also noch eine Weile dauern, bis wir uns wiedersehen. Ich freue mich drauf.» Ich gab ihr die Hand. «Es war nett, dich kennenzulernen.»

Sie hielt meine Hand fest und sah mir in die Augen. «Ich habe immer das Gefühl gehabt, dass ich nicht auf diese Insel gehöre. Sie war mir zu klein, zu eng, zu sehr mit alten Geschichten und Traditionen belastet. Andere wiederum kommen vom Festland und ...», sie hielt kurz inne, ihr Lächeln wurde einen Hauch breiter, «es scheint, als hätten sie hier ihren Platz gefunden. Als würde die Insel sie rufen und sagen: ‹Bleib hier, du gehörst zu uns.›» Karen ließ meine Hand los. «Wie ist es bei dir, hast du den Ruf der Insel schon gehört?»

«Den der Nordsee zumindest bestimmt», sagte ich und legte die flache Hand auf meine Strandtasche. «Fürs Erste gibt es heute einen Tag am Meer.»

Dolores und ich spazierten gemeinsam durch die Dünen, der Wind trug den Klang der Wellen und den Duft von Salz und Meer zu uns herüber. Die Hündin sprang aufgeregt vor mir her. Ich trug den Sonnenhut, meine Brille und dazu ein luftiges cremefarbenes Kleid mit dezentem Blumenmuster, das bei jeder Bewegung leicht um meine Beine schmeichelte. Es war ein ausgesprochen schöner Sonnentag, mit Temperaturen knapp über fünfundzwanzig Grad. Der makellos blaue Himmel war nur hier und da gesprenkelt mit kleinen weißen, watteweichen Wolken, die langsam dahinzogen, als würden sie sich von der milden Brise tragen lassen.

Am Hundestrand angekommen, suchten wir uns ein gemütliches Plätzchen etwas abseits der anderen Besucher.

Ich breitete mein großes Handtuch aus, spannte das Sonnensegel auf und legte unsere Sachen ab. Dolores konnte es kaum erwarten und zog schon in Richtung Wasser. «Geduld, du Wirbelwind!», rief ich und nahm ihr die Leine ab.

Sie stürmte sofort los, direkt in die sanften Wellen der Nordsee. Ich folgte ihr, das kühle Wasser umspielte meine Füße, und ich merkte, wie die Anspannung der letzten Tage von mir abfiel. Dolores sprang fröhlich durch die Brandung, versuchte, die schäumenden Wellen einzufangen, und ich ließ mich von ihrer Freude anstecken. Ich rannte ins Wasser, das an meinen Beinen emporspritzte und schließlich an meinen Bauch, bis ich schließlich den Boden unter den Füßen verlor und ein paar kräftige Züge machte. Das Wasser prickelte auf meiner Haut, und die Wellen hoben mich sanft auf und ab. Dolores paddelte laut schnaufend neben mir.

Nach einer Weile kehrten wir zu unserem Platz zurück. Nachdem ich mich abgetrocknet hatte, machte ich es mir auf dem Handtuch bequem, und Dolores ließ sich zufrieden neben mir nieder. Ich nahm mein Buch zur Hand, während sie ausgestreckt auf dem warmen Sand lag, die Augen halb geschlossen, aber immer noch wachsam gegenüber den vorbeifliegenden Möwen.

Zwischendurch aßen wir gemeinsam unsere Snacks. Ich biss in eine saftige Melonenscheibe, deren Süße perfekt zu diesem Sommertag passte, und gab Dolores ein paar ihrer Lieblingsleckerlis. Sie blickte mich mit dankbaren Augen an, und ich kraulte liebevoll hinter ihren Ohren.

Hier draußen, zwischen Himmel und Meer, fühlte ich

mich gut. Karen fiel mir wieder ein und dass sie mich gefragt hatte, ob ich den Ruf der Insel schon gehört hatte. Und ich musste zugeben, dass es schon unterschwellig immer irgendwo da war, dieses leise Flüstern. Schon bei meinem ersten Aufenthalt hatte ich mich mit der Insel erstaunlich vertraut gefühlt, als wäre sie ein Ort, den ich nicht einfach nur besuchte, sondern der mich tatsächlich willkommen hieß.

Während ich Dolores sanft über den Kopf strich und sie zufrieden die Augen schloss, wurde mir bewusst, wie sehr ich Amrum liebte. Vielleicht hatte Karen recht, vielleicht gab es tatsächlich einen «Ruf der Insel». Nicht laut und drängend, sondern leise, fast unmerklich, aber beständig.

Ich legte das Buch beiseite und ließ meinen Blick über das Meer schweifen. Die Sonne spiegelte sich auf der glitzernden Oberfläche, die Möwen segelten im Wind, und der Sand unter mir fühlte sich wie ein festes Fundament an – ein Boden, der mich trug und hielt.

«Was denkst du, Dolores?», fragte ich leise, während sie sich auf die Seite drehte und ein zufriedenes Grunzen von sich gab. «Bleiben wir irgendwann mal länger?»

Dolores wedelte leicht mit dem Schwanz, als ob sie mir zustimmen wollte, und ich lächelte. Vielleicht würde ich doch irgendwann in den verdienten Vorruhestand gehen. Dann hätte ich Zeit für längere Auszeiten auf Amrum.

«Oder für immer?», fragte ich. Einen Ehemann, der zu Hause auf mich wartete, hatte ich nicht mehr. Mein Sohn lebte mittlerweile in der Schweiz. Und meine Tochter hatte mir erst letztens eröffnet, dass sie mit ihrem Mann und den Kindern eventuell nach Freiburg ziehen würde, weil ihr Mann dort das alte Bauernhaus seiner Großmutter geerbt hatte. Ein Leben auf dem Land, für die Kinder ein gesundes Umfeld, selbst angepflanztes Gemüse, so hatte sie es beschrieben. Es klang wie ein schöner Traum, und ich hatte ihr von Herzen zugestimmt, dass auch ich das für eine gute Idee hielt. Doch es hatte mir auch vor Augen geführt, wie sehr sich unsere Leben veränderten. Vielleicht war es an der Zeit, dass auch ich über meinen eigenen Traum nachdachte, und darüber, wo ich meinen Platz finden wollte.

Gerade als ich eine Flasche Wasser aus der Tasche nahm, sah ich die zwei von der Führung im Öömrang Hüs am Wasser entlanggehen. Wie hießen sie noch? Dieter, ja, und seine Frau Christine. Er war Bauunternehmer und sie Lehrerin. Schnell hielt ich mein Buch vors Gesicht, um mich zu verstecken. Ich hatte absolut keine Lust, jetzt über den Fall zu sprechen. Der Strand war heute mein Rückzugsort, und ich wollte die Ruhe nicht durch endlose Spekulationen über Greta Jansen stören lassen.

Ich blieb regungslos sitzen, bis ich sicher war, dass sie mich nicht bemerkt hatten und vorbeigegangen waren. Als ich das Buch langsam wieder sinken ließ, fiel mein Blick über das glitzernde Wasser der Nordsee und dort, am Horizont, sah ich die Insel Sylt. Die Konturen hoben sich klar gegen den Himmel ab, wie ein stiller, ferner Beobachter.

Ein seltsames Gefühl stieg in mir auf, während ich auf die Nachbarinsel blickte. Und schon war sie wieder da, die Frage in meinem Kopf, warum Greta Jansen am Tag ihres Todes die Tracht der Nachbarinsel getragen hatte.

Um zwei Uhr fuhr ich nach Hause, duschte, ließ Dolores bei Frerk und ging danach ins Café Schult, um ein Stück Friesentorte zu essen und dazu ein Kännchen Tee zu trinken. Dabei lauschte ich heimlich den Gesprächen der anderen Gäste, die nah genug an mir dran saßen. Drei davon waren Insulaner, wie ich aus ihrem Gespräch schloss. Niemand von ihnen sprach über Greta Jansen und was mit ihr passiert war. Vielleicht irrte ich mich, und es war doch alles geklärt, wir hatten den Mörder gefasst und ich konnte die restliche Zeit auf Amrum als normale Urlauberin verbringen, die nur die Ruhe und Schönheit der Insel genießen wollte.

Nachdem ich mein Kännchen Tee geleert und den letzten Bissen Friesentorte genossen hatte, zahlte ich und machte mich auf den Weg. Die Sonne war noch warm, aber nicht mehr so stechend wie am Mittag, und ich beschloss, einen kleinen Bummel durch die Einkaufsstraße zu machen.

Urlauber schlenderten an den kleinen Boutiquen vorbei, Kinder schleckten Eis, und ich ließ mich von der entspannten Atmosphäre treiben. An einem kleinen Stand mit maritimen Souvenirs blieb ich stehen und betrachtete die Postkarten: Strandmotive, Leuchttürme, Möwen und sogar eine Karte mit dem Öömrang Hüs darauf. Ich wählte ein paar aus: für meinen Sohn, meine Tochter, für Susanne und auch für ein paar Freunde zu Hause.

Zurück in Frerks Haus setzte ich mich an den Küchentisch. Die Worte flossen leicht: Grüße von der Insel, Beschreibungen des himmlischen Kniepsands und ein Hinweis auf die leckere Friesentorte, die ich gerade genossen hatte. Ich schrieb von den Spaziergängen mit Dolores, der Ruhe, und ließ die dunklen Gedanken des Falles bewusst aus.

Als ich fertig war, packte ich die Karten ein und schnappte mir Dolores' Leine. «Komm, Schatz, wir müssen uns beeilen, die Post macht bald zu.»

Dolores sprang aufgeregt auf und folgte mir. Wir fuhren durch die Abendsonne in Richtung Nebel, und ich stellte das Rad in den Ständer vor der kleinen Postfiliale. Die Uhr zeigte 17:45 Uhr, also war ich gerade noch rechtzeitig.

Erst als ich die Filiale betrat, fiel mir ein, was Frerk über sie erzählt hatte. Dass es nicht nur eine einfache Post war, sondern dass der Betreiber der Post eine kleine Weinhandlung angeschlossen hatte. Ich traute meinen Augen kaum, und das nicht wegen der mit den unterschiedlichsten Weinen bestückten Regale. An einem länglichen Bistrotisch saßen Henry, Judith und ein weiter Mann, den ich aber nicht kannte. Vor ihnen stand jeweils ein Glas Rotwein.

«Moin», sagte der Unbekannte. Er hatte blondes, mit grauen Strähnen durchsetztes Haar und ein freundliches Lächeln. «Post oder Wein? Ich habe gerade einen sehr leckeren Shiraz aufgemacht.»

«In der Reihenfolge», antwortete ich spontan. «Briefmarken für Postkarten, bitte.»

In dem Moment stürmte Dolores los, die Judith entdeckt hatte.

Kurz darauf legte ich meine Postkarten auf den Tisch.

«Du bist also Frerks Mitbewohnerin», sagte Henry. «Wenn ich das mal gewusst hätte, als wir uns im Öömrang Hüs kennengelernt haben.» Er schenkte mir ein charmantes Lächeln, und mir fiel ein, was Frerk mir über den damals blonden Lockenkopf erzählt hatte.

«Moin, Henry, Mitbewohnerin würde ich es nicht nennen, aber ja, ich habe oben die Ferienwohnung gemietet.»

Judith drückte mich für meinen Geschmack etwas zu lang, dafür, dass wir uns kaum kannten, aber ich sah es ihr nach. Sie war dankbar, dass ich gemeinsam mit Frerk Gretas Mörder geschnappt hatte, wie sie sagte. «Auch wenn ich immer noch nicht glauben kann, dass Christian tatsächlich zu so etwas fähig ist», fügte sie hinzu. «Aber so kann man sich wohl täuschen.»

Oder aber sie konnte ihrem Bauchgefühl vertrauen, und es war alles doch ganz anders. Den Verdacht äußerte ich erst einmal nicht. Nachdem ich noch einmal haarklein berichten musste, wie wir Christian Jansen zur Strecke gebracht hatten, und Postmann André, der nette Blonde mit den grauen Strähnen, uns noch ein Weinchen eingeschenkt hatte – für mich nur ein halbes, da ich ja noch fahren musste, wenn auch nur mit dem Rad –, erfuhr ich ein paar interessante Details über die Arbeitssituation hier auf der Insel und den Wohnungsmangel, der damit einherging. André sagte: «Ich suche dringend eine Vollzeitkraft, die mich hier unterstützt. Aber wer will schon vierzehn Stunden am Tag im Sommer arbeiten und hat dann dafür im Winter lange Zeit frei? Wo doch der Sommer auf der Insel viel schöner ist. Dazu kommt, dass die Wohnung für meine Mitarbeiter nicht sehr groß ist, gerade mal fünfzig Quadratmeter. Auf Dauer will da in der Regel niemand wohnen, auch wenn die Aussicht sehr schön ist. Man schaut vom Bett aus bis zum Watt.»

«Klingt doch eigentlich sehr nett», sagte ich.

«Willst du bei mir anfangen? Ich stell dich sofort ein», erwiderte André.

Wir stießen miteinander an. Fast automatisch sagte ich: «Falls der Ruf der Insel noch etwas lauter wird, könnte ich mir das durchaus vorstellen. Post abwickeln und Wein verkaufen. Warum nicht?» Noch ehe ich zu Ende gesprochen hatte, stellte ich überraschend fest, dass mir der Gedanke irgendwie gefiel. «Spannender Denkanstoß. Warum nicht mal verrückt sein und neu anfangen?»

«So wie Henry», sagte Judith. «Er hat entschieden, jetzt seinen Hauptwohnsitz nach Amrum zu verlegen. Und da wäre sicher auch gleich ein Job für dich drin.» Sie sah Henry an. «Darf ich es verraten?»

Henry zuckte mit den Schultern. «Es macht doch sowieso schon die Runde über die Insel.» Er trank einen Schluck Wein. «Der Inhaber der Blauen Maus sucht einen Nachfolger. Ich überlege, ob ich die Bar kaufe.»

«Wow!», entfuhr es mir. «Das ist ja ein Ding.»

«Das finde ich auch», sagte Judith. «Dann könntest du da als Kellnerin arbeiten, Gaby, wenn dich die Briefmarken doch nicht rufen.»

Ich blickte Hilfe suchend zu André. «Der Postjob klingt interessanter. Sag mal, André, würdest du mich, also theoretisch gesprochen, auch einstellen, wenn ich etwas weniger arbeiten wollen würde, so vier Tage die Woche?»

«Sofort, dann würden wir die restlichen Tage mit Aushilfen besetzen.»

«Und ich bin ja auch noch da», sagte Judith. «Ich helfe dir gern ein paar Stunden aus.»

«Überlegst du wirklich ernsthaft, auf der Insel zu bleiben?», fragte Henry.

«Ja, nein, ich weiß es nicht», antwortete ich. «Das war eben sehr spontan daher gesagt. Darüber muss ich natürlich in Ruhe nachdenken. Und du? Blaue Maus, wirklich?»

«Ja, aber ob es klappt, steht noch in den Sternen. Vielleicht mache ich stattdessen einen kleinen Foodtruck mit Sterne-Fast-Food.» Er rieb sich über das Kinn. «Die Idee finde ich eigentlich sehr charmant.» Henry grinste und lehnte sich zurück. «Du könntest also auch bei mir im Truck arbeiten, Gaby. Drei-Sterne-Burger zubereiten und verkaufen. Wir könnten den besten Foodtruck der Insel machen. Ein Konzept mit Qualität. Wer sagt, dass Fast Food nicht auch Gourmet sein kann?»

Ich lachte. «Drei-Sterne-Foodtruck?»

«Das klingt nach Sylt, das passt doch viel besser dorthin als nach Amrum», sagte André.

Ich nippte an meinem halben Glas Wein, während Henry weiter über sein Foodtruck-Konzept sprach. Meine Gedanken drifteten ab. Und jetzt, da Sylt wieder Thema war, spürte ich, dass ich Greta Jansen einfach noch nicht loslassen konnte.

«Gaby?» Henrys Stimme riss mich aus meinen Gedanken. «Was hältst du von der Foodtruck-Idee»

«Finde ich gut.» Ich seufzte. «Tut mir leid, es ist nur so, dass mich eine Sache nicht loslässt, seitdem wir Greta im Alkovenbett gefunden haben. Mich würde einfach interessieren, warum sie eine Sylter Tracht trug und woran sie ganz genau gearbeitet hat. Das hatte doch auf jeden Fall was mit der Nachbarinsel zu tun.»

«Frag doch mal in der Ayurveda-Klinik nach, in der Greta war», sagte André. «Da war sie doch ein paarmal in den letzten Wochen. Sie hat mir mal bei einem Glas Wein erzählt, dass sie da an einer ganz großen Geschichte dran ist.»

«Echt? Davon weiß ich gar nichts», sagte Judith.

Ich spürte, wie mein Interesse schlagartig wuchs. André hatte das ganz beiläufig erwähnt, aber seine Worte trafen mich wie ein Blitz. «Eine ganz große Geschichte?», fragte ich nach, bemüht, ruhig zu klingen, obwohl mein Puls sich beschleunigte. «Hat sie dir irgendetwas Genaueres erzählt, André? Irgendwelche Details?»

Er schüttelte den Kopf und setzte sich gerade hin. «Nein, nicht wirklich. Sie meinte nur, dass es etwas war, das große Wellen schlagen könnte. Ihre Worte, nicht meine. Aber sie hat nichts Konkretes gesagt. Vielleicht wollte sie vorsichtig sein, man weiß ja nie, wem man trauen kann.»

«Aber ihr habt doch Christian Jansen verhaftet», sagte Judith.

«Das stimmt», sagte ich. «Jetzt warten wir erst mal ab, was dabei rauskommt.»

In Gedanken stand ich jedoch schon auf der Fähre nach Sylt.

KAPITEL 21

Ich schickte Frerk eine Nachricht, dass wir nun auf dem Rückweg seien, und er antwortete rasch mit einem Daumen hoch. Heute war er wieder der wortkarge Mann, sogar in der schriftlichen Kommunikation. Wobei ich ihn nun auch von einer anderen Seite kannte, einer gefühlvollen, die ich ihm nicht zugetraut hatte. Harte Schale, weicher Kern. Oder besser: raue See, warmes Herz.

Ich steckte das Handy weg und schaute nach Dolores. Sie sah erwartungsvoll zu mir herauf. «Diesen Blick kenne ich», sagte ich und streichelte sie. «Du hast Hunger. Weißt du was? Die Oma auch. Vielleicht überrascht uns Frerk und hat wieder was Gutes für uns gekocht.» Um ein Haar wäre mir für ihn «der Opa» rausgerutscht.

Dann gab ich Dolores ein Zeichen. Sie sprang in die Fahrradbox und legte ihren Kopf auf dem Rand ab, als wollte sie fragen, wann es endlich losging. Es war schon halb neun. Ich schaltete das Licht ein, denn es hatte zu dämmern angefangen, sodass es ab jetzt schnell dunkel werden würde.

Ich fuhr los, den Strunwai entlang, durch das Wäldchen, den Weg an den Dünen vorbei. Zu meiner Linken war die Sonne halb hinter dem Horizont verschwunden, als würde sie in den Wellen versinken. Der Himmel glühte in warmen Orangetönen, die langsam ins Violett übergingen. Ich atmete tief ein, ließ die salzige Luft in meine Lungen strömen und fühlte mich für mit der Insel und ihrer unendlichen Weite verbunden.

«Post und Wein», sagte ich laut. War das wirklich etwas für mich?

Als wir ankamen, saß Frerk auf der Bank vor dem Haus, rauchte Pfeife und hielt eine Tasse mit Sahnehaube in der Hand. Ich bremste ab und kam neben ihm zum Stehen. Dolores hüpfte aus der Fahrradbox, bellte vor Freude und schmiegte sich an sein Bein.

«Moin, Frerk», begrüßte ich ihn.

«Moin, ihr zwei.»

«Ich wusste nicht, dass du so ein Schleckermäulchen bist.»

Statt zu antworten, trank er demonstrativ einen Schluck. Als er wieder absetzte, klebte in seinem Bart über der Oberlippe etwas Sahne. Ein dezenter Duft von Rum zog in meine Nase. Dieser Halunke hatte sich einen Pharisäer gemischt.

«Warum sitzt du hier vorne?», fragte ich den Käpt'n. «Den Sonnenuntergang kannst du doch hinterm Haus viel besser bestaunen.»

«Ich beobachte die Menschen», antwortete er. Er wischte sich mit dem Handrücken die Sahne aus dem Bart. «Möchtest du auch einen?»

«Nein, vielen Dank», antwortete ich und setzte mich neben ihn.

Frerk stellte die Tasse auf den Boden, lehnte sich mit verschränkten Armen zurück und sah zum Himmel. «Wusstest du, dass im 19. Jahrhundert ein besonders asketischer Pastor auf der Insel Nordstrand gelebt hat, in dessen Beisein die Bewohner keinen Alkohol trinken durften? Dann soll jemand auf die Idee gekommen sein, braunen Rum in den gesüßten Kaffee zu schütten. Durch die Sahnehaube verdunstet der Rum im heißen Kaffee nicht. Sie deckelt sozusagen den Geruch.»

«Und der Pastor hat ihn auch nicht geschmeckt?»

«Er hat von den Bewohnern stets einen normalen Kaffee mit Sahne, aber ohne Alkohol bekommen. Als ihm das Täuschungsmanöver schließlich doch aufgefallen ist, soll er ‹Oh, ihr Pharisäer!› gerufen haben. Damit war das friesische Nationalgetränk geboren.»

«Ich hatte heute Wein», sagte ich. «Ach ja, und ich soll dir liebe Grüße von Henry ausrichten. Er freut sich auf Freitag. Und du hättest doch bestimmt nichts dagegen, wenn Judith und André auch kommen.»

«Die beiden aus Deutschland?» Frerks Augenbrauen schnellten nach oben. «Muss das sein?»

«War nicht meine Idee, war Henrys, der ja eigentlich auch aus Deutschland kommt. Oder wie unterscheidest du da?»

«Wie gesagt, Butt. Das mache ich nicht, das macht die Insel. *Sie* zeigt uns, wer dazugehört.»

Ich hatte nach dem ersten halben noch ein halbes Glas getrunken. Das hatte meine Zunge gelöst. «André hat mir einen Job angeboten. Briefmarken auf Postkarten kleben und Wein verkaufen. Ich denk drüber nach.»

Frerk klappte die Kinnlade runter. «Ach ja, und morgen

fahre ich nach Sylt, mir eine Ayurveda-Klinik anschauen, irgendein Harmony-Resort.»

«Du willst auf Wellness nach Sylt?» Frerk schüttelte den Kopf. «Was haben Sie dir denn in den Wein geschüttet?»

«Greta war dort, ich will herausfinden, was sie da wollte.»

Nun runzelte Frerk die Stirn. «Morgen habe ich keine Zeit, da bin ich noch mal mit den Archäologen unterwegs.»

«Ich fahre allein», sagte ich. «Dann kann ich mir auch ganz ohne deinen Einfluss ein Bild von der Insel machen.»

«Ich weiß nicht, Butt ...»

«Dolores begleitet mich.» Ich kraulte sie. «Nicht wahr, Schatz, du fährst morgen mit der Oma nach Sylt.»

KAPITEL 22

Dolores und ich standen am Bug und blickten auf die Nordsee. Das Brummen der Motoren unter uns wurde lauter. Das Schiff legte mit einem Ruck ab, setzte sich allmählich in Bewegung und schob sich träge aufs Meer hinaus.

Ich lehnte mich ein Stück über die Reling. Die Nordsee lag nahezu still vor uns. Die Sonnenstrahlen hüpften als Lichtpunkte glitzernd auf dem ruhigen Wasser, als tanzten sie freudig um den Bug. Eine sanfte Brise wehte mir entgegen und streifte kühlend über meine Haut.

Dolores schnüffelte an meinem Rucksack. Ich drehte mich um und sah zu ihr hinunter. Mit den angelegten Ohren und den treuen braunen Augen hatte sie etwas von einem Unschuldslamm. Sie musste die belegten Käsebrötchen gerochen haben, die ich als Proviant in den Rucksack gepackt hatte.

«Wir sind gerade erst losgefahren, Schatz», sagte ich.

Ihr Blick wurde noch mitleiderregender, als hätte ich sie seit Tagen auf eine radikale Diät gesetzt, und sogar ihre Schlappohren schienen noch ein paar Zentimeter tiefer zu hängen. Diese Schlawinerin zog alle Register. Sie wusste, wie sie mich breitschlagen konnte.

Ich gab ihr ein Brötchen, setzte mich anschließend auf die Bank und lehnte mich mit geschlossenen Augen zurück.

Was würde uns auf Sylt erwarten? Warum hatte Greta Jansen sich in der Ayurveda-Klinik aufgehalten? Ich hoffte, dass ich nicht nur auf der richtigen Fähre, sondern auch auf der richtigen Fährte war.

Ich holte mein Handy heraus, googelte nach dem «Harmony-Resort Sylt» und wählte den obersten Listeneintrag aus. Auf der Homepage empfing mich eine großformatige Aufnahme der Sylter Dünen, im Hintergrund ging über der Nordsee die Sonne auf. Unter dem Bild zog sich der Klinikname in einem eleganten Schriftzug über die Seite, doch mein Blick glitt zu der Menüleiste am oberen Bildschirmrand.

Kurz nachdem ich auf den Reiter «Über uns» gedrückt hatte, erschien ein neues großformatiges Foto auf dem Display. Eine Gruppe von knapp zwanzig Personen lächelte mir entgegen. In den vorderen drei Reihen standen Frauen und Männer in hellblauen Poloshirts, weißen Hosen und gleichfarbigen OP-Clogs. Dahinter Menschen in Arztkitteln und in der letzten Reihe ein einzelner Mann im Anzug. Das musste der Klinikleiter sein. Ob er sich überhaupt mit mir unterhalten würde?

Darunter wurde die Philosophie des Resorts erklärt. Wahre Gesundheit bedeute ein Gleichgewicht von Körper, Geist und Seele, las ich, das durch ganzheitliche Heilmethoden zu erreichen sei. Das hörte sich so weit gut an, wenn auch einen Tick zu spirituell für meinen Geschmack. Als ich zu den Preisen kam, musste ich schmunzeln. Mich beschlich die Vermutung, dass eher die ganzheitliche Heilung der Klinikkasse im Zentrum der Philosophie stand.

Ich schloss das Fenster und suchte im Internet nach einer Busverbindung von Hörnum nach List. Aus den verschiedenen Linien und Abfahrtszeiten wurde ich jedoch nicht schlau, sodass ich entschied, mich vor Ort durchzufragen. Was ich verstand, war, dass der Bus fast eineinhalb Stunden bis an die Nordspitze der Insel benötigte.

Ich schaute nach Dolores. Das Käsebrötchen war Geschichte, nun lag sie seitlich auf dem Boden und hielt ein Verdauungsschläfchen. Ich rutschte auf der Bank noch ein Stück weiter hinunter, legte den Kopf ab und schloss wieder die Augen. Wohlig wärmte die Sonne mein Gesicht, während ich vor mich hin döste, mit dem leisen Rauschen der Nordsee in den Ohren.

Etwas Feuchtes berührte meine Hand und ließ mich hochfahren. Dolores stupste mich an, wie immer, wenn sie gestreichelt werden wollte.

«Du hast mich vielleicht erschreckt. Da ist die Oma wohl eingeschlafen.»

Ich richtete mich auf und linste über die Reling. Am Horizont hatte sich die Silhouette unseres Ziels abgezeichnet, Sylt. Inzwischen schienen der Hörnumer Strand, die Holzpfähle des Fähranlegers und der Leuchtturm zum Greifen nah.

«Wir sind gleich da, Schatz.»

Zehn Minuten später legte die Fähre mit einem sanften Ruck an. Während wir mit den anderen von Bord gingen, stieg eine flüchtige Aufregung in mir auf, weil ich nicht wusste, was uns erwartete. Unten an der Rampe blieb ich deshalb kurz stehen und nahm ein paar tiefe Atemzüge, um anzukommen.

Die Passagiere verstreuten sich nach und nach in alle Richtungen. Dolores und ich standen wie bestellt und nicht abgeholt allein am Fähranleger. Bei einem Angestellten im Fahrkartenhäuschen erkundigte ich mich nach der Bushaltestelle. Es waren nur knapp hundert Meter. Sie lag direkt gegenüber, am anderen Ende des Parkplatzes, an dem die gepflasterte Hafenstraße vorbeiführte.

In dem kleinen Wartehäuschen aus Holz mit roten Ziegeln saß ein älterer Mann. Ich schätzte ihn auf Mitte achtzig. Seine schneeweißen Haare bedeckte eine Schiebermütze, seine Hände ruhten auf seinem Gehstock und in seinem Gesicht zeichnete sich ein Netz von Falten ab. Er sah mich freundlich an.

«Moin», sagte ich. «Wir sind zum ersten Mal auf Sylt. Können Sie mir sagen, ob wir von hier aus mit dem Bus nach List kommen?»

«Moin. Diese Linie fährt bis Westerland», antwortete der Mann. «Dort müssen Sie umsteigen. Wo genau wollen Sie hin?»

«Zur Ayurveda-Klinik.»

Der Mann zeigte mit einem Nicken auf Dolores. «Und Ihre Begleitung ist auch an Ayurveda interessiert?»

Ich lachte, beugte mich zu ihr hinunter und streichelte ihr über den Kopf. «Dolores ist mehr an langen Spaziergängen und Leckerlis interessiert.»

«Wir hatten früher auch einen Hund. Barnie, ein schokobrauner Labbi. Meine Frau hat immer gesagt, er stünde mir in Sachen Gemütlichkeit in nichts nach.» Er lächelte, denn die Erinnerung schien ihn zu erheitern. «Das war ihre Art, mir mitzuteilen, ich solle mehr im Haushalt tun.»

Dolores zog mich zu ihm hinüber und fing an, ihn zu beschnuppern. «Bitte entschuldigen Sie. Sie ist manchmal etwas stürmisch.»

Der Mann lachte. «Komm, lass dich streicheln.» Er beugte sich zu Dolores und kraulte sie hinter den Ohren. «Ein Labradoodle, oder?»

«Ja», sagte ich.

Er zeigte mit seinem Stock auf eines der weißen Häuser in der Parallelstraße. «Meine Enkeltochter wohnt dort mit ihrem Mann und meiner Urenkelin. Sie ist fünf.» Er zog die Augenbrauen hoch: «Sie haben seit Neuestem einen Mops. Er heißt Muffin, röchelt wie ein kaputter Staubsauger und schnarcht so laut, dass man ihn durch zwei geschlossene Türen hört.»

Ich lachte. «Muffin? Das passt irgendwie zu einem Mops. Aber die Geräusche klingen anstrengend. Ich wette jedoch, ihre Urenkelin findet das toll.»

«Ida», sagte er. «Ja, für sie ist er der beste Freund der Welt. Ich ... na ja, ich habe mich noch nicht daran gewöhnt. Barnie war ein ganz anderer Typ Hund. Der Mops ist mir zu eigenwillig.» Dolores spitzte bei dem Gespräch die Ohren und rückte noch näher an ihn heran. Der Mann lächelte und beugte sich noch ein wenig nach vorn, um ihr den Rücken zu kraulen. «Schöner Hund, wirklich. Und sie hat ein gutes Wesen, das merkt man ihr an.»

«Dolores ist die Beste, meine ständige Begleiterin – immer freundlich, immer neugierig.» Sie schnupperte nun an der Tasche des Mannes.

«Da sind Brötchen drin», sagte er.

«Und ein wenig verfressen ist sie auch», beendete ich meinen Satz.

«So wie unser Barnie.» Er sah mich wehmütig an. «Wissen Sie», sagte er nachdenklich, «meine Frau war der Meinung, dass wir nach Barnie keinen Hund mehr haben sollten. Das wird zu viel für uns, hat sie immer gesagt. Und ich habe ihr zugestimmt. Aber jetzt, wo sie weg ist ...» Er hielt einen Moment inne und seufzte leise. Dolores hob ihren Kopf und legte ihn behutsam auf sein Knie. Der Mann sah sie überrascht an, dann wiederholte er die sanfte Streicheleinheit über ihr Fell. «Vielleicht sollte ich mich doch mit dem Mops anfreunden», sagte er.

Da bog der Gelenkbus auf den Platz vor dem Wartehäuschen ein.

«Das ist unserer», sagte der Mann und nickte dem Fahrer zu, der seine Geste mit der gleichen Kopfbewegung erwiderte. «Ich heiße übrigens Wilhelm Witt, Willi.»

«Gabriele Scholle, Gaby», sagte ich. «Und diese Schnüffelnase hier ist Dolores. Oder Dolly, wenn sie schlecht hört.»

Er lüftete kurz seine Schiebermütze. «Sehr erfreut. Komm, ich lade dich auf ein Ticket ein, ich fahre bis Westerland mit.»

In der Sache waren die Sylter und die Amrumer sich also ähnlich, wenn sie jemanden mochten, kam ihnen wie selbstverständlich das Du über die Lippen. «Danke, Willi.»

Während der Fahrt erzählte er mir seine Lebensgeschichte. Er sei ein Ureinwohner, wie er sich scherzhaft beschrieb, ein waschechter Insulaner. Er wurde 1938 in Westerland geboren und wuchs in einem alten Reetdachhaus auf, das seit Jahrhunderten im Familienbesitz war. Die Witts zählten zu den bekanntesten Sylter Sippschaften, denn sie beherrschten einen beträchtlichen Teil der Fischwirtschaft. Friede, seine Frau, sei vor drei Jahren von ihm gegangen, erzählte er mir mit geröteten Augen. Seitdem lebte er allein in dem Familienhaus.

Beim Zuhören schoss mir der Gedanke durch den Kopf, dass ihm Greta Jansen vielleicht schon mal über den Weg gelaufen war. Natürlich war Sylt wesentlich größer als Amrum, wo man sich zwangsläufig irgendwann traf. Aber ich musste ihn fragen, sonst hätte mir die Ungewissheit keine Ruhe gelassen.

«Willi, würdest du dir ein Bild ansehen und mir sagen, ob dir die Frau darauf bekannt vorkommt?»

«Einverstanden.»

Ich kramte mein Handy aus der Tasche und zeigte ihm das Foto, das ich bei der Google-Bildersuche heruntergeladen hatte. Es war ein Porträt von Greta Jansen, mit glänzenden, schulterlangen blonden Haaren, die sie offen trug.

«Darf ich ...?», fragte er.

Ich überreichte ihm das Handy und sah erstaunt zu, wie er seine Finger auf dem Bildschirm spreizte und das Foto mit dieser geübten Geste vergrößerte.

«Du kennst dich gut aus mit Smartphones», sagte ich.

«Meine Tochter hat mir eins aufgeschwatzt. Sie hat mir erklärt, wie es funktioniert.»

Er kniff die Augenbrauen zusammen, hielt das Display

noch dichter vors Gesicht und betrachtete das Foto eine Weile stumm.

«Das ist die Nichte von Jette Boysen, die ist neulich in Westerland mit mir in den Bus gestiegen», sagte er schließlich. «Sie ist bis nach Hörnum mitgefahren.»

«Die Nichte einer Frau, die du kennst? Und diese Jette Boysen ist ihre Tante? Bist du da sicher?» Ich konnte es kaum glauben, dass ich einen Treffer gelandet hatte!

Er nickte. «Natürlich, ich präge mir Gesichter schnell ein, das ist Jette Boysens Nichte. Wie heißt sie noch gleich?»

Ich zögerte. Etwas zu erfinden, brachte ich nicht übers Herz. Also blieb mir nur die Wahrheit.

«Ihr Name ist Greta», antwortete ich. «Es tut mir leid, dir das sagen zu müssen, aber sie lebt leider nicht mehr.»

«Oh.» Er schwieg einen Moment betroffen. «Das tut mir sehr leid. War sie denn krank?»

Ich überlegte einen Moment, wie ich den Umstand ihres Todes schonend überbringen konnte. Willi hatte anscheinend keine Zeitung gelesen. Gestern hatte es auf der Internetseite des *SHZ*, des *Schleswig-Holsteiner Zeitungsverlages*, einen längeren Artikel gegeben, in dem auch über Details wie den genauen Fundort und die Kleidung Gretas geschrieben worden war. Und auch die *AmrumNews* hatte berichtet. «Sie wurde getötet», sagte ich.

Sein Gesicht verriet blankes Entsetzen. Es dauerte einen Moment, dann schüttelte er den Kopf. «Wer macht denn so was? Und warum?»

«Wer das war, steht noch nicht fest, deswegen bin ich auch ehrlich gesagt jetzt hier auf Sylt. Mich interessiert, woran Greta gearbeitet hat. Daher fahren wir auch zur Klinik, Dolores und ich.»

Er musterte mich kurz. «Du bist von der Polizei?»

«Nicht ganz.» Ich erzählte ihm kurz von meiner Rolle in der ganzen Sache, wobei ich darauf achtete, nur die Dinge zu erzählen, die ohnehin schon in der Zeitung standen.

Willi wurde immer blasser, und mir tat es leid, dass ich den alten Mann damit belastete. Aber ich sah hier eine Chance, an wichtige Informationen zu kommen, die mir noch fehlten.

«Vielleicht weiß ihre Tante was? Meinst du, ich könnte mal mit ihr sprechen?»

Willi schüttelte den Kopf. «Glaub ich kaum. Jette ist neunundachtzig und nicht mehr sehr gut beieinander. Sie wohnt nicht mehr hier. Sie ist im letzten Jahr zu ihrer Tochter nach Hamburg gezogen.»

Schon wieder Hamburg. Die Stadt verfolgte mich. «Wie heißt ihre Tochter denn?»

«Uta», sagte er. «Aber frag mich nicht nach ihrem Nachnamen. Soweit ich weiß, ist sie zum zweiten Mal verheiratet.»

«Danke.» Mit der Information könnte ich arbeiten, falls das noch vonnöten sein sollte.

In Westerland stiegen wir aus. Willi hatte sich zwar ein wenig gefangen, aber der Schock war ihm sichtlich in die Knochen gefahren. Er war aufgebracht und wollte es nicht glauben, dass er davon bisher nichts mitbekommen hatte. «Vielleicht sollte ich doch mal wieder anfangen, Zeitung zu lesen. Ich hab sie abbestellt, weil nur noch schlechte Nachrichten drin stehen. All der Krieg ...» Er seufzte. «Es tut mir leid, das mit Greta. Meine Frau war ehrenamtliches Mitglied in der ‹Söl'ring Foriining›, der Sylter Trachtengruppe. Mitte der Siebziger hat eine Familie aus Morsum dem Verein eine Originaltracht gespendet, sodass diese rekonstruiert werden konnte. Ich könnte den Kontakt zur Gruppe für dich herstellen, womöglich hat Greta die Tracht von dort bekommen.» Er streckte den Rücken durch und sah mich entschlossen an. «Und wenn ich sonst noch irgendwie helfen kann, dann sag auf jeden Fall Bescheid.»

Ich bedankte mich für alles und speicherte meine Nummer in seinem Smartphone. Er rief mich mit einem schelmischen Grinsen an. «Jetzt hast du auch meine Nummer, falls du mich erreichen willst.»

Wir mussten nicht lange auf den Bus warten. Dolores und ich stiegen ein, und Willi winkte uns bei der Abfahrt zum Abschied zu.

Auf der Fahrt nach Westerland war ich in ein Gespräch mit Willi vertieft gewesen, jetzt, auf dem Weg nach List, schaute ich aus dem Fenster, und der Unterschied der beiden Inseln wurde mir schnell deutlich: Statt der dichten Kiefernwälder, die Amrum prägten, dominierten hier offene, weite Heideflächen und flache Salzwiesen. Die Dünen wirkten weniger mächtig, dafür schärfer konturiert, schnell karg, ohne die weichen Übergänge, die Amrums Landschaft so einzigartig machen. Die Dörfer waren größer, geprägt von nobel aussehenden Reetdachhäusern mit gepflegten Gärten, die eher mondäne Eleganz ausstrahlten als die bodenständige Ursprünglichkeit, die ich von Amrum kannte. Selbst die Nordsee schien hier ein anderes Licht zu haben, heller und glitzernder, aber irgendwie auch unnahbarer. Oder bildete ich mir das nur ein, weil ich Amrum im Herzen trug und von dem Sylt-Bild beeinflusst war, das in den Medien zutage trat und das Frerk mir vermittelt hatte?

Während die Landschaft an mir vorbeizog, waren meine Gedanken bei dem Gespräch mit Willi. Dass Greta eine Tante auf Sylt hatte, konnte zwar womöglich erklären, warum die Tracht vielleicht ihre eigene war, wenn das zutreffen sollte, aber nicht, warum sie sie zum Zeitpunkt ihres Todes getragen und der Mörder ihr einen Blumenstrauß in die Hand gelegt hatte.

Die Durchsage der Busfahrerin holte mich zurück nach Sylt. Wir erreichten die nördlichste Gemeinde Deutschlands und stiegen am Hafen aus.

Ich schaute kurz auf meinem Handy nach dem Weg und lief in südlicher Richtung an der Promenade entlang Richtung Klinik. Auf dem gepflasterten Weg fuhren viele Radfahrer vorbei. Das sommerliche Wetter hatte zahlreiche Badegäste an den Strand gelockt. Sie saßen unter Sonnenschirmen, aßen, tranken, lasen, rauchten, hörten Musik oder spielten Karten. Einige lagen auf Handtüchern oder auf aufgeblasenen Luftmatratzen in den verschiedensten Formen, von Krokodilen, Flamingos, Einhörnern bis hin zu Donuts, Pizzas und Bananen. Andere kühlten sich im Meer ab, schwammen bis ans Ende der Wellenbrecher oder zwischen ihnen hin und her. Kinder vergnügten sich im knöcheltiefen Wasser, wagten unter Aufsicht ihrer Eltern erste Schwimmversuche oder bauten Burgen aus Schlamm, wenn sie sich nicht gerade mit dem nassen Sand bewarfen.

Neben der Geräuschkulisse trug der Wind einen salzigen Geruch von der Nordsee herüber und ließ das Gras des Dünenstreifens sanft tanzen, der die Promenade von der Straße trennte. Die Insel hatte ihre Reize, es war wohl nur eine Typfrage, ob man Sylt oder Amrum bevorzugte.

Ich hielt Dolores an der kurzen Leine. Sonst wäre sie längst davongerannt, denn hier gab es für sie viel Neues zu entdecken. Sie schnupperte sich von einer Stelle zur nächsten.

Kurze Zeit später erreichten wir die Klinik. Das Gelände war von Dünen umgeben, und ich folgte der Beschilderung zum Haupthaus. Der mit Kies und flachen Granitsteinen gepflasterte Weg führte durch einen gepflegten Garten mit Sitzecken, die sich hinter Hecken und Springbrunnen versteckten. In den Beeten daneben wuchsen die verschiedensten Pflanzen. Es duftete mal frisch, mal blumig nach Lavendel, Salbei, Rosmarin und Thymian. Direkt vor dem Haupteingang wuchsen große Sanddornsträucher. Das Haupthaus stand am Ende des Weges und strahlte etwas Erhabenes aus. Es war ein klassisches Reetdachhaus, das größte, das ich je gesehen hatte, ich schätzte es auf mindestens zwanzig Zimmer. Ich blieb einen Augenblick staunend davor stehen. Das Inselwetter hatte das Reet zu einem sanften Silbergrau gefärbt. Es hob sich schön von dem kräftigen Rot der Backsteinwände und dem Weiß der Sprossenfenster ab. An den Seiten des Hauses rankte Efeu empor, was dem Ganzen einen Hauch von Nostalgie verlieh. Zwei gusseiserne Laternen flankierten die hölzerne Eingangstür mit dem Schild «Klinikleitung».

Ich befahl Dolores, Sitz zu machen, und klingelte. Es ertönte ein einzelner Klangschalenton vom Band, der sich mit einer Stimme vermischte, die das traditionelle Mantra «Om» intonierte.

«Einen Augenblick, bitte», rief jemand. Dynamische Schritte näherten sich uns auf einem laut knarzenden Holzboden, und kurz darauf schwang die Tür auf. Eine junge Frau, schätzungsweise Ende zwanzig, lächelte mich an. Sie trug die Dienstkleidung von dem Gruppenfoto: ein hellblaues Poloshirt mit dem aufgenähten Logo der Ayurveda-Klinik, eine weiße Hose mit Beintaschen und dazu Plastikclogs, ebenfalls in Weiß. Ein kleines silbernes Schild verriet mir ihren Namen: «Carina Moormann».

«Moin, ich bin Gabriele Scholle», sagte ich. «Meine haarige Begleiterin hier heißt Dolores. Wir wohnen auf der schönen Nachbarinsel Amrum und sind zu Besuch auf Sylt.»

«Willkommen im Harmony-Resort», erwiderte die junge Frau. «Was kann ich für Sie tun?»

Ich drehte mich zur Seite und zeigte mit einer ausschweifenden Armbewegung auf den Garten. «Ich würde mir gern die Klinik anschauen, weil ich darüber nachdenke, ob ich mir selbst einen Aufenthalt hier schenke», flunkerte ich.

Die Frau musterte mich. Wahrscheinlich sah ich nicht unbedingt nach der klassischen Zielgruppe aus, die das Resort sonst ansprach. «Nach der Scheidung von meinem Mann will ich mir mal selbst etwas Gutes tun», erklärte ich. Das war nicht gelogen, sagte ich mir, schließlich dachte ich wirklich darüber nach, mehr für mich zu tun, allerdings würde mich mein Aufenthalt ganz sicher nicht nach Sylt führen.

«Das ist wichtig», sagte die Frau. «Machen Sie das auf jeden Fall. Ich nehme an, Sie haben keinen Termin?»

«Nein, tut mir leid. Wir sind allerdings nur heute auf der Insel. In ein paar Stunden fahren wir wieder rüber.»

«Kein Problem», sagte sie und winkte mich herein. «Ich frage unseren Leiter, ob ich Sie herumführen kann. Herr Dr. Felsing präsentiert Interessenten die Klinik eigentlich selbst, aber ich vermute, dass ihm dafür heute leider keine Zeit bleibt.» Sie zeigte den Flur entlang, an dessen Ende neben einer gemütlichen Sitzecke unter Palmen eine Empfangstheke zu erahnen war. «Wenn Sie in der Zwischenzeit dort hinten warten möchten?»

Ich nickte zu Dolores hinunter. «Was ist mit ihr, muss ich sie draußen lassen? Wir haben das geübt, das wäre in Ordnung.»

«Das wäre tatsächlich besser. Manche Gäste fühlen sich von Hunden gestört. Ich hole schnell eine Schale Wasser. Die Arme schwitzt bestimmt, wenn ich mir ihre Locken so ansehe.»

Frau Moormann verschwand kurz im Haus. Derweil band ich Dolores' Leine an einem Info-Schild fest, das unter einem Schatten spendenden Baum stand, und streichelte ihr über den Kopf.

«Schön hierbleiben, hörst du? Die Oma ist gleich wieder da.»

Die Angestellte kam zurück und stellte die Metallschüssel auf dem Boden ab. Dolores schnupperte sich vorsichtig heran, bevor sie dann durstig drauflosschlabberte.

«Wir können sie jetzt allein lassen», sagte ich. «Wenn ihr etwas fehlt, wird sie auf sich aufmerksam machen.»

«Dann kommen Sie mal mit.»

Sie ging vor mir her. Und ich dachte daran, dass auch Greta Jansen kurz vor ihrem Tod hier gewesen war, der eigentliche Grund meines Besuchs. Während ich der jungen Frau durch die hellen, modern gestalteten Flure der Klinik folgte, fragte ich mich, welche Rolle dieser Ort in Gretas Leben gespielt hatte und ob er möglicherweise etwas mit ihrem Tod zu tun haben konnte.

KAPITEL 23

ch ließ mich in den Rattansessel sinken, goss mir Wasser aus einer Karaffe mit frischen Pfefferminzblättern ein und trank das Glas in einem Atemzug aus. Nicht nur Dolores, sondern auch ich war während unseres Spaziergangs hierher durstig geworden.

Frau Moormann hatte mich im Wartebereich zurückgelassen. Leise Walgesänge erklangen, wie ich nun erst realisierte. Vermutlich hatte man die Klänge wegen ihrer beruhigenden Wirkung ausgewählt.

Um mir die Wartezeit zu vertreiben, zog ich eine Ausgabe der Zeitschrift *LebensArt* aus dem Stapel, ein Magazin für Körper und Seele, wie es in der Eigenbeschreibung hieß. Ich blätterte durch und blieb bei einem Artikel über den sogenannten Walpfad hängen. Es war mir neu, dass das Wassergebiet entlang des Sylter Weststrands zu Europas erstem Walschutzgebiet gehörte. Angeblich konnte man dort bei ruhiger See Schweinswale entdecken. Der Artikel über den Sylter Sand fiel mir wieder ein. Und dass es irgendetwas geben musste, das Greta herausgefunden hatte.

Da schwang mit einem lauten Klack die Glastür auf. Ich legte die Zeitschrift beiseite und sah auf. Wenige Sekunden später kam die junge Frau um die Ecke. Sie blieb in Sichtlinie zu mir stehen und nickte zu mir herüber. Hinter ihr erschien ein Mann mit schwarzem, akkurat frisiertem Haar, das mit ersten Silberfäden durchzogen war. Er trug einen anthrazitfarbenen Anzug und dazu schwarze Lederschuhe.

«Guten Tag.» Er kam auf mich zu und schenkte mir ein charmantes Lächeln. Ich stand auf, und wir schüttelten uns die Hände. «Mein Name ist Theodor Felsing. Wie ich gehört habe, interessieren Sie sich für unsere Klinik?»

Der süßlich-würzige Duft, der den Mann umgab, traf mich unerwartet, und für einen Moment schien die Welt um mich herum zu verschwimmen. Es war genau dieser Duft, der im Öömrang Hüs in der Luft gehangen hatte – und der Duft, den ich auch bei Greta bemerkt hatte. Mir lief ein Schauer über den Rücken, und ich spürte, wie sich eine Gänsehaut auf meinen Armen ausbreitete.

Ich nickte nur stumm, zu mehr war ich im Moment nicht imstande.

Er legte kurz die Hand auf meine Schulter. «Frau Moormann zeigt Ihnen alles. Sollten Sie danach Fragen haben, richten Sie auch diese gerne an sie.» Er zupfte Hemdkragen und Jackett zurecht, obwohl beides keinen Millimeter verrutscht war. «Ich hoffe, Sie genießen die Führung. Frau Moormann wird Ihnen einen umfassenden Eindruck von unserem Haus vermitteln.»

Der Duft ließ mich nicht los. Das konnte kein Zufall sein. Oder doch? Ich riss mich zusammen.

«Vielen Dank, Herr Felsing.» Ich zwang mich zu einem Lächeln. «Vielleicht ergibt sich später noch die Möglichkeit, mit Ihnen persönlich zu sprechen.»

«Das bezweifle ich.» Sein Ton war höflich, aber abweisend, als hätte er schon entschieden, dass ich für ihn keinerlei Relevanz hatte. Er nickte mir zu, seine Augen fixierten mich kurz, bevor er mit einem Schritt zur Seite trat. «Wenn Sie mich entschuldigen.» Dann wandte er sich ab, und ich konnte ihm nur nachsehen, während er mit langen Schritten davonging.

«Alles in Ordnung?», fragte Carina Moormann und musterte mich besorgt.

«Ja, alles gut», sagte ich, obwohl meine Gedanken bereits rasten. Wenn der Duft kein Zufall war, was verband Felsing mit Greta und dem Öömrang Hüs? Konnte es wirklich sein, dass dieser Mann etwas mit ihrem Tod zu tun hatte?

«Herr Doktor Felsing hat vorgeschlagen, dass wir mit dem Gebäude anfangen, in dem sich die Behandlungsräume befinden», sagte Frau Moormann. «Danach können Sie sich gern ein Zimmer ansehen. Sie haben Glück, eines ist heute nicht belegt, dort zieht erst morgen jemand ein.»

«Ja, was für ein Glück», murmelte ich abwesend. In Gedanken fragte ich mich, warum ich das Parfüm des Klinikleiters immer noch riechen konnte, obwohl er schon lange nicht mehr bei mir stand.

Gedämpftes Licht fiel durch die bodentiefen Fenster, und ein beruhigender Kräuterduft lag in der Luft. In den Behandlungsräumen, an denen wir vorbeigingen, hörte ich leise Stimmen, ein sanftes Lachen, das Plätschern von Wasser. Doch so makellos hier alles aussah, spürte ich auch ganz unabhängig von dem Duft ein leises Unbehagen in mir. Ich vermisste eine warme, herzliche Atmosphäre, Mitarbeiterinnen, die sanfte Stimmen und ständig ein beruhigendes Lächeln auf den Lippen hatten, kurz gesagt, wie aus einem Prospekt für Wohlfühlreisen entsprungen. Stattdessen wirkte Frau Moormann eher ordentlich, sachlich und mit einer distanzierten Höflichkeit, die keinen Raum für persönliche Nähe ließ.

«Hier entlang, bitte», sagte sie und führte mich zu einer Glastür, hinter der sich ein großer, lichtdurchfluteter Raum erstreckte. An der Wand hingen gerahmte Fotografien von Menschen in traditionellen indischen Gewändern, dazu einige Urkunden und Zertifikate.

Wir gingen weiter in eines der Behandlungszimmer.

«Die Räume sind identisch ausgestattet», erklärte sie. «Das ist Teil unseres Konzepts. Wir glauben, dass die Gäste dadurch leichter zur Ruhe kommen.»

Auf ihre einladende Geste hin trat ich ein, stellte mich in die Mitte und ließ den Raum auf mich wirken. Das Zusammenspiel von gedämpftem Licht, dem warmen Holzfußboden und der dezenten Dekoration – kleine Buddha-Statuen, handgefertigte Kerzen und einzelne Blumen in schlichten Vasen – vermittelte eine friedvolle Atmosphäre. Aber auch hier war ich noch von Dr. Felsings süßlich-würzigem Duft umgeben. Als er mich vorhin berührt hatte, musste etwas von seinem Duft an mir haften geblieben sein.

Wir setzten die Führung fort und kamen als Nächstes zum Herzstück der Klinik, dem Wellnessbereich. Hier ließen es sich die Gäste nach den Behandlungen gut gehen. Ich warf einen Blick durch die Glasfront auf das Schwimmbad, wo sich auf dem Wasser die Lichtreflexe der Deckenleuchten spiegelten. Vom Beckenboden schimmerten kleine Mosaikfliesen in verschiedenen Blautönen empor, während am Rand – zwischen Palmen, Kakteen und Aloe-Vera-Pflanzen – sorgfältig arrangierte Liegen standen.

«Im Sommer ist niemand hier unten», erklärte Frau Moormann. «Die Gäste schwimmen lieber im Meer.»

Auch die Sauna war unbesucht. Neben der Tür lagen auf einer Bank ordentlich gestapelte Handtücher. Ich linste hinein, aber durch das mattierte Glas konnte ich das Innere nur schemenhaft erahnen.

«Mein Favorit ist das türkische Dampfbad», verriet Frau Moormann. «Kommen Sie mit ...»

Sie führte mich weiter, und dabei begegneten wir einigen Patienten und Gästen, die in den hellen Fluren der Klinik schlenderten. Eine Frau mittleren Alters in einem fließenden Leinenkleid lächelte entspannt, während sie barfuß und mit einem Buch in der Hand Richtung Ruhebereich ging. Ein älterer Herr, dessen Gesicht sich durch eine tiefe Zufriedenheit auszeichnete, nickte uns freundlich zu, bevor er sich in eine Nische setzte, wo ein Tablett mit frischem Kräutertee auf ihn wartete.

Weiter sah ich eine jüngere Frau, die offensichtlich gerade von einer Massage kam. Ihr Haar war locker hochgesteckt, ihre Wangen leicht gerötet, und sie sah aus, als hätte sie die ganze Zeit der Welt.

«Wie Sie sehen», sagte Frau Moormann mit einem leichten Lächeln, «liegt unser Fokus darauf, dass unsere Gäste in ihrem eigenen Tempo zur Ruhe kommen können.»

«Das scheint Ihnen zu gelingen», erwiderte ich und beobachtete, wie ein Paar Hand in Hand aus einem der Behandlungsräume kam, mit diesem glücklichen Ausdruck, den man nur hat, wenn man sich völlig wohlfühlt.

Ich mochte den frischen Kräuterduft in diesem Teil des Gebäudes, aber ich interessierte mich mehr für den Duft, den ich auch schon im Öömrang Hüs wahrgenommen hatte.

«Hier riecht es überall gut», sagte ich. «Auch wenn ehrlich gesagt noch das intensive Eau de Toilette oder das Rasierwasser Ihres Chefs in meiner Nase kribbelt. Das war schon sehr intensiv.»

Frau Moormann lächelte. «Das ist kein billiges Eau de Toilette. Es ist eines unserer traditionellen, hauseigenen Parfüms. Wir stellen es seit ein paar Jahren her. Die Zutaten sind hochwertig und stammen überwiegend aus eigenem Anbau oder von Lieferanten auf der Insel.»

Ich fächelte etwas von dem Duft an meiner Schulter mit der Handfläche zu uns herüber. «Ich habe dieses Parfüm schon einmal irgendwo anders gerochen ...»

«Es wird nur hier in der Klinik verkauft. Möglicherweise sind Sie ja mal unbewusst einem unserer Gäste über den Weg gelaufen? Herr Dr. Felsing ist nicht der Einzige, der ihn trägt. Der würzige Duft ist insbesondere bei den Männern, die unser Haus besucht haben, beliebt. Aber auch Frauen tragen ihn beizeiten gern.»

Sie hatte recht, es musste nicht unbedingt Theobald Felsing gewesen sein, der den Duft ins Öömrang Hüs gebracht hatte. Aber es war durchaus möglich.

«Das gefällt mir bisher alles sehr gut», sagte ich. «Eine Bekannte von mir hat in den höchsten Tönen von Ihrer Klinik geschwärmt. Ich bin einzig auf ihre Empfehlung hierhergefahren.» Ich war gespannt, wie Frau Moormann auf den Namen reagieren würde. «Greta Jansen, vielleicht erinnern Sie sich an sie? Sie müsste erst letztens bei Ihnen gewesen sein.»

«Tut mir leid, der Name sagt mir nichts. Was das angeht, gleicht mein Gedächtnis allerdings auch einem Sieb. Dafür präge ich mir Gesichter gut ein.»

«Dann geht es Ihnen wie mir. Auf einem Foto würden Sie sie demnach vielleicht erkennen?»

Sie zuckte mit den Schultern. «Vermutlich ja. Vorausgesetzt, dass ich an dem Tag im Dienst war.»

Ich zückte mein Handy, suchte aus der Galerie dasselbe Porträtfoto heraus, das ich auch Wilhelm gezeigt hatte. «Es ist nur, sie war so begeistert, da hat sie vielleicht eine Sonderbehandlung genossen? Da erinnern Sie sich bestimmt ...»

Ich streckte ihr das Display hin. Frau Moormann zuckte unwillkürlich zurück. Sie wischte sich mit dem Handrücken über die Stirn, und als schnürte ihr das Polohemd mit einem Mal den Hals ab, zog sie mit zwei Fingern am Kragen und verschaffte sich Luft.

Ich brauchte nicht Psychologie studiert zu haben, um ihre Reaktion zu verstehen.

«Sie kennen sie?», fragte ich und rutschte dabei instinktiv ein Stück in ihre Richtung.

Sie biss sich auf die Lippen, dann lächelte sie plötzlich und sagte: «Nein, tut mir leid. Die Frau habe ich noch nie gesehen. Hier gehen so viele Menschen ein und aus. Aber schön, dass die Dame uns empfohlen hat.»

«Sind Sie sicher?», hakte ich nach.

Sie nickte. «Und jetzt zeige ich Ihnen gern noch die Außenanlage.»

KAPITEL 24

Wir verließen durch den Hinterausgang das Gebäude, wo uns die Sonne entgegenschien.

«Hören Sie», sagte Frau Moormann. «Ich weiß nicht, wer Sie sind und was Sie hier wirklich wollen. Aber mir das Foto einer Toten vor die Nase zu halten, ist schon mehr als makaber.» Ich beobachtete, wie Frau Moormanns Gesichtsausdruck sich veränderte, während sie sprach. Ihr Ärger schien aufrichtig, aber dahinter lag eine Nervosität, die sie nicht verbergen konnte. Bevor sie mich direkt ansprach, hatte sie flüchtig zum Dach gesehen. Ihre Augen hatten sich kurz zusammengezogen, als ob sie etwas suchte. Ich folgte ihrem Blick unauffällig und entdeckte eine kleine Kamera, gut versteckt unter der Dachkante. Sie war so unauffällig platziert, dass man sie leicht übersehen konnte. Ich beschloss, sie zu ignorieren und so zu tun, als hätte ich sie nicht bemerkt. Aber dass hier etwas nicht stimmte, war offensichtlich.

«Es tut mir leid, ich wusste nicht, dass Sie darüber Bescheid wissen», sagte ich.

«Es stand in der Zeitung», erwiderte sie. «Also, wer sind Sie? Sie haben doch nicht wirklich Interesse an einem Aufenthalt hier, dafür sind Sie gar nicht der Typ.»

Sie klang verärgert, was ich ihr nicht verübeln konnte. Ich blieb stehen. «Das tut mir leid, Sie haben recht, aber ...» Frau Moormann blickte nun zurück. Ihre Augen hielten einen Moment zu lange an der Tür fest, aus der wir gerade gekommen waren. «Bleiben Sie an meiner Seite, nicht stehen bleiben», sagte sie und klang jetzt etwas ängstlich, wie ich am leichten Zittern ihrer Stimme herauszuhören meinte.

Ich ging etwas schneller, bis ich wieder neben ihr war. «Also, wenn Sie es genau wissen wollen: Ich ermittle im Mordfall Greta Jansen», sagte ich. «Allerdings privat.»

Ich wählte diese Worte bewusst. Es war ein schmaler Grat, aber ich hoffte, mit der richtigen Mischung aus Entschlossenheit und Offenheit vielleicht ihr Vertrauen zu gewinnen. Ihre Ängstlichkeit zeigte mir, dass sie wahrscheinlich nicht direkt in etwas Illegales verwickelt war, aber mehr wusste, als sie preisgab.

Frau Moormanns Schritte stockten für einen Moment, bevor sie sich wieder fing. Sie warf mir einen Seitenblick zu. «Sie sind diese Sekretärin, die den Täter geschnappt hat?», fragte sie.

«Ja, die bin ich. Aber woher wissen Sie das denn?» Die Sylter gingen ja nicht in der gleichen Bäckerei einkaufen wie die Amrumer.

«Steht in der Sylter Tageszeitung. Allerdings war kein Foto von Ihnen dabei, aber als Sie mir das Foto gezeigt haben, habe ich mir so etwas schon gedacht. Dazu passt auch ihre Hündin, die spielte ja auch eine ganz große Rolle dabei.»

«Über mich wird berichtet?» Es war ein seltsames Gefühl, meinen Namen und meine Geschichte in einer Zeitung zu wissen, ohne davon gewusst zu haben. Einerseits war ich ein wenig stolz, schließlich hatte ich tatsächlich etwas bewirkt, aber andererseits fühlte es sich befremdlich an, so öffentlich gemacht zu werden, ohne die Kontrolle darüber zu haben. Ganz wohl fühlte ich mich damit nicht. Was stand wohl genau über mich in diesem Artikel? Und wie viel davon entsprach der Wahrheit? «Das ist mir neu», fügte ich schließlich hinzu und zwang mich zu einem Lächeln. «Aber dann wissen Sie ja, dass ich nur helfen will.»

«Stand heute Morgen drin.» Sie lotste uns über den gepflasterten Weg, der zwischen niedrigen Dünen von dem Gelände hinunter zum Klinikparkplatz führte. Dort zeigte sie auf einen mit Kreide markierten Pflasterstein. «Hier rauche ich manchmal heimlich, wenn's da drinnen mal wieder zu stressig wird», sagte sie und blickte zur Klinik.

«Das ist ein guter Platz», sagte ich. «Abseits, versteckt, und doch nah genug, dass man sich nicht völlig zurückzieht. Ich kann verstehen, warum Sie hierherkommen.»

Frau Moormann warf mir einen kurzen Blick zu, als wollte sie abschätzen, ob ich es ernst meinte oder es ein Vorwurf oder sogar eine Falle war, in die ich sie locken wollte. Ich setzte beruhigend hinzu: «Manchmal braucht man einen Ort, um durchzuatmen, vor allem, wenn es stressig wird. Das Gefühl kenne ich nur zu gut.»

Sie lockerte ihre Haltung ein wenig, die Verspannung aus ihren Schultern, wenn auch nur ein Stück. «Ja, das hier ist so ein Ort», murmelte sie, während sie einen kurzen Blick zur Klinik warf. Ihre Augen wanderten wieder zum Dach, als würden sie sicherstellen wollen, dass niemand uns beobachtete. «Manchmal hat man einfach das Gefühl, dass einem alles zu viel wird.»

«Gerade, wenn man das Gefühl hat, unter ständiger Beobachtung zu stehen?», fragte ich ruhig. «Ich habe die Kamera gesehen.»

Sie zögerte und wog wohl ab, ob sie mir vertrauen konnte. Schließlich seufzte sie, aber ihre Stimme war immer noch angespannt.

«Er ist ein kontrollierender Mensch. Wenn er könnte, würde er uns am liebsten rund um die Uhr überwachen. Die Kameras sind überall, angeblich zum Schutz der Patienten. Und ich vermute, dass er auch Mikrofone zum Abhören versteckt hat.»

Mikrofone? Wenn ihre Vermutung stimmte, dass auch Gespräche abgehört wurden, dann war hier weit mehr im Argen, als ich vermutet hatte. «Und warum glauben Sie, dass Mikrofone versteckt sein könnten?», fragte ich vorsichtig.

Sie tippte nervös mit den Fingern gegeneinander. «Ich habe ihn einmal gesehen, wie er in einem der Behandlungszimmer mit einem kleinen Gerät herumhantierte. Er meinte, es sei ein Messgerät für die Luftqualität, aber ...» Sie hielt inne und sah mich direkt an. «Seitdem bilde ich mir ein, dass er immer genau zu wissen scheint, was hinter seinem Rücken passiert. Vielleicht bin ich paranoid, aber wenn man lange genug hier arbeitet, bekommt man das Gefühl, dass nichts unbemerkt bleibt.»

«Das ist schwerwiegend», sagte ich, meine Stimme bewusst ruhig. «Haben Sie bereits mit jemandem darüber gesprochen?»

«Mit wem denn?» Sie schnaubte leise. «Die meisten meiner Kolleginnen sehen es entweder nicht oder wollen es nicht sehen. Doktor Felsing kann auch sehr charmant sein, er hat ein sehr einnehmendes Wesen. Aber wenn Sie mich fragen, haben wir es hier mit einem Narzissten zu tun, und zwar von der ganz üblen Sorte. Ich habe sogar versucht, mit seinem Vorgänger deswegen Kontakt aufzunehmen. Aber Doktor Beckmann hat sich völlig zurückgezogen. Keine E-Mail, keine Telefonnummer, nichts. Es ist, als hätte er Sylt und sein Leben hier komplett hinter sich gelassen.»

Ich spürte, wie die Fragen in meinem Kopf immer lauter wurden. Was hatte Greta über Felsing gewusst? Und was riskierte ich selbst, wenn ich weiter in dieses Wespennest stach? Kurz schossen mir Krüger und Thomsen und ihre Standpauke durch den Kopf, aber ich konnte nicht anders, ich musste einfach fragen: «Helfen Sie mir bitte auf die Sprünge, wer ist Doktor Beckmann?»

«Beckmann war der Klinikleiter vor Felsing. Er hat vor etwa eineinhalb Jahren urplötzlich hingeschmissen, ohne uns vorher zu informieren. Das war sehr untypisch für ihn. Es weiß auch niemand von uns, wo er jetzt lebt, auf Sylt wohl eher nicht mehr. Er hat sich nie wieder bei uns gemeldet. Nicht mal eine Karte haben wir von ihm bekommen, wobei er uns doch vorher aus jedem Urlaub eine geschickt hat.»

«Das klingt seltsam», sagte ich.

«Kurz darauf wurde uns Felsing als neue Führung vorgestellt», erzählte Frau Moormann weiter. «Mit ihm hat sich vieles verändert. Früher bin ich jeden Tag mit einem echten Lächeln auf den Lippen hierhergekommen. Heute fühlt es sich nicht mehr echt an. Ich setze es morgens auf, wie ich meine Dienstkleidung anziehe, und nehme es abends wieder ab.»

Das hörte sich alles unangenehm an, aber gab es hier eine Brücke, die zum Mord an Greta Jansen führte? «Sie war mit Sicherheit hier», sagte ich. «Greta Jansen. Ich weiß nur noch nicht, warum und wann.»

«Genau weiß ich es nicht, ich müsste im Computer nachgucken. Es ist aber höchstens etwas mehr als eine Woche her.» Frau Moormann machte eine Pause, in der sich ihr Blick im Nirgendwo verlor. «Ihm sind Routinen sehr wichtig, wissen Sie?», sagte sie schließlich. «Er trinkt immer zur selben Zeit am Nachmittag seinen Kaffee. Er mag es gar nicht, wenn etwas dazwischenkommt. Jedenfalls habe ich Doktor Felsing an dem Tag, als Greta Jansen hier war, seinen Kaffee gebracht. Er hatte ihn für zwei Personen bestellt, und dazu Sylter Friesentorte. Ich weiß es noch so genau, weil ich mich fast nicht getraut hätte anzuklopfen. Die beiden haben nämlich sehr laut diskutiert.»

Ich runzelte die Stirn. An irgendetwas war Greta Jansen da dran gewesen, da war ich mir sicher. «Was meinen Sie damit? Sie haben nicht zufällig mitverfolgt, worum genau es gegangen ist?»

«Leider nein. Aber ich habe einen Satz ganz deutlich gehört. Der hat sich in mein Gedächtnis gebrannt: Dass die Öffentlichkeit das Recht habe, die Wahrheit über ihn zu erfahren.» Frau Moormann zuckte hilflos mit den Schultern, bevor sie abrupt den Kopf schüttelte. «Aber warum erzähle ich Ihnen das überhaupt? Es ändert sich doch nichts. Und ehrlich gesagt, das ist genau die Art von Gespräch, die man hier besser nicht führt.»

«Danke, dass Sie Ihre Beobachtungen trotzdem mit mir teilen», sagte ich und hielt ihren Blick fest. «Ich weiß, dass das nicht leicht für Sie ist, vor allem unter diesen Umständen. Aber es hilft, die Wahrheit ans Licht zu bringen. Und die beginnt oft mit kleinen Details.»

«Ich glaube, das hat etwas mit dem plötzlichen Verschwinden seines Vorgängers zu tun. Daraufhin habe ich das Internet nach Felsing durchforstet, habe aber nichts Verdächtiges über ihn gefunden. Gleichzeitig habe ich angefangen, Bewerbungen zu schreiben. Sobald ich eine Zusage habe, bin ich hier weg. Wer so einen Chef hat, kann einfach nicht mehr ruhig schlafen», sagte sie leise. Immer wieder wanderte ihr Blick flüchtig umher, zur Klinik zurück. Ihre Finger spielten nervös mit den Ärmeln ihrer Jacke, und sie verlagerte unruhig ihr Gewicht von einem Fuß auf den anderen.

Ihre Worte hallten in meinem Kopf nach. Das Recht auf die Wahrheit. Was hatte Greta Jansen herausgefunden, dass sie Felsing mit so einem Vorwurf konfrontierte? Und was hatte es mit dem plötzlichen Verschwinden von Dr. Beckmann auf sich? Der Gedanke, dass Greta möglicherweise in denselben Abgrund dieser Fragen geblickt hatte, ließ mich schaudern. Sie war Journalistin. Sie hatte sicher davon erfahren und Antworten gesucht. War sie deswegen gestorben?

«Warum haben Sie nicht die Polizei informiert?», fragte ich. «Spätestens nach dem Tod der Journalistin.»

«Was sollte ich denn tun?» Sie hob die Hände leicht

hoch, ließ sie dann wieder sinken, als ob sie ihre eigene Ohnmacht unterstreichen wollte. «Weil ich den Verdacht habe, dass er uns belauscht? Das mit Greta Jansen habe ich erst gestern Abend erfahren, und ich hatte eine schlaflose Nacht deswegen. Aber heute Morgen stand ja dann in der Zeitung, dass es der Ehemann war.»

Die Presse hatte auch schon über Christian Jansen berichtet, obwohl noch gar nicht feststand, dass er der Täter war? Ich biss ein wenig die Zähne zusammen, zwang mich aber, ruhig zu bleiben. Solche voreiligen Schlagzeilen könnten die Ermittlungen unnötig erschweren oder, schlimmer noch, Menschen in Gefahr bringen, die mit dem Fall gar nichts zu tun hatten. Und auch Frau Moormann, da war ich mir nun sicher, sollte sich ein wenig in Acht nehmen.

«Seien Sie bitte vorsichtig», sagte ich eindringlich. «Halten Sie sich möglichst fern von Doktor Felsing, bis Sie hier weg sind. Am besten, Sie lassen sich einfach krankschreiben. Und wenn Ihnen noch etwas einfällt, rufen Sie mich an, ja?»

Sie nickte, und ich gab ihr meine Nummer.

«Und wenn wir jetzt zurück durch das Gebäude gehen, erzählen Sie mir wieder fröhlich etwas über diese wundervolle Einrichtung», sagte ich.

«Haben Sie denn schon mal Yoga gemacht oder meditiert?», fragte sie, als wir die Klinik wieder betraten.

«Yoga», sagte ich. «Aber für Meditation interessiere ich mich auch. Da würde ich auf jeden Fall gerne mal reinschnuppern wollen.»

«Da sind Sie hier bei uns genau richtig. Hier können Sie zur Ruhe kommen und Kraft schöpfen.»

Frau Moormann war wieder in den freundlichen Geschäftston übergegangen, mit dem sie vermutlich mit jedem Besucher oder potenziellen Patienten sprach. Ihre Stimme klang lebhaft und professionell.

«Das klingt wirklich beeindruckend», sagte ich. «Danke, Frau Moormann.»

Für einen winzigen Moment hielt sie inne, fast unmerklich, bevor sie mit einem perfekt einstudierten Lächeln antwortete: «Sehr gern. Ich hoffe, wir sehen uns bald wieder.»

«Aufwachen, Schlafmütze. Wir müssen los. Es gibt Arbeit für uns.»

Dolores hob ihren Kopf und sah mich mit trägem Blick an, als wollte sie mich fragen, warum ich sie nicht länger schlafen ließ. Als ich durch die Klinik geführt worden war, hatte ich mich zwischendurch kurz um sie gesorgt. Aber wie ich nun feststellte, war das unbegründet gewesen, denn offensichtlich hatte sie meine längere Abwesenheit nicht einmal mitbekommen.

Ich bedankte mich bei Frau Moormann, sie gab mir zwei Probe-Flakons des klinikeigenen Parfüms mit, und zum Abschied versprach sie, mir einen Spezialpreis anzubieten, falls ich mal ein paar Tage vor Ort ausspannen wollte.

Falls Dr. Felsing uns beobachten oder abhören sollte, würde er nichts Verdächtiges feststellen.

Dann gingen Dolores und ich über den gepflasterten Weg durch den Garten und zwischen den Dünen zurück zur Straße.

Es war kurz nach fünfzehn Uhr, als ich Krüger anrief. Da sie nicht ranging, hinterließ ich ihr eine Sprachnachricht.

«Gaby Scholle hier, ich weiß ja, dass ich mich raushalten soll, aber ich müsste wissen, ob sich die Frage mit Christian Jansens Alibi mittlerweile geklärt hat. Falls er nämlich doch eins hat, habe ich ein paar interessante Neuigkeiten erfahren. Könnten Sie mich bitte zurückrufen? Ich bin gerade auf Sylt. Es geht um einen gewissen Doktor Felsing, über den Greta Jansen irgendetwas herausgefunden haben muss. Danke und bis später.»

Danach versuchte ich es auf der Amrumer Wache und erwischte Tanja.

«Moin, Tanja, sind dein Verlobter oder Petersen zufällig in der Nähe?»

«Die sind unterwegs, irgendein Fahrraddiebstahl, und zwar ein richtig großer. Da wollte jemand mit einem vollgeladenen Lieferwagen über die Fähre ...»

Ich unterbrach sie. «Dann versuche ich es auf dem Handy.»

Auch da hatte ich kein Glück und hinterließ Petersen eine ähnlich klingende Nachricht.

Danach rief ich Willi an. Er war Sylter, vielleicht wusste er etwas mehr über diesen Dr. Beckmann, der die Klinik so Hals über Kopf verlassen hatte.

Er nahm erst beim zweiten Versuch ab.

«Moin, Gaby», sagte er mit irritierter Stimme. «Ich habe nicht damit gerechnet, so schnell wieder von dir zu hören.»

«Ich genauso wenig, um ehrlich zu sein», antwortete ich. Und fiel sofort mit der Tür ins Haus. «Ich brauche deine Hilfe. Kennst du zufällig Doktor Beckmann, der die Klinik bis vor eineinhalb Jahren geleitet hat?»

«Nicht persönlich», antwortete er. «Worum geht es denn?»

Ich holte Luft und erzählte es ihm kurz, wobei ich Frau Moormann nicht erwähnte. Noch wusste ich nicht, wie viel ich preisgeben konnte, und ich wollte sie nicht unnötig in Schwierigkeiten bringen. Stattdessen hielt ich mich an die Fakten: das plötzliche Verschwinden von Dr. Beckmann, die Überwachung in der Klinik und die allgemeine Atmosphäre, die mir aufgefallen war.

Willi schwieg einen Moment. «Doktor Beckmann», wiederholte er schließlich, als ob er den Namen abwog. «Ich erinnere mich, dass damals einiges gemunkelt wurde. Nicht laut, natürlich, auf Sylt redet man selten laut über solche Sachen. Aber die Leute fanden es komisch, dass er so plötzlich verschwunden war. Es hieß, er hatte gesundheitliche Gründe, aber ich weiß nicht ...»

«Was weißt du noch?», fragte ich, bemüht, ihn weiter zum Sprechen zu bringen.

«Es gingen Gerüchte um ... Nichts Handfestes, aber du weißt ja, wie das ist. Manche sagten, er hätte finanzielle Probleme gehabt. Andere meinten, er sei gegangen, weil er nicht mit einem größeren medizinischen Skandal in der Klinik in Verbindung gebracht werden wollte.»

«Ein Skandal?», hakte ich nach, mein Interesse geweckt. «Was für ein Skandal?»

«Das ist der Punkt, keiner wusste es genau», sagte Willi mit einem Seufzen. Dann sagte er: «Gib mir ein paar Minuten, da gibt es jemanden, den ich mal fragen könnte.»

«Danke, das ist sehr nett von dir.» Ich blickte mich um und entdeckte einen Weg, der wieder in die Dünen und weg von der Klinik führte. «Komm, Dolores, wir suchen uns ein ruhiges Plätzchen.»

Der Wind war frisch, aber nicht unangenehm, und die Aussicht auf die Wellen, die in der Ferne brachen, halfen mir, einen Moment lang durchzuatmen. Ich hatte das Gefühl, dass ich mit diesem Gespräch einen Faden in der Hand hielt, der mich näher an die Wahrheit führen könnte, vorausgesetzt, Willi fand etwas heraus.

Während ich wartete, ließ ich meinen Blick über die Umgebung schweifen. Die Bank war gut platziert, geschützt vor den stärksten Böen, und dennoch hatte man von hier aus eine klare Sicht. Ruhe konnte man also auch auf Sylt finden. Und dennoch schien die Insel in einem anderen Rhythmus zu atmen. Amrum hatte eine ruhigere Seele. Hier auf Sylt spürte ich eine gewisse Rastlosigkeit, selbst in den stilleren Ecken. Vielleicht lag es an der Nähe zum Trubel, an den schicken Boutiquen, den teuren Restaurants, den Menschen, die hierherkamen, um zu sehen und gesehen zu werden. «Es ist sehr schön hier. Unsere Herzen schlagen jedoch für Amrum, nicht wahr, Dolores?», sagte ich.

Da rief Willi an. Ich nahm sofort ab.

«Das ging schnell», sagte ich.

«Ja, manchmal hat man Glück», antwortete er, seine Stimme klang etwas ernster. «Ich habe mit einem alten Kollegen von Beckmann gesprochen, der hier auf Sylt lebt. Der wollte nicht viel sagen, aber eines ist klar: Es gab tatsächlich Probleme in der Klinik, Beckmann war nicht damit einverstanden, wie man mit den Patienten umgegangen ist.»

«Inwiefern?», fragte ich, während ich die Worte in meinem Kopf sortierte.

«Angeblich ging es um überflüssige oder überteuerte Behandlungen. Man hat den Patienten Dinge aufgeschwatzt, die sie gar nicht gebraucht haben, nur um die Einnahmen zu steigern. Beckmann hat das wohl entdeckt und wollte es abstellen. Und dann ... na ja, plötzlich war er weg. Aber weißt du was?», sagte Willi, und in seiner Stimme schwankte plötzlich eine Spur von Freude mit. «Ich habe seine Kontaktdaten für dich rausgefunden.»

Ich setzte mich aufrechter hin, überrascht. «Ehrlich? Wie hast du das denn so schnell geschafft?»

«Tja, ich sagte doch vorhin, ich bin eben ein Ureinwohner», antwortete er mit einem leicht amüsierten Unterton. «Ich kenne viele Leute, und nur zwei Telefonate später hatte ich genau das, was du brauchst.»

Ich lachte leise. «Ich bin beeindruckt.»

«Das kannst du ruhig sein», sagte er mit gespieltem Stolz. «Aber im Ernst, ich hoffe, dass es dir hilft. Beckmann soll wohl ziemlich zurückgezogen in Dänemark leben, aber er könnte ein paar Antworten auf deine Fragen haben.»

«Danke, Willi», sagte ich und war beeindruckt davon, was er alles in Bewegung gesetzt hatte, um mir zu helfen – und letztendlich auch herauszufinden, was mit Greta geschehen war, wenn nicht tatsächlich der Ehemann für ihren Tod verantwortlich war. «Ich weiß das wirklich zu schätzen. Dänemark, sagst du? Dann hat er sich also ins Ausland abgesetzt.»

«Absetzen würde ich das nicht nennen», sagte Willi. «Beckmann lebt auf Rømø, mit der Fähre bist du in weniger als einer Stunde drüben. Es ist wie ein Nachbardorf, nur dass eben Wasser dazwischenliegt.»

«Rømø?», fragte ich und rief mir die Lage der kleinen dänischen Insel ins Gedächtnis. Sie lag direkt gegenüber von Sylt, nur durch das Wattenmeer getrennt. «Das ist ja wirklich nah. Ich hätte gedacht, er hätte sich weiter entfernt.»

«Näher, als man denkt», sagte Willi. «Und mal ehrlich: Wenn man hier oben lebt, fühlt sich Dänemark oft nicht wie ‹das Ausland› an. Es ist einfach … ein Teil von uns. Jedenfalls für mich. Weißt du, Gaby, Sylt gehörte lange zu Dänemark, und für viele von uns ist das mehr als nur Geschichte. Ich fühle mich auf jeden Fall immer noch ein bisschen wie ein Däne. Es ist eine Art Zugehörigkeit, die tief sitzt.»

Seine Worte ließen mich an Frerk denken, der ähnlich dachte. Die beiden würden sich sicher gut verstehen. Was er wohl sagen würde, wenn er von den Neuigkeiten erfuhr? Ich musste mich unbedingt gleich bei ihm melden.

«Danke, Willi, das hilft mir sehr», sagte ich.

«Keine Ursache. Aber sei bitte vorsichtig, Gaby. Wenn da etwas wirklich Großes im Hintergrund läuft, könnte es heikel werden.»

«Das bin ich, ich passe auf.»

«Gut, dann schicke ich dir jetzt seinen Kontakt aufs Handy.»

Seine Tochter hatte ihm die Funktionen seines Smartphones tatsächlich gut erklärt. Nur Sekunden später vibrierte mein Handy.

KAPITEL 25

ej, det er Karl Beckmann», meldete sich der ehemalige Klinikchef. Mein Dänisch war zwar etwas eingerostet, aber dafür reichte es noch. Aus Urlauben mit Rolf wusste ich, dass diese Begrüßung auch in anderen skandinavischen Ländern üblich war.

«Hej, mein Name ist Gabriele Scholle», stellte ich mich vor. «Bitte entschuldigen Sie die Störung. Ich arbeite für die Mordkommission in Wiesbaden, rufe aber nicht in offizieller Funktion an. Ihre Telefonnummer habe ich über drei Ecken von einem Sylter Bekannten bekommen, Wilhelm Witt», fuhr ich fort, bemüht, meinen Ton besonders freundlich und respektvoll klingen zu lassen. «Es tut mir leid, dass ich sie so überfalle, aber es ist wirklich wichtig.»

Ich hielt kurz inne, um ihn nicht gleich zu überfordern. Beckmann sollte nicht das Gefühl bekommen, ich hätte nur angerufen, um ihn zur Verantwortung zu ziehen. Schließlich war ich auf seine Kooperation angewiesen. Es war besser, ihm von Anfang an das Gefühl zu geben, dass er mir helfen konnte, ohne dabei selbst in Gefahr zu geraten. «Es ist nichts, was Sie direkt betrifft, Herr Beckmann, da kann ich Sie gleich beruhigen», fügte ich daher rasch hinzu. Die Worte sollten ihm signalisieren, dass ich ihn nicht angerufen hatte, um nach Schuldigen zu suchen, jedenfalls nicht nach ihm. «Ich hoffe aber, Sie könnten mir mit ein paar Informationen weiterhelfen.»

Am anderen Ende der Leitung herrschte einen Moment Stille, bevor Beckmann schließlich antwortete. Seine Stimme klang ruhig, aber auch ein wenig reserviert. «Worum geht es, Frau Scholle?»

Gut, dachte ich, er war noch im Gespräch. Jetzt musste ich aufpassen, ihn nicht zu verschrecken. Wenn ich von einem Mord sprach, könnte er sofort abblocken, oder schlimmer noch, misstrauisch werden. Es war besser, vage zu bleiben und ihn erst später, wenn er mir vertraute, mit den konkreten Details zu konfrontieren.

«Es geht um das Harmony-Resort auf Sylt, bei dem Sie bis vor eineinhalb Jahren die Geschäftsführung innehatten», erklärte ich. «Ich recherchiere in einem Fall, der möglicherweise mit einem Ereignis dort zusammenhängen könnte. Zumindest gibt es ein paar lose Enden, die ich gerne besser verstehen würde. Vielleicht können Sie mir da weiterhelfen.»

«Aha, die Klinik, da kann ich Ihnen leider keine Auskunft geben. Ich habe die Leitung vor anderthalb Jahren an meinen Nachfolger übergeben, wie Sie ja selbst festgestellt haben.»

Das Abblocken war keine Überraschung. Ich hatte damit gerechnet und jetzt bewusst eine Spur mehr Nachdruck in meiner Stimme gelegt, ohne ungeduldig zu wirken. «Das weiß ich. Und ich habe auch gehört, dass es während Ihrer Zeit Unregelmäßigkeiten gegeben hat, mit denen Sie nicht einverstanden waren.»

«Das kommt in den besten Familien und auch in Kliniken vor», erwiderte er gelassen. Aber ich hörte den leichten Anflug von Anspannung in seiner Stimme.

Ich atmete tief durch. Es war der Moment, konkreter zu werden. Beckmann brauchte das Gefühl, dass es wirklich wichtig war und dass er mir vertrauen konnte. Ich entschied mich, ehrlich zu sein, aber so vorsichtig wie möglich. «Das stimmt natürlich, Herr Beckmann, aber hier geht es leider um eine Sache, die sehr traurig ist. Eine Journalistin wurde ermordet. Sie hieß Greta Jansen, und nach allem, was ich weiß, hat sie über etwas recherchiert, das anscheinend mit der Klinik zu tun hatte. Ich versuche herauszufinden, was das gewesen sein könnte.»

Am anderen Ende war es so still, dass ich für einen Moment dachte, die Verbindung sei abgebrochen. Doch dann hörte ich ihn leise und zögerlich sprechen. «Greta Jansen ... ich habe darüber online in den *Sylter Nachrichten* gelesen. Das war doch auf Amrum. Sie meinen doch nicht ernsthaft, dass ich etwas damit zu tun haben könnte?»

«Nein, Herr Beckmann», sagte ich sofort. «Ich habe keine Hinweise, dass Sie persönlich in irgendetwas verwickelt sind. Es geht nur darum, zu verstehen, woran Frau Jansen gearbeitet hat.» Ich zögerte kurz. «Nach Ihrer Zeit.»

Sein Schweigen zog sich diesmal länger hin, bevor er schließlich sagte: «Es geht hier also gar nicht um mich, sondern um meinen Nachfolger Felsing?»

«Ja», bestätigte ich. Nun war der richtige Moment gekommen, das Tempo etwas anzuziehen, ohne zu forsch zu wirken. «Herr Beckmann, ich glaube, Sie könnten mir wirklich helfen. Wie wäre es mit einem Treffen?», schlug ich vor. «Ich könnte nach Rømø kommen, wenn es Ihnen passt.»

Er lachte trocken. «Ich kenne Sie nicht. Sie könnten sonst wer sein und alle möglichen Absichten verfolgen.»

«Das stimmt. Ich kann verstehen, dass Sie vorsichtig sind. Deshalb möchte ich ganz offen sein: Greta Jansen hat offensichtlich an einer Geschichte gearbeitet, die möglicherweise Verbindungen zum Harmony-Resort hatte. Ich versuche herauszufinden, worum es dabei gegangen sein und wie das alles zusammenhängen könnte.»

Ich gab ihm einen Moment und setzte dann behutsam nach: «Es tut mir leid, wenn mein Anruf Sie überrumpelt hat, aber ich bin wirklich darauf angewiesen, mit jemandem zu sprechen, der die Vorgänge im Resort kennt. Sie haben es lange geleitet und hatten sicher einen Einblick, den andere nicht hatten – und ich glaube, Sie könnten mir helfen, das alles zu verstehen.»

«Ich will nicht, dass mein Name in irgendwelchen Schlagzeilen auftaucht», sagte er.

«Das kann ich Ihnen garantieren, Herr Beckmann. Ihre Unterstützung bleibt vollkommen diskret.»

«Gut, dann hören Sie genau zu: Der Mann, über den Sie hier sprechen, ist gefährlich. Ich hatte meine Gründe, von Sylt zu verschwinden. Darauf kann und werde ich hier aber nicht genauer eingehen. Es tut mir sehr leid, was mit der Journalistin passiert ist. Glauben Sie mir, wenn ich wüsste, an welcher Sache die Frau dran war, dann würde ich es Ihnen sagen. Ich kann mir allerdings nicht vorstellen, dass es mit der Geschäftspolitik zu tun hatte. Das war nur eine moralische Frage. Da ist nichts Unrechtes passiert.»

Ich runzelte die Stirn und bemühte mich, meine Verwirrung nicht zu deutlich durchklingen zu lassen. «Eine moralische Frage? Entschuldigen Sie, Herr Beckmann, ich verstehe nicht ganz, was Sie damit meinen. Können Sie mir das etwas genauer erklären?»

«Das Resort hat eine sehr ... sagen wir, exklusive Klientel bedient», antwortete er. «Es gab Entscheidungen, die ich moralisch fragwürdig fand, aber das betraf nur den Umgang mit bestimmten Patienten oder deren Anliegen, nicht die Legalität der Geschäftspraktiken. Es war alles im Rahmen der Gesetze. Aber ich konnte das irgendwann nicht mehr mit mir selbst vereinbaren.»

«Das spricht für Sie», sagte ich. «Aber Herr Beckmann, warum haben Sie Herrn Felsing gerade als gefährlich bezeichnet? Könnten Sie da bitte etwas konkreter werden?»

Am anderen Ende der Leitung war es noch kurz still, dann atmete er hörbar aus. «Frau Scholle, ich bin nicht blind gewesen. Ich habe Dinge gesehen, gehört, aber vieles davon war indirekt, nie handfest. Ich habe meine eigene Integrität geschützt, indem ich gegangen bin, bevor es schlimmer wurde. Felsing beherrscht die Kunst, Menschen zu manipulieren. Er bringt sie dazu, Dinge zu tun, die sie nicht tun sollten, und sie merken es erst, wenn es zu spät ist.»

«Das klingt, als ob Sie eine Vorstellung davon hätten, wie er Greta Jansen in Gefahr gebracht haben könnte», sagte ich behutsam.

«Ich sage Ihnen, was ich weiß: Wenn sie in seiner Klinik etwas entdeckt hat, das sie nicht entdecken sollte, dann hat sie sich einen Feind gemacht. Aber ich kann mir nicht vorstellen, dass es nur um Abrechnungen oder Behandlungspläne geht. Nur so viel noch: Felsing ist skrupellos, das habe ich selbst erfahren.»

«Er hat was gegen Sie in der Hand!», fuhr es mir unbedacht heraus.

«Sind Sie noch in List, in der Nähe der Klinik?», fragte Beckmann.

Die plötzliche Wendung seines Tonfalls ließ mich innehalten. Es war keine bloße Frage, da lag eine Dringlichkeit in seiner Stimme, die mir einen Schauer über den Rücken jagte.

«Warum fragen Sie das?», entgegnete ich vorsichtig, bemüht, meinen eigenen Ton ruhig zu halten.

«Sie sollten sich besser nicht zu lange dort aufhalten», sagte er nach einem Moment des Zögerns.

«Ich bin in Sicherheit», log ich halbherzig, während ich unwillkürlich um mich blickte. Mein Herz schlug schneller bei dem Gedanken, dass Felsing vielleicht wusste, dass ich Fragen stellte. «Aber Sie haben recht, ich werde vorsichtig sein.» Ich versuchte es noch ein letztes Mal. «Und Sie wissen wirklich nichts?»

«Der Mann hat irgendetwas zu verbergen», sagte er. «Und er geht über Leichen.» Er räusperte sich. «Das war jetzt nur eine Redewendung. Ob er etwas mit dem Tod der Journalistin zu tun hatte, weiß ich wirklich nicht.»

Eine Gänsehaut kroch über meine Arme, und ich spürte, wie die Worte laut in mir nachhallten. *Er geht über Leichen.* Beckmann mochte es als Redewendung abgetan haben, doch etwas in seinem Ton verriet mir, dass er es nicht ganz so beiläufig meinte, wie er vorgab.

«Ich danke Ihnen trotzdem, Herr Beckmann», sagte ich leise, bemüht, meine Stimme weiter ruhig zu halten. «Falls Ihnen doch noch etwas einfällt – ein Detail, ein Name, irgendetwas, dann melden Sie sich doch bitte. Es könnte entscheidend sein.»

«Ich werde darüber nachdenken», antwortete er, diesmal mit einem erschöpften Unterton. «Aber ich habe Ihnen schon mehr gesagt, als ich eigentlich wollte. Seien Sie vorsichtig, Frau Scholle.»

«Das werde ich», versicherte ich. Und nachdem wir uns verabschiedet hatten, sagte ich zu Dolores: «Du musst fein aufpassen auf deine Oma.»

Sie spitzte die Ohren und sah mich aufmerksam an.

Ich schaute mich um und war beruhigt, als ich eine Gruppe Frauen den Weg entlangkommen sah. Nachdem sie an meiner Bank vorbei waren, ging ich im kurzen Abstand hinter ihnen her, bis wir die belebte Straße erreicht hatten.

Dort griff ich zum Telefon und rief Frerk an.

«Gut, dass du rangehst», sagte ich erleichtert. «Ich muss dir etwas erzählen ...»

«Setz dich ins Taxi, lass dich zum Hafen bringen und komm zurück nach Amrum!», sagte er, als ich fertig berichtet hatte. «Ich hol dich in Wittdün ab. Und komm ja nicht auf die Idee, noch irgendetwas allein in der Sache zu unternehmen. Ab sofort gehen wir nur noch zu zweit.»

«Abgemacht», stimmte ich sofort zu.

Wir hatten keine Beweise. Allein die Tatsache, dass Greta Jansen kurz vor ihrem Tod einen Streit mit Felsing hatte, wie ich von Frau Moormann erfahren hatte, bedeutete nicht, dass er hinter allem steckte. Doch es war ein Gefühl, das ich nicht abschütteln konnte. Eines, das sich tief in meinem Bauch festgesetzt hatte, als mein Instinkt längst die Verbindung gezogen hatte. Aber würde das reichen, um ihn zu überführen? Wohl kaum.

«Abgemacht», sagte ich und meinte es ernst. Frerk hatte recht: Allein weiterzumachen, wäre nicht nur riskant, sondern auch dumm. Felsing war gefährlich, und ich konnte es mir nicht leisten, Fehler zu machen.

Ich suchte im Internet nach einem Taxiunternehmen, gab meinen Standort durch, und während ich am Straßenrand auf den Wagen wartete, ging ich die Informationen noch einmal durch. Beckmann hatte deutlich gemacht, dass Felsing über Leichen ging, auch wenn er es als Redewendung abgetan hatte. Und der Streit mit Greta Jansen, kurz vor ihrem Tod, passte ins Bild. Doch was genau hatte sie herausgefunden? Und warum war sie dafür gestorben?

Das Taxi hielt an, und ich stieg ein. «Zum Hafen nach Hörnum, bitte», sagte ich knapp und lehnte mich zurück, während der Fahrer nickte und den Wagen in Bewegung setzte. Dolores, die brav neben mir auf der Rückbank saß, legte ihren Kopf auf meinen Schoß, als spüre sie, dass sie mich beschützen musste. Während das Taxi über die Straßen Sylts fuhr, ließ ich meine Gedanken schweifen. Plötzlich schoss mir etwas in den Kopf, was ich beinahe vergessen hätte: der würzig-süße Duft, den ich sowohl an Felsing als auch im Öömrang Hüs gerochen hatte.

«Er war es», sagte ich leise zu mir selbst. Da war ich mir jetzt ganz sicher.

Wir waren kurz vor dem Hafen, da rief Krüger an.

«Frau Scholle», sagte sie. «Ich habe Ihre Nachricht abgehört. Haben wir Ihnen nicht deutlich genug klargemacht, dass Sie sich aus der Sache rauszuhalten haben?»

«Ja», antwortete ich. «Aber ich bin gerade auf Sylt und ich habe wirklich interessante Neuigkeiten für Sie.» Ich sah nach vorne zum Taxifahrer, der mich durch den Rückspiegel musterte. «Kann ich Sie gleich deswegen zurückrufen?»

«Ich bin jetzt unterwegs», sagte sie. «Lassen Sie uns morgen sprechen. Ich muss sowieso noch mal nach Amrum. Was halten Sie von elf Uhr dreißig? Ich nehme die Fähre, ich kann ja nicht immer mit dem Hubschrauber kommen.»

«Elf Uhr dreißig, abgemacht», sagte ich. Und fügte in Gedanken hinzu, dass ich bis dahin auch noch mit Frerk das Archiv besuchen könnte, in der Hoffnung, dass Gretas Unterlagen noch da waren. Und dass wir dort den entscheidenden Hinweis finden könnten.

Am Hafen angekommen, atmete ich erleichtert auf. Ich merkte doch, dass die Eindringlichkeit, mit der Beckmann zu mir gesprochen hatte, nicht spurlos an mir vorbeiging. Ich setzte mich in ein Café, trank eine große Rhabarberschorle und versorgte Dolores mit Wasser.

Gerade als die Fähre ablegte, rief als Nächstes Petersen an. Er begrüßte mich mit einer ähnlichen Ansage wie Krüger: «Moin, Gaby. Was machst du denn schon wieder für Sachen? Ich habe gerade die Nachricht abgehört, die du mir aufgesprochen hast. Du bist auf Sylt?»

«Jetzt gerade auf dem Weg zurück nach Amrum», sagte ich. «Aber sag mal, wo wir gerade telefonieren ... Mich würde interessieren, wo Christian Jansen eigentlich zur Tatzeit war.»

«Gaby!», schimpfte Petersen. «Du bist aus der Sache raus.»

«Bisher wissen wir doch nur, dass er zur Tatzeit nicht in Salzburg war. Aber habt ihr mal überprüft, ob er stattdessen auf Amrum war?»

Er seufzte. «Wir sind auch raus, Jensen und ich. Krüger und Thomsen haben Christian Jansen doch zur weiteren Befragung mit nach Flensburg genommen.»

«Könntest du das denn rausfinden?», fragte ich.

«Gaby!», sagte Petersen ein weiteres Mal streng.

«Was ist, wenn ihr den Falschen habt?», konterte ich. «Komm schon, Finn, wir haben doch beim letzten Fall auch sehr gut zusammengearbeitet. Frerk und ich, wir haben es rausgefunden, und am Ende hast du uns alle gerettet.»

«Mach mir bloß keinen Mist», sagte Petersen nun. «Du bist auf der Fähre nach Amrum?»

«Ja», sagte ich.

«Gut, versprich mir, dass du mir ab jetzt immer mitteilst, wo du hingehst, wenn du es nicht lassen kannst zu recherchieren. Damit ich es einfacher habe, falls ich dich wieder aus irgendeiner misslichen Lage befreien muss.»

«Na gut», stimmte ich zu. «Aber dafür fragst du mal bei Krüger und Thomsen nach, ob Christian Jansen auf Amrum war oder ob er vielleicht sogar ein Alibi hatte.»

Er seufzte wieder. «Wenn sie herausfinden, dass ich es dir dann weitersage, buchten Krüger und Jensen mich glatt ein.»

«Nur wenn sie dich erwischen, aber ich halte dicht, das

weißt du!», sagte ich. «Und ach ja, könntest du dann auch gleich mal einen gewissen Doktor Theodor Felsing überprüfen? Vielleicht findest du ja was Interessantes über ihn.»

«Felsing? Der von der Nachricht, die du mir aufgesprochen hast? Gaby, du bringst mich wirklich in Teufels Küche. Was genau soll ich denn machen?»

«Ganz einfach», sagte ich mit gespielter Leichtigkeit. «Schau mal bei POLAS nach.» Vielleicht spuckte ja das Polizeiauskunftssystem etwas über ihn aus. Darauf würde ich mittlerweile fast Dolores' letzte Leckerlis verwetten.

KAPITEL 26

Es war halb sieben, als wir am Amrumer Hafen ankamen und ich erleichtert aufatmete. Dolores sprang mit einem Satz die Gangway hinunter, als wir das Schiff verlassen durften. Ich folgte ihr und hielt die Leine fest, während ich mich auf dem Pier umsah. Frerk stand ein paar Meter entfernt, die Arme vor der Brust verschränkt, das Gesicht ernst, und sein Blick ruhte unverwandt auf mir. Dolores trabte freudig zu ihm, der Schwanz wedelte wie ein kleiner Propeller.

Als ich schließlich vor ihm stand, blickte er mich an, ohne ein Wort zu sagen. Ich wollte gerade eine Erklärung abgeben, da schüttelte er plötzlich den Kopf und seufzte leise. «Gaby», sagte er schließlich, seine Stimme ruhig, aber eindringlich. «Du machst mich noch wahnsinnig. Weißt du das?»

Ich öffnete den Mund, um etwas zu erwidern, doch bevor ich dazu kam, ließ er die Arme sinken, trat einen Schritt auf mich zu und zog mich unvermittelt in eine feste Umarmung. Es war ein Moment, der mich völlig überraschte. Seine Hände ruhten warm auf meinem Rücken, und ich spürte, wie er einen Moment innehielt, als wollte er diese Geste genauso für sich selbst festhalten wie für mich.

«Pass bitte auf dich auf, ja?», murmelte er an meinem Ohr.

Ich schloss die Augen und ließ mich für einen Moment in diese seltene Nähe fallen. Es war so unerwartet, aber gleichzeitig genau das, was ich gebraucht hatte.

Langsam löste er sich von mir, sah mir in die Augen und musterte mich eindringlich. «Ich werde nicht zulassen, dass du dich wieder allein in Gefahr bringst. Ab sofort gehen wir das nur noch gemeinsam an.»

Ich nickte. «Dann sehen wir uns jetzt das Archiv an? Vielleicht finden wir dort endlich den entscheidenden Hinweis.»

«Das hat Zeit bis morgen, Butt», sagte Frerk. «Wir fahren gleich in der Früh, so wie beim letzten Mal.»

«Gut», sagte ich und seufzte. «Heute hatte ich ehrlich gesagt auch schon genug Aufregung.»

«Du musst mir gleich alles noch mal ganz in Ruhe und ausführlich erzählen.»

Ich spürte, dass etwas zwischen uns anders war. Wir waren uns nähergekommen, Frerk und ich, waren uns vertrauter geworden. Es war nicht nur die Insel, es waren auch die Menschen, die hier lebten. Sie waren mir wichtig geworden. Allen voran Frerk, aber auch Ine, Petersen und Jensen. Und heute hatte ich André näher kennengelernt, Henry und Judith. Ich stellte überrascht fest: Sie würden mir fehlen, wenn ich Amrum verließ.

Den Abend verbrachten wir gemeinsam bei Rührei und Krabben auf dicken Scheiben Roggenbrot. Auf Alkohol verzichtete ich heute. Auf der Insel wurde bei vielen Gelegenheiten Alkohol gereicht, als wäre es ein selbstverständlicher Teil der Inselkultur. Sei es ein Bier zum Mittagessen oder ein Gläschen Friesengeist zwischendurch, Alkohol gehörte hier offenbar dazu wie die Möwen zu dem Meer. Doch ich zog es vor, meinen Kopf klar zu behalten.

Das Rührei mit den Krabben schmeckte hervorragend, und die dicken Scheiben Roggenbrot waren so frisch und herzhaft, dass ich mir sogar ein zweites belegtes Brot nahm. Dolores lag zu meinen Füßen und verfolgte jede unserer Bewegungen, insbesondere Frerks. Ich hatte ihn darum gebeten, ihr nichts vom Tisch zu geben. Er hielt sich daran. Aber verräterischerweise war er seitdem manchmal auffallend ungeschickt, und es fielen ihm einige leckere Kleinigkeiten auf den Boden.

Nachdem wir alles durchgesprochen hatten und wir uns einig waren, dass Felsing verdächtig war und der Schlüssel in Gretas Recherche liegen konnte, ging ich nach oben, setzte mich in den Sessel und sah aus dem Schlafzimmerfenster. Frerk ging eine letzte Runde mit Dolores. Um halb elf brachte er sie mir zurück. Ich hatte schon meinen Pyjama an, legte mich ins Bett, knipste die Nachttischlampe an und fiel sofort in einen traumlosen tiefen Schlaf.

Um acht Uhr klingelte der Wecker. Eine halbe Stunde später saßen wir auf den Rädern.

«Der frühe Vogel fängt den Wurm», sagte Frerk.

«Und die späte Gaby freut sich, wenn sie den Rest ihres Urlaubs ausschlafen darf», erwiderte ich und grinste, während ich mein Rad neben ihm in Schwung brachte.

Die Straßen und Wege waren noch ruhig, nur ein paar

Frühaufsteher waren unterwegs, manche mit Einkaufsbeuteln, wahrscheinlich auf dem Weg zur Bäckerei. Es hatte etwas Beruhigendes, die Insel in ihrem langsam erwachenden Rhythmus zu erleben.

Um kurz vor neun betraten wir das Archiv, und ich fluchte leise: «Mist!» Der Schreibtisch war leer. «Die Spurensicherung hat jetzt also doch die Sachen mitgenommen.»

«Ja, sieht ganz danach aus, tut mir leid, Butt. Ich schätze, das war's dann mit der Spur nach Sylt.»

«Moin, Frerk», sagte da plötzlich jemand mit tiefer, etwas kratziger Stimme, und ich bekam einen gewaltigen Schrecken. Es war ein großer, etwa siebzigjähriger Mann mit einer breiten Statur, wettergegerbter Haut und einem weißen Bart, der an einen alten Seebären erinnerte. Seine grauen Augen musterten uns aufmerksam, aber nicht unfreundlich. Er trug eine Schiebermütze und eine dunkelblaue leichte Strickjacke, die genauso alt aussah wie der Mann selbst.

«Das ist Ocke Claussen», stellte Frerk ihn vor. «Ocke war früher Lehrer, aber inzwischen ist er das wandelnde Gedächtnis der Insel und unser Archivar.» Er sah zu mir. «Und das ist Gaby.»

«Moin», sagte ich und versuchte, mich von meinem Schreck zu erholen. «Tut mir leid, ich war gerade gedanklich woanders.»

«Das hab ich gesehen», erwiderte Ocke mit einem leichten Schmunzeln. «Frerk, was treibt euch hierher? Ihr seid doch nicht etwa hinter den Sachen von Greta Jansen her?»

Frerk nickte. «Genau deshalb sind wir hier. Aber es sieht so aus, als hätte die Spurensicherung alles eingesackt.»

Ocke kratzte sich nachdenklich am Kinn. «Das stimmt. Die haben alles mitgenommen. Wonach sucht ihr denn genau?»

«Sylt», sagte Frerk.

Ocke nickte mit Kopf zum Computer. «Sie hat oft hier am PC gesessen, weil das WLAN im Hüsken nicht so gut funktioniert. Schaut doch einfach mal in den Verlauf.»

«Verlauf?», fragte Frerk.

«Ich mache das», sagte ich. «Gute Idee, Ocke.»

Es dauerte nicht lange, da hatte ich den Computer hochgefahren und den Seitenverlauf des Browsers geöffnet, sodass wir sehen konnten, wonach sie gesucht hatte.

Frerk pfiff leise durch die Zähne. «Lauter Seiten, die mit Sylt und der Klinik zu tun haben.»

«Ja.» Ich scrollte mich durch die Liste der besuchten Webseiten. «Es sind viele Seiten über Sylt, die Klinik und ein paar Immobilienangelegenheiten. Aber bisher nichts, was nach dem Schlüssel zu allem aussieht.»

Frerk lehnte sich über meine Schulter und sah auf den Bildschirm. «Könnte alles oder nichts bedeuten. Gibt es noch etwas anderes?»

«Lass mich mal sehen, ich habe noch eine Idee.» Ich wechselte zur Suchmaschinen-Historie und begann, mich durch die Einträge zu klicken. «Hier, schau mal: Greta hat nach ‹Theodor Felsing› gesucht, und zwar mehrmals. Es sieht so aus, als hätte sie versucht, etwas über ihn herauszufinden.»

«Das passt zu dem, was du schon vermutet hast», sagte Frerk. «Aber schau mal weiter.»

Ich scrollte weiter durch die Liste und hielt plötzlich

inne. «Hier ist noch ein Name: ‹Bernd Maiwald›. Den hat sie ebenfalls mehrfach gesucht. Wer ist das?»

Frerk runzelte die Stirn. «Der Name sagt mir nichts. Vielleicht jemand, der mit der Klinik oder den Immobilien zu tun hat?»

«Den kenne ich auch nicht», sagte Ocke. «Warum schaut ihr überhaupt danach? Ist der Fall nicht abgeschlossen? Ihr habt doch den Ehemann hopsgenommen.»

«Es interessiert uns einfach, weil wir denken, dass Greta da an etwas Größerem dran war», erklärte ich und scrollte mich durch die Suchergebnisse zum Namen Bernd Maiwald, während Frerk und Ocke aufmerksam zusahen. Schließlich hielt ich inne. «Da ist etwas», sagte ich leise und klickte auf einen Bericht, der etwa fünfzehn Jahre alt war.

Auf der Seite erschien ein Schwarz-Weiß-Foto, das einen Mann in den Dreißigern zeigte. Er hatte schwarzes Haar, eine gerade Nase und ein kantiges Kinn. Der Artikel handelte von einem Skandal in einer Baufirma in Hannover, die in einen Rechtsstreit verwickelt war. Im Text wurde ein Bernd Maiwald als Projektleiter genannt, der nach Bekanntwerden der Vorwürfe plötzlich verschwunden war.

Mein Herz schlug schneller. «Das ist er», flüsterte ich und starrte auf das Bild.

«Wer?», fragte Frerk und beugte sich vor.

«Doktor Felsing», sagte ich. «Das ist Doktor Theodor Felsing.»

Frerk starrte das Bild an, dann runzelte er die Stirn. «Bist du sicher?»

Ich nickte langsam. «Absolut. Schwarzes Haar, die Nase, das Kinn. Es ist Felsing, nur jünger.»

Ocke ließ einen überraschten Laut hören. «Das kann doch nicht sein. Wenn das stimmt, hat der Mann seine Identität gefälscht.»

«Genau das denke ich auch», sagte ich. «Greta hat das offensichtlich herausgefunden. Und wenn sie herausbekommen hat, warum er seine Identität geändert hat, dann könnte das der Grund sein, warum sie in Gefahr war.»

«Was stand noch in dem Artikel?», fragte Frerk.

Ich las den Text genauer. Es war die Rede von Unregelmäßigkeiten bei der Baufinanzierung, illegalen Subventionen und manipulierten Unterlagen. «Es sieht so aus, als wäre die Baufirma damals pleitegegangen, und Maiwald wurde nie wieder gesehen.»

Frerk sah mich ernst an. «Dann hat Greta etwas entdeckt, das Felsing unbedingt verbergen wollte. Und das macht ihn noch verdächtiger.»

«Ja», sagte ich. Mir fiel ein, dass ich Petersen versprochen hatte, mich bei ihm zu melden, wenn ich in Sachen Greta unterwegs war. Das hätte ich theoretisch vor unserem Aufbruch nach Nebel machen müssen. Besser spät als nie, dachte ich und rief Petersen an. Diesmal hatte ich Glück, er ging sofort ran, und ich erzählte ihm, was wir rausgefunden hatten. «Frerk ist bei mir und Ocke Claussen, falls du dich gleich wieder aufregen solltest, weil ich versprochen habe, nicht mehr alleine loszuziehen.»

Er atmete einmal tief durch. «Lasst uns das mal genauer beschnacken. Habt ihr Lust auf eine Tasse Kaffee? Und neue Kekse gibt es auch, gefüllt mit Birnenkonfitüre, sehr lecker!»

Frerk und ich kamen um zehn Uhr an der Wache an, und Petersen nahm unverzüglich unsere Aussagen auf. «Das klingt wirklich verdächtig», sagte er. «Eine Straftat ist es auf jeden Fall auch. Es sei denn, er ist im Zeugenschutzprogramm und hat deshalb seine Identität verändert. Aber das hieße, die Kollegen hätten verdammt schlampig gearbeitet. So ein Bericht dürfte dann auf keinen Fall im Internet auftauchen.»

«Hast du eigentlich schon etwas über Felsing herausgefunden?», fragte ich.

«Das habe ich noch nicht geprüft, da wollte ich heute ran», antwortete Petersen.

«Mach das», sagte ich.

Er nickte und zeigte zur Keksdose. «Nehmt euch einfach.»

Ich ließ das Plätzchen auf der Zunge zergehen. Es erinnerte mich an das Linzer Mürbegebäck, aber Tanja hatte sie mit hausgemachter Birnenkonfitüre gefüllt. «Sehr lecker!»

Das fand auch Frerk. «Sehr gut. Wo sind denn die beiden, Hark und Tanja, meine ich.»

«Tanja beginnt erst um zwölf.» Finn Petersen zog tief die Schultern hoch und ließ sie wieder fallen, ein Zeichen dafür, dass ihm etwas unangenehm war. «Ich vermute mal, dass Hark sich ein bisschen zu viel um Tanja kümmert. Er kommt aber sicher bald.»

Er schneite um elf Uhr in der Wache herein. «Ist Krüger schon da?», fragte er.

«Nein», antwortete Jensen. «Die kommt gegen halb zwölf.»

«Gut!» Erst jetzt schien er uns zu bemerken. «Moin, ihr zwei. Wieder eine Leiche entdeckt?»

«Nein, nur einen, der Leichen hinterlässt», antwortete Frerk.

Jensen runzelte die Stirn. «Erzählt!»

Auch Hark Jensen fand Felsing verdächtig. «Das ist aber etwas fürs Betrugsdezernat», sagte er. «Und außerdem für Sylt, damit haben wir eigentlich nichts zu tun. Es sei denn, er hat wirklich etwas mit dem Mord an Greta zu tun.»

«Warten wir ab», sagte ich. «Ich rieche ja förmlich, dass dem so ist.»

Um zwanzig nach elf kam Krüger. «Gruppentreffen?», fragte sie, als sie uns alle beieinander um den Tisch sitzen und Kekse essen sah.

«Ein interessantes», erwiderte Petersen. «Sie sollten sich anhören, was Frau Scholle zu sagen hat.»

«Na dann …» Sie sah mich erwartungsvoll an.

Ich erzählte ihr, wie ich auf die Spur der Ayurveda-Klinik gekommen war. Zudem berichtete ich ihr in Kurzfassung von meinen Gesprächen mit Willi, Frau Moormann und Dr. Beckmann. Dann hielt ich ihr den Ausdruck des Artikels über Bernd Maiwald samt Foto hin, der unseres Erachtens Theodor Felsing war.

«Sie stellen in der Klinik ein eigenes Parfüm her», erklärte ich abschließend. «Ich habe Proben mitgenommen. Es ist derselbe Geruch, den ich im Öömrang Hüs gerochen habe. Süßlich-würzig, ein bisschen zimtig, wie Franzbrötchen. Felsing könnte also am Tattag dort gewesen sein.»

«Das klingt alles sehr spannend, Frau Scholle. Aber allein daraus einen Tatverdacht herzuleiten, finde ich ziemlich sportlich, Greta Jansens Recherchen hin oder her. Wir brauchen etwas Handfestes. Aber wem erzähle ich das, Sie sind ja vom Fach.»

Ich war ganz ihrer Meinung. «Wir sollten überprüfen, ob Felsing um den Tattag herum auf der Insel gewesen ist. Vielleicht ist er auf den Aufnahmen der Überwachungskamera am Hafen zu sehen?»

«Wir werden Ihrem Verdacht nachgehen, Frau Scholle, das verspreche ich Ihnen. Das hört sich zumindest nach Betrug an. Identitätsfälschung ist kein Kavaliersdelikt. In Sachen Greta Jansen konzentrieren wir uns aber auf Jansens Ehemann», sagte sie. «Er hat das reinste Bilderbuch-Motiv, was man über sein Alibi nicht sagen kann. Es läuft zwar bisher zäher als gedacht, aber er wird noch einknicken, da bin ich mir sicher. Thomsen leitet die Verhöre. Er ist ein ziemlich harter Hund und hat bisher noch jeden weichgeklopft.»

Ich konnte mir gut vorstellen, dass man mit Krügers Kollegen besser auf derselben Seite des Verhörtisches saß. Durch seine imposante Größe, die breiten Schultern und die aufrechte Haltung verbreitete er eine durchaus einschüchternde Wirkung. Vor meinem inneren Auge zog nun ein Bild von Thomsen vorbei. Er sah den verdächtigen Jansen mit einem Blick an, der finsterer war als der sturmdunkle Himmel vor einem Gewitter auf See. Die schmalen Lippen zusammengepresst, zeigten seine Mundwinkel nach unten, während er penibel ein einzelnes abstehendes Haar seiner ansonsten akkurat frisierten, militärischen Kurzhaarfrisur richtete. Von diesem Mann verhört zu werden, stellte ich mir so erfreulich vor, wie an Heiligabend einen Brief vom Finanzamt zu öffnen. Unterstützung in Sachen Felsing würden wir aber so schnell nicht erhalten. Was die Bilder der Überwachungskamera am Hafen anging, waren Frerk und ich also auf uns allein gestellt.

«Ich melde mich bei Ihnen, sobald wir etwas herausbekommen haben, das verspreche ich Ihnen, Frau Scholle», schob Krüger hinterher. «Bis dahin, machen Sie's gut. Und wenn ich Ihnen einen Tipp geben darf: Genießen Sie Ihre restlichen Tage auf der Insel, entspannen Sie mal.»

KAPITEL 27

Wir fuhren zum Hafen, der Sonne direkt entgegen. Frerk hatte darauf bestanden, mein Fahrrad zu nehmen, weil er auch gerne mal den Chauffeur für Dolores spielen wollte und an seinem keine Lastenbox war. Es war ein Bild zum Schreien komisch. Unsere Monarchin, Königin Dolly, die Erste, mit im Wind flatternden Schlappohren und heraushängender Zunge. Dahinter der einhändig steuernde Käpt'n. Wenn wir nicht in Eile gewesen wären, hätte ich angehalten und mit meiner Handykamera ein paar Fotos geschossen. Aber, um das ganz klar zu sagen, wir waren *nicht* auf einer entspannenden Urlaubsfahrradtour, wie Krüger sie uns wünschte. Nein, wir hatten ein Ziel, das keinen Aufschub duldete.

Wir stellten die Räder in den Fahrradständer vor dem Tickethaus und gingen hinein.

Hinter dem Tresen saß ein junger Mann in der Uniform der Reederei. Er trug einen Dutt und auffällige Tattoos an den Unterarmen und war gut gebräunt. Wir reihten uns am Ende der kurzen Warteschlange ein.

«Das ist Bente», flüstere Frerk mir ins Ohr. «Der Sohn von Ole, einem unserer Taxifahrer. Er gibt uns bestimmt die Aufnahmen, wenn ich ihn darum bitte.»

«Du kennst auch wirklich jeden, oder?», fragte ich leise zurück.

Er schüttelte den Kopf. «Unsere schöne Insel ist zwar klein, aber sie hat immerhin knapp über zweitausend Einwohner.»

«Sagen wir, du kennst 1455 davon. Auf jeden Fall bist du sehr gut vernetzt.»

Kurz darauf waren wir dran.

«Moin», begrüßte uns Bente. «Lange nicht gesehen, Frerk. Was treibt dich hierher?»

«Das stimmt», erwiderte Frerk. «Darf ich vorstellen: Gaby, eine Freundin aus Wiesbaden, und ihre Hündin Dolores.»

Bente drückte sich ein Stück hoch und linste über den Tresen.

«Sie ist ein Labradoodle», erklärte ich, bevor er die Frage, die ich in seinen Augen las, stellen konnte.

«Meine Verlobte wünscht sich auch einen Hund.»

«Nun, meine hier kriegen Sie nicht. Aber diese Rasse kann ich Ihnen sehr empfehlen. Dolores ist ein Goldschatz, und das nicht nur wegen der Farbe ihrer Locken.»

Er lächelte mich an und setzte sich wieder.

«Was kann ich für euch tun? Brauchst du ein Ticket, Gaby?»

Frerk und ich hatten denselben Impuls und drehten uns gleichzeitig um. Hinter uns war niemand. Wir konnten offen mit Bente sprechen, ohne dass uns jemand belauschte.

«Du hast doch sicher etwas von dem Mord im Öömrang Hüs mitbekommen, oder?», fragte Frerk.

Bentes Blick trübte sich ein. «Ja, Greta Jansen, die Journalistin. Furchtbar ist das. Ich habe in der Zeitung davon gelesen. Der Ehemann soll der Täter sein?»

«Davon geht die Polizei aktuell aus», sagte ich. «Wir sind hier, um das zu überprüfen.»

Frerk zeigte durch die Glasfront nach draußen auf den Parkplatz vor dem Fähranleger. «Wir brauchen die Aufnahmen der Überwachungskamera von vergangenem Sonntag», sagte er, trat zum Tresen vor, stützte sich mit den Ellbogen ab und beugte sich etwas vor.

«Hör zu, Bente. Ich weiß, du dürftest uns diese Aufnahmen nicht geben. Datenschutz und so weiter.» Er tippte sich mit dem Zeigefinger zweimal an die Stirn, was verdeutlichte, wie viel er davon hielt. «Aber wir brauchen sie dringend, um einen Verdacht zu überprüfen.»

Bente schluckte. «Warum überlasst ihr das nicht der Polizei?»

Frerk zeigte nickend auf mich. «Gaby arbeitet in Wiesbaden beim K 11. Das ist die Mordkommission.»

Der Blick des jungen Mannes schoss zu mir herüber. «Moment mal! Sind Sie etwa die, die … Sie haben doch …» Er schien so überrascht, dass ihm die Wörter im Mund stecken blieben.

«Genau die bin ich», sagte ich. «Dolores und ich haben die Polizei im Harpunentod-Fall unterstützt.»

Frerk winkte ab. «Papperlapapp, sie stellt ihr Licht nur untern Scheffel. Sie hat den Fall gelöst. Die Polizei hätte ohne sie in die Röhre geguckt, so sieht's mal aus. Und wenn wir die Bilder der Überwachungskamera nicht überprüfen, könnte das mit der Röhre dieses Mal wirklich so kommen.»

Bente kratzte sich am Kopf. Er sah ein weiteres Mal zwischen uns hindurch zur Tür. Wir waren immer noch allein.

«Also gut», sagte er. «Ich sehe mal nach, was ich für euch machen kann.»

Wenige Minuten später waren wir wieder draußen am Fahrradständer. Bente hatte nach den Aufnahmen geschaut, doch zu unserer Enttäuschung war die Festplatte mit den Videodateien bereits von der Polizei konfisziert worden. Eine Kopie gab es nicht, und so standen wir mit leeren Händen da.

«Und jetzt?», fragte Frerk. «Wie sollen wir herausfinden, ob Felsing mit der Fähre gekommen ist?»

«Nehmen wir an, er ist tatsächlich mit der Fähre nach Amrum gekommen», antwortete ich. «Laut der rechtsmedizinischen Untersuchung wurde Greta zwischen acht und zehn Uhr morgens getötet. Von hier bis zum Öömrang Hüs ist es zwar keine Weltreise, aber je nach Verkehrsmittel braucht man schon ein bisschen dorthin. Daher denke ich, dass wir alle Fähren, die den Hafen später als acht Uhr erreicht haben, ausschließen können. Wann hat am Sonntag die erste angelegt?»

Frerk sah sich auf dem Vorplatz um, bis sein Blick an einem Aushang hinter Glas hängen blieb. Wir gingen zu ihm hinüber, wo der Käpt'n mit dem Finger die Spalte mit den Ankunftszeiten der Schiffe aus Sylt absuchte.

«Um Viertel vor elf», sagte er mit Enttäuschung in der Stimme, denn damit konnten wir unsere Vermutung ad acta legen.

Er fuhr sich mit der Hand durch seinen Rauschebart. «Könnte Felsing nicht schon am Vortag angereist sein? Er hat irgendwo übernachtet und ist nachmittags nach der Tat zurückgefahren.»

Ich schüttelte den Kopf. «Dann wäre er ein zu großes Risiko eingegangen, gesehen zu werden, und er hätte einen Beweis seiner Anwesenheit hinterlassen. Außerdem: Warum hat er Greta Jansen dann erst morgens und nicht schon Stunden vorher getötet?»

Frerk zuckte mit den Schultern. «Vielleicht hat er die Tat nicht geplant. Möglicherweise ist er nach Amrum gekommen, um Greta Jansen zur Rede zu stellen? Sie haben sich im Öömrang Hüs getroffen, die Lage ist aus dem Ruder gelaufen, und er hat sie im Affekt umgebracht.»

«Und dann hat er ihr Blumen geschenkt?», fragte ich.

«Hast ja recht», sagte Frerk, dann sah er zu den Schiffen am Hafen. «Was, wenn Felsing nicht von Sylt nach Amrum gefahren ist, sondern vom Festland?», fragte er, wandte sich von mir ab und fuhr mit dem Finger über die andere Spalte. «Um fünf Uhr ist die erste Fähre in Dagebüll abgefahren», las er vor. «Ankunft auf Amrum um sechs Uhr fünfundfünfzig.» Er zeigte entschlossen auf den Aushang. «Das muss sie sein. Die nächste scheidet aus, die hat erst um Viertel nach neun angelegt. Da ist Greta Jansen sehr wahrscheinlich bereits tot gewesen.»

Ein zufriedenes Lächeln breitete sich auf meinem Gesicht aus. Wir konnten zwar nicht sicher sein, dass Felsing tatsächlich mit dieser Fähre gekommen war, aber vom zeitlichen Ablauf her passte es.

«Trotzdem fehlt uns weiterhin ein Beweis», sagte ich.

«Aber wenn er wirklich hier war, muss ihn doch irgendjemand gesehen haben.»

«Wenn ...», sagte Frerk.

«Ein Taxi!», rief ich. «Irgendwie muss Felsing nach Nebel gekommen sein. Schnösel wie er nehmen weder den Bus, noch gehen sie zu Fuß.»

Frerk nickte kräftig. «Ich rufe Ole an», sagte er. «Selbst wenn Felsing nicht bei ihm mitgefahren ist, ist er vielleicht bei einem seiner Kollegen eingestiegen ...»

«Was soll das heißen, du bist am Hafen?», fragte Frerk verwundert. «Wir sind auch hier. Wir stehen vor dem Tickethäuschen. Wo bist du?»

Obwohl Ole laut sprach, konnte ich seine Antwort nicht verstehen. Er sprach wohl Öömrang.

«Okay, wir kommen jetzt zu dir», sagte Frerk, steckte sein Handy in die Tasche und zeigte einmal quer über den Parkplatz. «Er ist bei Meinerts.»

Fisch am Hafen, Meinerts las ich.

Ole, Bentes Vater, begrüßte uns mit einem kräftigen «Moin!». Er hielt ein Fischbrötchen in der Hand, aus dem Remoulade heraustropfte.

Während Frerk mich vorstellte, warf ich einen flüchtigen Blick auf Ole. Bente war ihm wie aus dem Gesicht geschnitten, eine jüngere Ausgabe seines Vaters. Sie trugen sogar dieselbe Frisur, mit dem Unterschied, dass Oles Haare ergraut waren.

Er legte das Fischbrötchen auf einem Stehtisch ab, vergrub seine Hände in den Taschen der Hose und sagte: «Du hast am Telefon erwähnt, dass ich euch helfen könnte.»

«Warst du letzten Sonntag im Dienst?», erkundigte sich

Frerk. Ich überließ es ihm zu fragen, denn die beiden kannten sich.

Ole nickte.

«Kannst du dich erinnern, wann deine erste Fahrt gewesen ist?»

Er kniff die Augen zusammen und schaute kurz zum Himmel hinauf, als würde er von der einzigen Wolke inmitten des grenzenlosen Blaus die Antwort erfahren.

Dann fasste er sich an die Stirn und wandte sich wieder uns zu. «Es muss um kurz nach sieben gewesen sein. Ich hab so 'nen Kerl von hier nach Nebel gefahren.»

Frerk und ich tauschten einen flüchtigen Blick aus. Ich zückte mein Handy, suchte das Bild von Felsing heraus, vergrößerte es und streckte Ole das Display hin.

«Ist es dieser Mann gewesen?», fragte Frerk weiter.

Ole beugte sich nach vorn und schaute sich das Foto konzentriert an.

«Ja, das war er», antwortete er und klang sehr überzeugt.

«Bist du sicher?», hakte Frerk nach.

«Absolut, ich kann mir Menschen gut einprägen. Es sei denn, der Kerl hat einen eineiigen Zwilling. Ich erinnere mich vor allem an diese fürchterliche Krawatte. Ich meine, welcher Mensch, der bei Verstand ist, bindet sich freiwillig so eine um den Hals?» Er verzog das Gesicht, als hätte er auf eine Zitrone gebissen. «Außerdem hat er denselben Anzug wie auf dem Foto getragen.»

«Hat der Mann seinen Namen genannt?»

«Nein. Er hat mit unterdrückter Nummer angerufen und mich zum Hafen bestellt. Ich habe ihn in Nebel abgesetzt und danach meinen nächsten Fahrgast eingesammelt.»

«Ist er später noch mal mit dir gefahren?»

«Nein. Nur diese eine Fahrt am Morgen, das war's.»

«Wie hat er auf dich gewirkt?»

«Hm. Normal, ehrlich gesagt. Ein bisschen wortkarg vielleicht.»

«Dir ist nichts Besonderes aufgefallen?»

Ole schüttelte mit dem Kopf.

Bis er plötzlich in der Bewegung einfror, als habe sich ihm unvermittelt eine Erinnerung aufgedrängt.

«Da war dieser Blumenstrauß», sagte er. «Ich kenne mich mit Blumen zwar nicht aus, aber weiße Rosen erkenne ich. Ein Mann mit Rosen, der fällt doch auf.»

Es fühlte sich an, als öffnete sich der Boden unter mir. Ich schluckte, denn mir steckte ein Kloß im Hals. Auf einmal sah ich wieder die in eine Tracht gekleidete, leblose Greta Jansen vor mir. Ihr Gesicht unnatürlich blass, die Haut wächsern, der Mund leicht geöffnet, die Augen aufgerissen und ins Leere starrend. Während aus ihrer einen Hand ein Papierschnipsel herausguckte, hielt ihre andere einen Strauß weißer Rosen fest.

«Ich habe ihn auf die Blumen angesprochen», erzählte Ole weiter. «Zunächst hat er nicht reagiert, also habe ich meine Frage wiederholt. Er wolle eine Frau besänftigen, hat er gesagt. Sein bestimmender Ton ließ allerdings keinen Zweifel, dass er nicht darüber sprechen wollte. Das habe ich respektiert.»

Schweigen. Mir fehlten die Worte, und Frerk schien es genauso zu gehen. Wir hatten tatsächlich einen Zeugen gefunden, der bestätigen konnte, dass Felsing am Tattag auf Amrum gewesen war, in Nebel! Jetzt mussten nur noch Krüger und Thomsen davon erfahren, denn vielleicht würde sie Oles Aussage zum Umdenken bewegen.

«Würdest du das bei der Polizei wiederholen?», sprach Frerk die Frage aus, die auch in meinem Kopf aufgetaucht war.

«Polizei?», echote Ole. Er verschränkte die Arme und wich ein Stück zurück. «Moment mal, wieso wolltet ihr das alles wissen?»

Frerk und ich tauschten erneut einen Blick aus. Er hatte zwar das Fragen übernommen, überließ mir jedoch nun die Aufgabe, Ole ins Bild zu setzen.

«Du hast von der ermordeten Frau gehört?», fragte ich. «Greta Jansen, die Journalistin?»

«Wer auf Amrum hat das nicht mitbekommen?», antwortete Ole mit einer Gegenfrage. «Das ist schon der zweite Mord in diesem Jahr. Was ist nur mit dieser Insel los?»

Ich holte tief Luft und sagte:

«Wir glauben, dass der Mann, den du am Sonntag nach Nebel gebracht hast, der Mörder ist ...» Ich holte mein Telefon raus. «Ich rufe Krüger an!»

Oles Taxi stand auf dem Parkplatz um die Ecke in der Inselstraße, auf der anderen Seite der Backsteinhäuser. Er bot an, uns damit zur Polizeistation zu fahren. Frerk und ich beschlossen, die Fahrräder hier unten am Hafen stehen zu lassen und sie nachher abzuholen.

Ole kramte den Schlüssel aus seiner Shorts und hielt ihn hoch. «Könnte jemand von euch das übernehmen?», fragte er. «Ich kann gerade ... Ich muss das erst mal verdauen, dass ich einen Mörder im Taxi hatte.»

«Ich fahre», sagte Frerk.

Wir stiegen ein und fuhren los. Ich zückte mein Handy und versuchte es bei den Kommissaren. Allerdings landete ich bei beiden auf der Mailbox, was schon häufiger passiert war. Wofür besaßen sie Diensthandys, wenn eher ein Pinguin durch die Wüste lief, als dass ich einen von ihnen an die Strippe bekam?

Ole saß auf der Rückbank. Er sah aus dem Fenster und nestelte mit den in seinem Schoß liegenden Händen. Er spürte wohl meine Blicke auf sich und drehte sich zu mir. Sein Gesicht sprach Bände darüber, was in diesem Augenblick in ihm vorgehen musste: Sollte sich Felsing als der Täter herausstellen, wovon ich überzeugt war, hatte Ole den Mörder von Greta Jansen zum Tatort gebracht. Ich konnte mir vorstellen, dass ihn diese Gewissheit belastete. Er versuchte, etwas zu sagen, brachte jedoch kein Wort heraus.

«Ich kann verstehen, dass du geschockt bist, Ole. *Du* hast aber nichts Falsches getan, sondern *er*», sagte ich. «Vergiss das nicht.»

Ole erwiderte meinen Blick und fing an, bedächtig zu nicken.

«Gaby hat recht», warf Frerk ein. «Es wäre so oder so passiert.»

Ole presste die Lippen zusammen und wandte sich ab.

Da klingelte mein Telefon.

«Das ist die Kommissarin», sagte ich und nahm ab. «Moin, Frau Krüger. Sind Sie auf der Polizeistation?»

«Moin, Frau Scholle. Ja, allerdings bin ich gerade nach draußen gegangen, frische Luft schnappen.»

Wohl eher den Nikotinspeicher aufladen, dachte ich.

«Was ist mit Jansen? Wurde gegen ihn ein Haftbefehl erlassen?», sagte ich, um mich an das Thema heranzutasten und nicht gleich mit der Tür ins Haus zu fallen.

Kurze Pause.

«Offensichtlich bin ich neulich nicht deutlich genug gewesen. Ich werde Ihnen nichts mehr über die Ermittlungen mitteilen.»

Ich ließ ihre Worte an mir vorbeiziehen. So viel zum Herantasten.

«Herr Behrendsen und ich sind auf dem Weg zur Wache. Wir haben einen Zeugen im Auto, einen Taxifahrer. Er hat Doktor Felsing am Morgen des Tattags nach Nebel zum Öömrang Hüs gebracht.»

Die Kommissarin schnaufte. «Frau Scholle, ich hatte Ihnen untersagt, sich weiter in diesen Fall ...»

«Felsing hatte einen Blumenstrauß dabei», unterbrach ich sie. «Einen Strauß weißer Rosen.»

Mehr brauchte ich nicht zu sagen. Damit brachte ich sie kurz zum Schweigen.

«Wir nehmen seine Aussage auf», sagte Krüger knapp.

Wenige Minuten später erreichten wir unser Ziel. Die Kommissarin stand immer noch auf dem Vorplatz und rauchte. Für ihre Verhältnisse war sie erstaunlich unauffällig gekleidet. Hatte sich in ihrem Leben etwas verändert, dass sie nun anders aussah, oder war ihr Kleiderschrank heute einfach nicht großzügig gewesen?

«Moin zusammen», begrüßte sie uns, nachdem wir ausgestiegen waren. Sie deutete auf Ole. «Sind Sie der erwähnte Zeuge?»

«Ole Schlüter», stellte er sich vor.

Sie gaben sich die Hand, und für einen Moment herrschte Schweigen auf dem Vorplatz. Ich stupste Ole sanft mit dem Ellbogen an.

«Ich möchte gern eine Aussage machen», sagte er.

«Alles klar, dann fangen wir am besten gleich an», entgegnete Krüger. Sie nahm einen letzten Zug, trat die Zigarette aus und hob den Stummel vom Boden auf. «Frau Scholle und Herr Behrendsen, Sie können drinnen warten, während wir die Aussage von Herrn Schlüter aufnehmen.»

Wir gingen hinein. Petersen und Jensen waren mit der Spülmaschine in der Teeküche beschäftigt und bemerkten uns nicht. Im Gegensatz zu Thomsen, der hinter einem Schreibtisch saß und mich beim Hineinkommen mit einem Blick, den ich nicht deuten konnte, durchbohrte. Nachdem sich Ole auch ihm vorgestellt hatte, verschwendeten die Kommissare weiter keine Zeit. Sie zogen sich für die Befragung in einen Nebenraum zurück.

Kurz darauf kam Jensen aus der Teeküche und brachte Dolores eine Schüssel Wasser.

«Wie aufmerksam, danke», sagte ich. Tanja tat ihm gut, dachte ich.

«Wollt ihr Kaffee?», fragte er. «Ich habe eben einen aufgesetzt.»

«Nur wenn es dazu noch die leckeren Kekse gibt», sagte ich und lächelte ihn an.

Es dauerte keine fünf Minuten, da saßen wir zu viert am Tisch, Jensen, Petersen, Frerk und ich. Vor uns dampfende Tassen Kaffee, das Glas mit den Keksen und ein handbeschriebenes Blatt Papier.

«Das ist das Rezept für dich, Frerk, für die Birnenkekse, das hat Tanja für dich aufgeschrieben.» Jensen kratzte sich verlegen am Kopf. «Und ich soll noch mal nachfragen, ob ihr nicht doch vielleicht Lust auf einen gemeinsamen Abend habt.»

Frerk nahm den Zettel mit dem Rezept, las es durch und sagte: «Abgemacht. Wir treffen uns bei mir, Freitag, neunzehn Uhr, mein Freund Henry und ich kochen, ihr seid eingeladen.» Er sah rüber zu Petersen. «Du auch, Finn, wenn du magst.»

Petersen nickte erfreut. «Da sag ich nicht Nein.»

Frerk wandte sich nun an mich. «Ich denke, wir haben dann etwas zu feiern.»

Den zweiten gelösten Fall, dachte ich und wartete gespannt auf die nächsten Schritte, die nun gemacht werden würden.

Ich klärte Jensen und Petersen auf, weshalb wir Ole hierhergebracht hatten, woraufhin sie sich einen vielsagenden Blick zuwarfen und Jensen sich an die Nase fasste. Ich spürte es, hier war etwas im Busch!

«Kommt schon, ihr zwei, was ist los?», fragte ich.

Petersen nickte zu dem Nebenraum hinüber, aus dem nur ein unverständliches Gemurmel nach draußen drang, dann sah er zu Jensen, und als der nickte, sagte Petersen: «Die beiden da drinnen haben sich zu sehr auf den Ehemann eingeschossen. In der Tat hat ja vieles dafürgesprochen, dass er es gewesen ist. Aber er war's nicht, und das wussten wir bereits, bevor ihr eben angerufen habt.»

«Moment!», sagte ich. «Jansen ist komplett aus dem Rennen? Wieso?»

«Wir haben sein Alibi geprüft», erklärte Petersen. «Er ist zur kritischen Zeit mit einem Mietwagen unterwegs gewesen. Ich will keine Details verraten, aber sein Aufenthalt zur Tatzeit ist über jeden Zweifel erhaben. Er ist nicht der Mörder von Greta Jansen.»

«Ihr habt ihn schon laufen lassen?»

«Ja. Und ich könnte mir daher vorstellen, dass sich euer Zeuge für Krüger und Thomsen wie ein Sechser im Lotto anfühlt», sagte Jensen. «Von dem, was ihr gerade berichtet habt, wäre es ein Ding der Unmöglichkeit, dass es nicht der Mann mit den Blumen war.»

Ha! Da hatten Frerk, Dolores und ich der Polizei wieder den Allerwertesten gerettet. War es unangebracht, dass ich in diesem Moment stolz auf uns war? Wir waren ein tolles Team. Zwei Spürnasen vom Festland und ein brummiger alter Kapitän.

Wie auf Bestellung schwang nun die Tür zum Nebenraum auf. Die beiden Kommissare und Ole kamen zu uns herüber. Thomsen lehnte sich mit verschränkten Armen an seinen Schreibtisch, und Krüger schaute mit in den Taschen vergrabenen Händen zu Boden, während sie mit einem Fuß über den Linoleumbelag schabte.

«Wir möchten uns bei Ihnen bedanken», sagte sie und hob ihren Kopf. «Bei Ihnen, Herr Behrendsen, und natürlich besonders bei Ihnen, Frau Scholle.»

«Keine Ursache. Wir wollten immer nur helfen», erwiderte ich, konnte ein Schmunzeln aber nicht ganz unterdrücken. «Doktor Felsing ist demnach nun Ihr Hauptverdächtiger?»

Sie nickte. «Wir haben die Kollegen von Sylt informiert. Sie fahren zur Klinik und versuchen, seiner habhaft zu werden.»

«Sie können uns ab hier die restlichen Ermittlungen überlassen, Frau Scholle», fügte Thomsen hinzu. Auch er konnte sich ein Lächeln nicht ganz verkneifen. «Bei der Beweislage dürften diese eine Formsache sein.»

«Das ist prima», sagte Frerk. «Dann kann Gaby nun richtig Urlaub machen, und ich habe endlich wieder meine Ruhe und muss ihr nicht dauernd sagen, dass sie ihre Finger von Sylt lassen soll.»

Ich schmunzelte und legte meine Hand auf seine Schulter. Da war er wieder, der fürsorgliche Käpt'n.

Ole kutschierte uns mit seinem Taxi zurück zum Hafen. Als wir ihn vorhin an der Fischbude getroffen hatten, war er noch zu erschüttert gewesen, um selbst zu fahren. Jetzt ging es ihm besser. Er hatte den Schock, den mutmaßlichen Mörder zum Tatort chauffiert zu haben, offensichtlich etwas verdaut. Während der Fahrt berichtete er uns, wie seine Aussage im Nebenzimmer der Polizeistation verlaufen war. Krüger hatte das Verhör geleitet, während Thomsen ihn ununterbrochen mit gerunzelter Stirn und zusammengezogenen Augenbrauen von der Seite gemustert hatte.

Ole setzte uns direkt vor den Fahrradständern ab und stieg kurz mit uns aus. «Macht's gut, ihr drei», sagte er. «Wir sehen uns ja bald wieder, am Freitag bei dir, Frerk.»

Oh, das schien ja eine größere Runde zu werden. Ich sah zu Frerk, an dem ich immer neue Seiten entdeckte.

Zum Abschied wuschelte Ole Dolores über den Kopf. «Dir bringe ich dann ein Fischbrötchen mit. Mit extra viel Remoulade.»

Schwanzwedelnd himmelte sie Ole an, als hätte sie ihn verstanden. Und wahrscheinlich hatte sie das auch. Wenn es ums Fressen ging, war Dolores besonders aufmerksam.

Wir winkten dem abfahrenden Ole hinterher und machten uns gleich darauf auf den Heimweg.

Frerk wollte auch auf dem Rückweg den Chauffeur für Dolores spielen. Als wartete unsere Monarchin nur auf eine Einladung, sah sie ihm erwartungsvoll zu, wie er sein Fahrrad aufschloss.

Er deutete eine Verbeugung an. «Wenn ich bitten darf, Eure Majestät», sagte er und zeigte in die Fahrradbox. Dolores sprang hinein und sah mit erhobenem Kopf nach vorne, als balancierte sie auf ihm eine Krone.

«Ihr fehlt ein Zepter», sagte Frerk. «Wenn wir zu Hause sind, schnitze ich ihr eins.»

Dann radelten wir los. Wir verließen Wittdün zunächst über die Inselstraße und fuhren dann auf dem parallel verlaufenden Radweg weiter. Vorbei an der Aussichtsdüne, dem Badeland und der Blauen Maus. Als wir den Leuchtturm erreichten, der sich mit seiner rot-weißen Fassade gegen den endlos blauen Himmel abhob, öffnete sich vor mir die weite Dünenlandschaft. Die pralle, hoch stehende Sonne im Süden tauchte sie in flimmerndes Licht. Ich rief Frerk zu, er möge kurz anhalten.

Eine Weile standen wir nebeneinander und genossen

den Ausblick. Als wollte das Universum uns diesen Moment in seiner vollen Schönheit gönnen, fuhren weder Autos auf der Straße noch Fahrräder auf dem Radweg an uns vorbei. Nicht mal Fußgänger waren weit und breit zu sehen.

Obwohl es ganz still war, hatte ich plötzlich wieder das Gefühl, die Insel würde mich rufen. Oder war es nur das Rauschen des Meeres? «Ich überlege, ob ich für immer nach Amrum komme. Ich könnte ja bei André in der Post anfangen, das hatte ich dir schon erzählt», sagte ich. «Er hat mir sogar eine kleine Wohnung angeboten, bis ich für Dolores und mich etwas Eigenes gefunden habe.»

«Kommt gar nicht in die Tüte», sagte Frerk. «Ihr zwei bleibt natürlich in eurer Wohnung. Da ist doch die Aussicht viel schöner.»

Hat er tatsächlich gerade «eure» Wohnung gesagt? «Kann ich mir das denn leisten?», fragte ich.

«Da mach dir mal keine Sorgen, da werden wir uns schon einig», antwortete Frerk.

«Danke, Ahab», sagte ich.

«Nicht dafür, Butt.»

Er lächelte schelmisch. «Es ist wohl auch besser, wenn du für immer bleibst, denn bisher sind bei jedem deiner Urlaube Leichen aufgetaucht.»

«Nur zwei!», sagte ich.

«Nur?»

«Das stimmt, zwei sind zwei zu viel.»

Wir schauten uns an, setzten uns auf die Räder und kutschierten Dolores erhobenen Hauptes und ohne Zepter nach Hause.

«Hast du Lust auf einen Pharisäer?», fragte Frerk, als wir ins Haus gingen.

Ich sah ihn an und fing laut an zu lachen.

«Von Pharisäern habe ich erst mal genug.»

Er brauchte einen Moment, bis er verstand. «Felsing! Weil er sich als jemand ausgibt, der er gar nicht ist.»

«Ja», sagte ich. «Wobei mir da glatt wieder einfällt, warum Greta an dem Tag die Tracht trug und den Bibelvers in der Hand hielt.»

«Das mit der Tracht könnte Zufall gewesen sein», sagte Frerk. «Greta hatte doch eine Tante auf Sylt.»

«Könnte sein. Und das Zitat?» Ich dachte an Felsing. «Das müsste ja eigentlich der Pharisäer gewesen sein.»

Frerk sah mich streng an. «Du bist schuld, wenn ich demnächst keinen mehr trinken will.»

Ich zog eine Schnute. Der kleine Schnipsel ließ mich nicht los.

«Es hilft alles nichts, Butt», sagte Frerk. «Da musst du wohl warten, bis sie Felsing geschnappt und verhört haben.»

«Stimmt wohl.» Ich seufzte. «Wäre ich damals nicht durch die Sportprüfung gefallen, könnte ich ihn selbst befragen.»

«Wie, du bist durch die Prüfung gefallen?», fragte Frerk.

«Hab ich dir das noch nicht erzählt, dass ich als junge Frau die Kommissarinnen-Laufbahn angestrebt habe?»

Er sah mich an und grinste. «Wir könnten einen Pharisäer dabei trinken.»

Es war schon halb zehn am Abend, als die Sonne hinter den Dünen im Wasser versank. Ich saß im Sessel, bewunderte das Schauspiel und freute mich darauf, dass ich das wohl bald jeden Tag erleben konnte. Meine Entscheidung stand. Es gab noch viel zu organisieren bis dahin, das Haus in Wiesbaden musste verkauft werden, Möbel transportiert ... Frerks waren ja ganz praktisch, aber ich mochte es doch ein wenig moderner.

«Bald sind wir für immer hier, Dolores», sagte ich, und ich merkte, wie sich ein kleines Glücksgefühl in mir ausbreitete.

Da klingelte auf einmal mein Telefon. Es war Thomsen.

«Moin, Frau Scholle», sagte er. «Ich dachte mir, dass Sie noch wach sind, und wollte Ihnen gern mitteilen, dass Felsing verhaftet wurde.»

«Oh, das ging aber schnell», sagte ich.

«Manchmal sind wir eben doch schneller, als die Polizei erlaubt», scherzte er, und ich musste lachen.

«Aber mal im Ernst», fuhr er fort. «Sie waren heute am frühen Mittag bei uns, und am Nachmittag war Felsing bereits Gast in der Wache auf Sylt.»

«Waren Sie dabei?», fragte ich.

«Natürlich», antwortete Thomsen. «Der gute Mann war absolut ahnungslos, was die Sache enorm erleichtert hat.»

«Und?», fragte ich.

Jetzt war er es, der lachte. «Er hat bereits gestanden. Greta Jansen hatte tatsächlich herausgefunden, dass er nicht der ist, der er vorgibt zu sein. An dem Mann ist so ziemlich gar nichts echt. Angefangen von seinem Abiturzeugnis bis hin zu seinem Doktortitel, alles gefälscht.»

«Ein Pharisäer», sagte ich trocken.

«So könnte man ihn durchaus bezeichnen.»

«Was ist mit dem Bibelzitat?»

«Er hat herausgefunden, dass Greta Jansen und Rungholt ein Verhältnis hatten, und wollte sie deswegen erpressen, Schweigen gegen Schweigen. Aber sie wollte sich nicht darauf einlassen. Warum er ihr den Zettel in die Hand gelegt hat, weiß ich nicht, er ist wohl einfach ein sehr kranker Mann. Er hat die Schuld bei ihr gesucht.»

«Schlimm!», sagte ich. «Und die Tracht?»

«Trug sie, als er ankam, war wohl Zufall.»

«Sie hatte eine Tante auf Sylt», erklärte ich.

«Was Sie nicht so alles wissen.» Thomsen seufzte. «Es ist spät, ich bin froh, wenn ich nach Hause komme. Das, was Sie gerade von mir erfahren haben, bleibt unter uns, das versteht sich von selbst, oder?»

«Ja», sagte ich, da sah ich, dass unten im Garten auf der Bank ein Licht aufflammte. Frerk saß auf der Bank und zündete sich eine Pfeife an. «Mit Herrn Behrendsen werde ich allerdings noch darüber reden. Es ist nur fair, wenn er es auch erfährt.»

«Wenn es demnächst in der Zeitung steht, erteile ich Ihnen eigenhändig Inselverbot», sagte Thomsen streng. Aber ich sah ihn in Gedanken vor mir und wie sich bei der Ermahnung seine Lachfältchen ein wenig vertieften.

«Das will ich natürlich nicht riskieren», sagte ich. «Danke, Herr Thomsen, ich weiß es sehr zu schätzen, dass Sie mich angerufen haben.»

«War mir ein Vergnügen.» Er schwieg kurz. «Bis bald mal, aber hoffentlich ohne Leiche.»

Einen Moment blieb ich noch sitzen, dann ging ich in den Garten, machte es mir neben Frerk bequem und erzählte ihm die Neuigkeiten.

Er blies Rauchkringel in die Abendluft und sah ihnen nach.

«Weißt du, Butt», sagte er schließlich und hielt einen Moment inne, als würde er nach den richtigen Worten suchen, «es gibt Dinge im Leben, die man nie ganz verstehen wird. Warum Menschen sich hinter Masken verstecken. Warum sie andere verletzen, nur um ihre eigenen Geheimnisse zu schützen. Aber dann gibt es auch diese kleinen Momente, die uns daran erinnern, dass das Leben trotzdem schön ist. Eine ruhige Nacht, ein klarer Himmel und jemand, mit dem man teilen kann, was man fühlt.»

Und in diesem Moment wusste ich, dass ich die richtige Entscheidung getroffen hatte.

REZEPTE

Tanjas Kekse
mit Birnenkonfitüre

Für ca. 2 Bleche mit je 24 Keksen

300 g Mehl
150 g Zucker
1 Ei, Gr. M
75 g Butter (zerlassen)
75 g Joghurt oder Sauerrahm
0,5 Packungen Backpulver
(Weinsteinbackpulver
schmeckt nicht so bitter)
1 Packung Vanillezucker
Etwas Puderzucker zum Bestäuben

Für die Kekse den Backofen auf 160 Grad Umluft vorheizen und ein Backblech mit Backpapier oder Dauerbackfolie belegen.

Gut abgedeckt (mit Klarsichtfolie) im Kühlschrank etwa 60 Minuten ruhen lassen.

Den Teig auf einer leicht bemehlten Arbeitsfläche ausrollen. Ca. 6 cm große Kreise ausstechen. Mittig jeweils etwa 1 TL Konfitüre geben und die Seiten links und rechts in die Mitte klappen und etwas andrücken. Dabei wird die Konfitüre bis zu den Öffnungen verteilt.

Etwa 10 Minuten goldgelb backen. Ein wenig abkühlen lassen und mit Puderzucker bestäuben.

Tanja füllt die Kekse mit milder Birnenkonfitüre. Sie schmecken aber auch sehr gut mit aromatischer Kirschkonfitüre.

Birnenkonfitüre

Für ca. 5 Gläser (à 220 g Inhalt)

850 g reife Birnen,
geschält und entkernt gewogen
100 ml Zitronensaft
500 g Gelierzucker 2:1
2 TL Bio-Zitronenschale

Birnen schälen, vierteln und Kerngehäuse entfernen. Fruchtfleisch in kleine Würfel schneiden und sofort mit Zitronensaft in einem großen Topf mischen. Gelierzucker untermischen. Abgedeckt 1–2 Stunden ziehen lassen.

Zitronenschale zugeben und Konfitüre unter Rühren bei starker Hitze aufkochen. Nach Belieben anpürieren. Konfitüre erneut aufkochen und bei starker Hitze 4 Minuten kochen lassen. Gelierprobe machen. Dazu 1 TL Konfitüre auf einen kalten Teller geben, abkühlen lassen und prüfen, ob die Konfitüre verläuft oder fest wird.

Wenn die Konfitüre die gewünschte Konsistenz erreicht hat, Topf von der Kochstelle nehmen, Konfitüre abschäumen, sofort randvoll in saubere Twist-off-Gläser füllen und verschließen. Gläser 5 Minuten auf den Deckel stellen, umdrehen und abkühlen lassen.

Weitere Titel

Frau Scholle ermittelt auf Amrum

Harpunentod: Frau Scholles Gespür für Mord